Das Buch

Die Geschichte der Familie Eldredge ist von Tragödien ge-
prägt. Vor Jahrzehnten verschwanden zwei Kinder von Nancy
Eldredge – und tauchten nie mehr auf. Wenige Jahre später
wiederholte sich die grauenhafte Geschichte: Nancys Kinder
Melissa und Michael wurden entführt. Doch diesmal gelang es
Nancy unter Einsatz ihres Lebens, sie zu retten.
Mittlerweile sind Michael und Melissa erwachsen. Während
Michael versucht, sich dem Trauma von damals offen zu stellen, will Melissa alle Gedanken daran verdrängen. Sie plant
ihre Hochzeit mit ihrem Verlobten Charlie, der seine Tochter
Riley in die Ehe einbringen wird, und freut sich auf ein be-
hütetes Familienleben. Doch dann geschieht das Schreckliche:
Kurz vor der Hochzeit verschwindet Riley plötzlich spurlos.
Wurde auch sie entführt? Gibt es eine Verbindung zu den früheren Geschehnissen? Mit Grauen erkennt Melissa, dass sie
gemeinsam mit Michael ihren Dämonen ins Auge sehen muss,
wenn sie die Kleine retten will.

Die Autorinnen

Mary Higgins Clark (1927–2020), geboren in New York, lebte
und arbeitete in Saddle River, New Jersey. Sie zählte zu den er-
folgreichsten Thrillerautorinnen weltweit. Mit ihren Büchern
führte Mary Higgins Clark regelmäßig die internationalen
Bestsellerlisten an und erhielt zahlreiche Auszeichnungen. Sie
starb am 31. Januar 2020 im Kreis ihrer Familie.
Ein ausführliches Werkverzeichnis befindet sich am Ende die-
ses Buchs.
Alafair Burke ist Dozentin für Strafrecht und war lange als
Deputy District Attorney tätig. Ihr Beruf inspirierte sie dazu,
Kriminalromane zu schreiben, u. a. die *New-York-Times*-
Bestsellerserie um Ellie Hatcher. Sie ist die Tochter von James
Lee Burke und lebt in New York.

MARY HIGGINS CLARK

ALAFAIR BURKE

SO DUNKEL DIE NACHT

THRILLER

Aus dem Amerikanischen von Karl-Heinz Ebnet

WILHELM HEYNE VERLAG
MÜNCHEN

Die Originalausgabe
WHERE ARE THE CHILDREN NOW?
erschien erstmals 2023 bei Simon & Schuster, Inc., New York.

Penguin Random House Verlagsgruppe FSC® N001967

Vollständige Taschenbuchausgabe 09/2024
Copyright © 2023 by Nora Durkin Enterprises, Inc.
All rights reserved. Published by arrangement with
the original publisher, Simon & Schuster, Inc.
Copyright © 2023 der deutschsprachigen Ausgabe
by Wilhelm Heyne Verlag, München,
in der Penguin Random House Verlagsgruppe GmbH,
Neumarker Str. 28, 81673 München
Redaktion: Claudia Alt
Printed in Germany
Umschlaggestaltung: Nele Schütz Design
unter Verwendung von Shutterstock.com (Capture)
Satz: satz-bau Leingärtner, Nabburg
Druck und Bindung: GGP Media GmbH Pößneck
ISBN: 978-3-453-44208-5

www.heyne.de

Für William, Louis, Emma,
Katherine, Alexander und Stella,
die geliebten Ururenkel der Queen of Suspense

PROLOG

Durch die Ritzen der Fensterrahmen zog ein feuchter abendlicher Windhauch. Noch vor wenigen Jahren wäre das in ihrem ehemaligen Kinderzimmer undenkbar gewesen. Ihre Mutter hatte ein Auge auf solche Unzulänglichkeiten, vor allem, wenn sie das Wohlbefinden der Gäste unter ihrem Dach beeinträchtigten. Und ihr Vater, der beste Immobilienmakler auf Cape Cod, hatte sich im Lauf der Jahre im Dienst an seinen Kunden zu einem fachkundigen Handwerker entwickelt. Aber nicht nur die Dichtung der Fensterrahmen hatte in jüngster Zeit Risse bekommen, sondern die gesamte Familie Eldredge.

Um endlich schlafen zu können, stand Melissa vom Bett auf, schlüpfte in ihre Pantoffel und schlich zum Fenster. Sie wollte niemanden wecken. Nachdem sie die Vorhänge vorgezogen hatte, fand sie ganz oben im Schrank eine Extradecke, breitete sie übers Bett und speicherte auf ihrem Handy eine Erinnerungsnotiz, vor ihrer Rückkehr nach New York noch einen Handwerker damit zu beauftragen, sich mal das ganze Haus anzusehen. Nur für den Fall, dass sie ihre Mutter doch davon überzeugen konnte, es zu verkaufen.

Als sie wieder ins Bett schlüpfte und das Handy auf dem Nachtkästchen ablegte, traf eine neue Nachricht ein. *Bist du noch wach?*

Sie musste lächeln. Es freute sie, dass sich Charlie während der vier Tage, die sie hier war, regelmäßig gemeldet hatte. *Grad noch so,* antwortete sie.

Sie waren beide beruflich viel unterwegs, aber er meldete sich jedes Mal, wenn er morgens aufstand und abends ins Bett ging. *Na, gab's wieder Knatsch?*

Er spielte auf den »albernen Zwist unter Geschwistern« an, wie ihre Mutter das am Vortag abgetan hatte. Ihr Bruder Mike hatte einen Saisonjob und war zum ersten Mal seit der Beerdigung zu dieser Familienzusammenkunft auf Cape Cod in die Staaten zurückgekehrt. *Heute nur Friede, Freude, Eierkuchen. Wir waren zusammen am Grab.*

Der alte Landfriedhof an der Straße zur Kirche Our Lady of the Cape war auch auf dem Gemälde abgebildet, das im Wohnzimmer über dem Klavier hing, eines der zahlreichen Bilder an den cremefarbenen Wänden im Haus. Als ihre Mutter vierzig Jahre zuvor die düsteren Grabsteinreihen gemalt hatte, hatte sie sicherlich keinen Gedanken daran verschwendet, hier einmal ihren Ehemann zu bestatten.

Sie hielt kurz inne und musste daran denken, wie Mike, als sie am Nachmittag am Grab ihres Vaters gestanden hatten, erst die Hand ihrer Mutter gehalten hatte, dann ihre. Sie waren immer noch eine Familie, egal, was passierte. *Familie ist Familie,* schrieb sie noch. Sie hatte nie ein negatives Wort über ihre Familie fallen lassen, bis sie mit der Trauerarbeit begonnen hatte. Jedes Mal, wenn während der Therapie das Thema auf die Eldredges kam – und darauf, was in der Vergangenheit geschehen war –, verstummte sie. Aber ihr wurde gesagt, dass ein wesentlicher Teil der Therapie daraus bestehe, über die eigene Kindheit zu reden. So hatte sie manchmal ein schlechtes Gewissen und wusste nicht recht, ob sie während der Therapie nicht zu oft von den kleinen Problemen in der Familie sprach und alles Positive außen vor ließ. Heute am Grab aber hatte sie die gelegentlichen Reibereien vergessen und war wieder einmal dankbar gewesen für das wunderbare Leben, das ihre Eltern ihr ermöglicht hatten.

Sie sah die Pünktchen auf dem Display, die anzeigten, dass Charlie eine Antwort verfasste. *Apropos Familie, hab ich dir in letzter Zeit mal gesagt, dass ich es kaum erwarten kann, dich zu heiraten? Nur noch zwei Monate.*

Erst zwei Wochen zuvor hatte er ihr einen Heiratsantrag gemacht, den sie sofort angenommen hatte. Es war die Idee ihrer Mutter gewesen, am ersten Todestag ihres Vaters zu heiraten, auch wenn das mit einer sehr kurzen Verlobungszeit einherging. Die Trauung würde auch sehr klein ausfallen – nur Braut und Bräutigam, dazu die unmittelbare Familie und einige Freunde.

Lächelnd tippte sie ihre Antwort, so wie sie immer lächelte, wenn sie an ihre Zukunft mit ihm dachte. *Ich wollte es dir eigentlich erst morgen sagen, aber ich bin heute an einem ganz reizenden kleinen Weingut vorbeigekommen. Ich weiß, wir haben gesagt, im Rathaus, aber vielleicht …?* Sie drückte auf *Senden* und hängte einige Fotos an, die sie auf dem Rückweg vom Friedhof gemacht hatte, als sie dort kurz angehalten hatten, um mit ein paar Worten ihres Vaters zu gedenken.

Nur Sekunden später klingelte ihr Handy. Ein FaceTime-Anruf von Charlie. Sie nahm an. »Guten Abend!«, begrüßte sie ihn freudig, als sein Gesicht auf dem Display erschien. Er hatte kurz geschnittene dunkle Haare und hellblaue Augen. Dazu hatte er sich heute noch ein paar Tage alte Bartstoppel auf dem kantigen Kiefer stehen lassen.

»Zu viel Getippe«, sagte er. »Wenn wir schon über die Hochzeit reden, will ich wenigstens meine Braut vor mir sehen.«

»Du hast dir die Fotos des Weinguts angeschaut?«

»Ja. Absolut perfekt. Und die Aussicht ist unglaublich.«

»Aber wir wollten doch alles so einfach wie möglich halten und nur aufs Rathaus gehen.«

»*Du* wolltest das alles so haben.«

Es war noch nicht lange her, dass sie eine große Hochzeit mit einem Empfang in einer angesagten New Yorker Location vor sich gesehen hatte – vielleicht dem Loeb Boathouse im Central Park oder dem Rainbow Room mit Blick aufs Rockefeller Center. Aber wenn sie davon geträumt hatte, dann hatte sie sich immer vorgestellt, dass ihr Vater sie durch den Mittelgang führte – und ein anderer Mann als Charlie sie am Altar erwartete. Es erschien ihr nicht fair, ihre Brautfantasien auf eine andere Beziehung zu übertragen. Dennoch, vielleicht gab es ja etwas, das zwischen einer Märchenhochzeit und dem Rathaus in der City von New York lag. Eine kleine Feier im Freien, auf einem Weingut auf dem Cape, das wäre doch genau das Richtige für Charlie und sie.

»Aber wir haben doch allen schon das Datum mitgeteilt. Und gesagt, dass es in der Stadt stattfindet.«

Er ließ sein perfektes Lächeln aufblitzen. »*Allen?* Alle sind in diesem Fall … sechs Leute – die dich alle von Herzen lieben und, falls es nötig sein sollte, auch zum Mond fliegen würden, damit sie an deinem besonderen Tag dabei sein können. *Unserem* besonderen Tag.«

Als er die sechs Gäste erwähnte, hoffte Melissa, dass er auch seine Schwester mit dazuzählte, allerdings gehörte Rachel Miller sicherlich nicht zu denen, die Melissa »von Herzen liebten«. Widerwillig hatte sie sich bereit erklärt, Melissa kennenzulernen, bislang hatten sie sich aber nur zweimal getroffen. Angeblich war sie wütend gewesen, als Charlie ihr von seinem Heiratsantrag erzählte, und hatte gemeint, ihr Bruder würde sich viel zu schnell in eine neue Beziehung stürzen. »Vielleicht kommt Rachel dann ja auch mit«, sagte Melissa.

»Vielleicht, vielleicht auch nicht. Wir werden heiraten, so oder so, und es wird an diesem wundervollen Ort stattfinden, den du aufgetan hast. Lass es uns buchen.«

»Wirklich?«

»Sicher. Schick mir den Namen des Weinguts, und ich rufe morgen gleich an.« Damit, wusste sie, war die Entscheidung gefallen. Unter den tausend Dingen, die sie an Charlie bewunderte, war, dass er sich immer sofort um alles kümmerte, ständig nahm er ihr unzählige Dinge ab, sodass sie den Kopf für anderes frei hatte. »Oh, hier will jemand Hallo sagen.«

Die Kamera an Charlies Handy wurde nach unten gedreht, bis sie ein pausbäckiges Gesicht sah, das zu ihr aufblickte. Rileys feine blonde Haare waren ganz zerzaust. Im Hintergrund sah Melissa Kartons auf dem Küchenfußboden gestapelt. Sie hatten gerade damit begonnen, die Sachen in seiner Wohnung in der Upper West Side zu verpacken, da er mit Riley bei ihr einziehen würde.

»Hallo, Missa!« Es klang fast wie *Missy,* ihr Spitzname, bis sie in der ersten Klasse von heute auf morgen verkündet hatte, dass sie von nun an Melissa genannt werden wolle. Riley lächelte so angestrengt, dass sie dazu fast die Augen zusammenkniff. »Wann kommst du?« Hinter der Handykamera, außerhalb des Bildes, sagte Charlie zu Riley, sie solle ihr eine Kusshand zuwerfen. Das kleine Mädchen legte seine Patschehand an die rosaroten Lippen und pustete ganz fest. Für eine nicht mal Dreijährige machte sie das sehr gut.

»Bald, Liebes. In zwei Tagen komm ich wieder nach New York.«

Ihre zukünftige Stieftochter hielt zwei Finger hoch. »Zwei! Genau wie ich.«

»Nur dass es zwei Tage sind, nicht zwei Jahre.«

»Weiß ich.« Sie wandte sich von der Kamera ab und stapfte davon.

»Kein leichtes Publikum«, sagte Melissa, als Charlie wieder auf dem Display erschien.

»Fast, als hätte sie die Aufmerksamkeitsspanne einer Zweijährigen«, antwortete er und gluckste kopfschüttelnd. »Ganz zu schweigen davon, dass du mit ihrem neuen *Peppa-Wutz*-Spielhaus konkurrierst.«

»Wie hat sie dich dazu gebracht, dass du sie so lange aufbleiben lässt?«

»Sie ist nach dem Essen gleich ins Bett, vor einiger Zeit aber wiedergekommen, weil sie angeblich was gehört hat. Ich dachte mir, ich lass sie noch so lange spielen, bis ich mit der Arbeit fertig bin.«

»Wir sprechen uns morgen wieder?«

»Klar«, sagte er. »Und an allen Morgen danach.«

Nachdem sie aufgelegt hatte, beantwortete sie noch widerwillig die drei Mails eines hartnäckigen Anwalts, der die Bedeutung einer Abwesenheitsnotiz nicht zu verstehen schien, bevor sie das Licht auf dem Nachtkästchen endgültig ausschaltete. Als sie die Augen schloss, sah sie sich neben Charlie stehen: Sie trägt das weiße, knöchellange, rückenfreie Seidenkleid mit Nackenband, das sie sich vergangene Woche bei Bloomingdale's gekauft hat. Er trägt den hellbraunen Leinenanzug, der, wie sie ihm gesagt hat, für eine Hochzeit im Sommer perfekt ist, selbst wenn sie nur im Rathaus stattfindet. Den Ich-erkläre-euch-zu-Mann-und-Frau-Kuss tauschen sie unter der mit funkelnden weißen Lichterketten geschmückten Teak-Pergola. Riley läuft auf sie zu, in ihren Haaren hat sie Rosen, und ihr pinkfarbenes Tüllkleid wippt fröhlich bei jedem ihrer Schritte.

Auf dem Rasen des Weinguts entdeckt das Mädchen eine

Schaukel. Sie klettert auf den Sitz und passt auf, dass sich ihr Kleid nicht in den Ketten verfängt. »Schieb mich an!« Sie kichert und kreischt und zieht die Nase kraus, wenn sie lacht. »Höher, Missa, höher!« Sie schaukelt so hoch, dass sie fast in den Himmel fliegt und zwischen den rosa-weißen Wolken verschwindet. Ihre Freudenschreie werden leiser, als die Schaukel allmählich ausschwingt. »Bitte, Missa – nicht aufhören.« Obwohl sie noch dreimal vergeblich mit den Füßen ausschlägt, steht die Schaukel fast still. Suchend dreht sie sich um, und in diesem Moment fährt Riley ein scharfer Schmerz in den kleinen Handrücken. Sie sieht dorthin, wo sie die Schmerzen spürt, und entdeckt einen roten Handschuh, der an der Kette festhängt. Auf dem Handschuh ist ein lächelndes Kätzchen aufgestickt. Warum trägt sie im Sommer einen Handschuh? Bevor sie die Frage beantworten kann, fällt sie vornüber – sie ist so klein, plötzlich aber so schwer – und wird von jemandem aufgefangen. Von jemandem.

In ihrem Traum wacht sie zum Geräusch eines Reißverschlusses auf. Es ist ihre eigene Jacke, die geöffnet wird. In der Nase hat sie den Geruch von Babypuder und Schweiß. Sie spürt, wie ihr der Rollkragenpullover umständlich über den Kopf gezogen wird, und mit ihm ihr Unterhemd. Sie bewegt sich und schlägt die Augen auf. »Mommy, Mommy …«

Als Melissa in ihrem Jugendbett hochfuhr, wusste sie nicht mehr, ob der Schrei, der ihr noch in den Ohren nachhallte, wirklich oder nur ein Teil ihres Albtraums war. Im Haus war es still, nur die Meeresbrandung war in der Ferne zu hören. Ihr Nacken war schweißfeucht, und ganz kurz glaubte sie, schwach Talkumpuder riechen zu können.

Das Mädchen auf der Schaukel war nicht Riley. Es war die dreijährige Missy. Es war der bislang lebhafteste Traum. Nach vierzig Jahren, nach all ihren Bemühungen, ihren Fortschritten hin zu einem glücklichen, auf die Zukunft gerichteten Leben begann Melissa sich endlich zu erinnern. *Nein,* flehte sie im Stillen. *Es soll aufhören. Ich will es nicht wissen. Ich will nicht, dass ich das bin.*

Sie war in kalten Schweiß gebadet. Der Wecker zeigte 2.30 Uhr. Es begann von Neuem. Die Träume. Sie wurden schlimmer.

ZWEI MONATE SPÄTER

1

Nancy kam die Treppe herunter und schloss die goldenen Perlenohrringe, die ihrem Ensemble den letzten Schliff verleihen sollten. Sie trug ein schlichtes, aber keineswegs matronenhaftes Seiden-Etuikleid in leuchtendem Königsblau, das Ray immer als ihre charakteristische Farbe beschrieben hatte und das noch dazu ihre blauen Augen betonte. Das leicht metallische Schimmern der Verzierungen am Ausschnitt verlieh ihrem sonst üblichen dezenten Auftreten etwas Festliches.

Im Erdgeschoss saß Melissa in einem flauschigen weißen Morgenmantel am Küchentisch, trug Lockenwickler in der Größe von Soda-Dosen im Haar, trank Kaffee und hatte die noch schlafende Riley auf dem Schoß. Sie saß auf dem Stuhl direkt am Fenster, dem Platz, den sie aus irgendeinem Grund als Kind zu ihrem »Lieblingsplatz« erkoren hatte, nachdem sie für den Hochstuhl zu groß geworden war. Sie setzte ihre Tasse ab und stieß, als sie ihre Mutter sah, einen übertriebenen Laut der Überraschung aus. »Schau dich an! Ich weiß nicht, ob mir das gefällt. Die Brautmutter sollte eigentlich nicht die schärfste Frau auf der Hochzeit sein.«

Nancy rümpfte die Nase und schüttelte den Kopf. »Das kannst du dir sparen. Außerdem solltest du vor unserem kleinen Engel nicht so reden.« Nancy drückte Riley einen Kuss auf den warmen, nach Babyshampoo riechenden Kopf.

Verschlafen sah Riley zu ihr auf. »Hallo, Grand-Nan. Du

siehst schön aus.« Nancy hoffte, dass Rileys Bezeichnung für sie – Grand-Nan – sich niemals ändern würde.

Sie meint scharf, sprach Melissa lautlos die Worte, als Riley nicht zu ihr sah.

Auch Melissa sah wunderbar aus, und das lag nicht nur an ihrem bereits aufgetragenen Make-up. Sie strahlte vor Glück. »Hattest du eine erholsame Nacht?« Bei ihren letzten beiden Besuchen auf dem Cape hatte ihre Tochter, die immer müde ausgesehen hatte, erklärt, dass sie unter Schlafproblemen leide. Manchmal machte sich Nancy Sorgen, dass ihre ehrgeizige Tochter mehr arbeitete, als ihr guttat.

»Wie ein Baby. Danke.«

Nach all den Jahren hatte es Nancy endlich geschafft, ihre Gedanken auf das Hier und Jetzt zu konzentrieren. Vierzig Jahre zuvor hätte sie sich völlig in ihren Erinnerungen verloren. Aber sie bemühte sich, jeden Tag in der Gegenwart zu leben … und nicht zurückzublicken oder die Zukunft vorherzusagen. Endlich funktionierte das auch, zumindest meistens. Sie war jetzt zweiundsiebzig, und mehr als die Hälfte ihres Lebens war sie so vom Glück gesegnet gewesen, wie man es sich nur wünschen konnte. Wenn dunkle Erinnerungen an die Vergangenheit hochkamen, wurde sie von ihnen entweder aus heiterem Himmel überrumpelt, oder sie stellten sich – wie heute – bei Ereignissen ein, die Ähnlichkeit mit ihrem eigenen Leben aufwiesen.

Eine Hochzeit. Die Hochzeit ihrer Tochter. Ein neuer Schwiegersohn, der Melissa über alles liebte, und ein bezauberndes kleines Mädchen, das Melissa lieben und mit aufziehen konnte. Zeit zum Feiern. Und dennoch …

Die Vergangenheit war nie vorbei. Eine Hochzeit. Ihre Gedanken waren nicht bei Melissas großem Tag, noch nicht einmal bei ihrer eigenen Hochzeit mit dem geliebten Ray, sondern bei einer anderen Trauung, die ihr Leben für immer verändert hatte. Nancy kam sich nicht oft wie eine ältere Frau vor, trotzdem, dass sie bereits mit achtzehn, im ersten Collegejahr, geheiratet hatte, erschien ihr heutzutage völlig unmöglich – vom Albtraum, der darauf folgte, ganz zu schweigen. Sie hatte unbedingt Weiß tragen wollen bei jener Hochzeit, die so überstürzt nach dem Tod ihrer geliebten Mutter angesetzt worden war. Damals hatte sie nur ein einziges weißes Kleid besessen – ein Strickkleid. Es hatte genügen müssen, sie hatte ja keine besonderen Hochzeitspläne, aber dann hatte sie den unerklärlichen Fleck am Ärmel entdeckt. Einen Fleck aus Schmierfett. Hätte sie schon damals diesen Fleck mit dem Autounfall ihrer Mutter in Verbindung gebracht und die richtigen Schlüsse gezogen, hätte sie Carl Harmon nie geheiratet und hätte dann nie um Peter und Lisa trauern müssen, damals nicht und nicht jetzt, nach so langer Zeit.

Ihre Gedanken wurden von polternden Schritten auf der Treppe unterbrochen. Sie drehte sich um. Vor ihr stand ihr Sohn Mike in einem perfekt geschnittenen marineblauen Anzug und einer Seidenkrawatte mit kleinen Segelbooten darauf. Er war sichtlich stolz auf seinen sportlichen Sprint die Treppe hinunter. »Als würde ich radfahren!«, sagte er und streckte beide Arme nach oben wie ein Turner nach einer perfekten Landung.

Das Haus war ein richtiges altes Cape-Haus mit so steilen Treppen, dass sie fast senkrecht anmuteten. Ray hatte immer gesagt, nach der Art ihrer Treppen zu schließen, mussten die alten Siedler von Bergziegen abgestammt haben.

»Wow, Mom, du siehst umwerfend aus.«

»Du kannst dich auch durchaus sehen lassen.«

»Sehr schick«, warf Melissa ein. »Aber wirklich, es wäre nicht nötig gewesen, gleich einen neuen Anzug zu kaufen.

Hochzeiten sollten für die Gäste nicht mit Aufwand verbunden sein.«

»Ich hatte schon einen Anzug, Schwesterlein. Sogar zwei. Ich bin Skipper, kein Hippie.«

Vierzig Jahre zuvor war sie überzeugt gewesen, ihre Kinder in- und auswendig zu kennen. Der so ordnungsliebende Michael hatte nicht nur immer brav alle elterlichen Anweisungen befolgt, sondern auch allen anderen Kindern eingebläut, sich genauso daran zu halten. Missy, seine kleine Schwester, schaffte es dagegen ständig, mit einem Loch in der Hose nach Hause zu kommen, oder betrauerte den Verlust irgendeines Lieblingskuscheltiers, das sie mal wieder auf ein Abenteuer fortgeschleppt und dabei verloren hatte.

Im Rückblick konnte Nancy nach wie vor kaum fassen, wie falsch sie damit gelegen hatte. Ihr rebellisches kleines Schmuddelkind Missy war jetzt Melissa, Überfliegerin im Jurastudium, die es zur Staatsanwältin geschafft hatte und sich jetzt entschieden für eine Reform des Strafrechtssystems aussprach. Erst vergangenen Abend hatten sie nicht nur auf das glückliche Paar angestoßen, sondern auch auf die Nachricht, dass es Melissas Podcast in die Top-100-Liste auf iTunes geschafft hatte. Und der früher so ernste Michael hatte nur drei Semester am College ausgehalten, bevor er sich in die Karibik davongemacht hatte, um mal »ein paar Jahre abzuhängen«. Jetzt war er Skipper auf Sint Maarten, wo ihn jeder Mike oder Mikey nannte.

Entsprechend unterschiedlich sahen Mike und Melissa auch aus. Die Alabasterhaut und die rosigen Wangen seiner Schwester betonten noch, wie braun gebrannt und muskulös Mike war. Und während seine ehemals blonden Haare immer dunkler geworden waren, hatte Melissa immer noch ihre rotblonden Locken, die sie schon als Kind gehabt hatte – genau wie Nancy, bevor sie nach Cape Cod gezogen war und sich sowohl einen neuen Namen als auch ein neues Aussehen zugelegt hatte. Mittlerweile war Nancy weder rothaarig noch brünett. Ihr perfekt geschnittener, silberfarbener Bubikopf sah laut ihrem Friseur richtig »hoheitsvoll« aus.

Mike zog sein Handy aus der vorderen Hosentasche und machte einen Schnappschuss von Melissa, die schützend die Hand hob, als wolle sie einen Paparazzi abwehren.

»Neeeein. Ich sehe lächerlich aus!«

»Das letzte Foto von dir als Single. Und die Lockenwickler sind einfach zu süß.« Er hielt ihr das Handy hin, damit sie das Bild betrachten konnte. »Du solltest das deinen Abertausend Followern in den sozialen Medien posten. Die werden hin und weg sein.«

Nancy stellte sich auf eine weitere geschwisterliche Kabbelei ein. Würde Melissa den Kommentar ihres Bruders als unterschwellige Kritik an ihrer zunehmenden Popularität auffassen? War das überhaupt Mikes Absicht? Nancy wollte nicht für eine Seite Partei ergreifen und wünschte sich, sie würden sich so lieben, wie sie es als Kinder getan hatten.

»Weißt du was?«, sagte Melissa. »Vielleicht mach ich das sogar! Danke. Aber erst sollte ich mir was anziehen. Schließlich wird heute geheiratet!«

»Jaaa, du und Daddy«, kam es kichernd von Riley, als sie von Melissas Schoß glitt. »Er ist im Garten. Darf ich zu ihm raus?« Charlie hatte die vergangenen zwei Nächte nicht unbedingt im Garten verbracht, sondern im Gästehaus, damit er die Braut vor der Hochzeit nicht zu Gesicht bekam. Ray und Nancy hatten das zusätzliche Gebäude auf dem Grundstück errichtet, als Melissa auf dem College war. Sie meinten, sie bräuchten mehr Platz, wenn die Kinder heirateten und eigene Kinder hatten. Das war jetzt endlich der Fall – zumindest bei Melissa.

»Klar«, sagte Melissa und umarmte noch einmal ihre baldige Stieftochter, bevor sie aufstand und ihr die Hintertür öffnete. »Sag deinem Dad, dass ich die Minuten zähle.«

»Es wäre schön, wenn Mommy hier wäre.«

Nancy sah, wie ihre Tochter zusammenzuckte, so wie immer, wenn Riley ihre Mutter erwähnte. Charlies erste Frau Linda war bei einem tragischen Unfall in Europa ums Leben gekommen, als sie dort zum ersten und einzigen Mal nach der Geburt des Babys Urlaub machten. Riley war noch zu jung, um den Zusammenhang zu verstehen, der zwischen dem Tod ihrer Mutter und Melissas neuer Rolle in ihrem Leben bestand.

Sanft strich Melissa Riley über den Kopf. »Ich weiß, Liebes. Es wäre für uns alle schön, wenn sie hier wäre.«

»Ich hab sie gefragt, aber sie kann nicht kommen.«

Erst nachdem Riley nach draußen gelaufen war, erklärte Melissa: »Neil sagt, es sei völlig normal, dass Kinder sich Gespräche mit ihren verstorbenen Eltern einbilden. Manchmal träumen sie auch von ihnen. Damit bewahren sie sie in der Erinnerung.«

Neil Keeney hatte zu den Kindern aus der Nachbarschaft gehört, mit denen Mike und Melissa nach wie vor befreundet waren. Mittlerweile war er ein renommierter Psychiater in New York. Wenn er sagte, dass man sich keine Sorgen zu machen brauchte, glaubte Nancy ihm. Trotzdem entging ihr nicht, wie sehr sich Melissa wünschte, sie könnte dem Kind einen Teil seines Schmerzes abnehmen.

»Nun, wer jedenfalls heute da sein sollte, das wäre die Schwester deines Mannes«, sagte Nancy spitz. Melissa hatte Rachel persönlich darum gebeten, ihrem Bruder und ihrer Nichte zuliebe zu kommen, wenn sie schon der Ehe nicht ihren Segen geben wollte.

Melissa, schon auf dem Weg zur Treppe, winkte nur ab. »Lass mich in Ruhe mit ihr. Ich werde noch sehr lange Teil ihrer Familie sein, irgendwann wird sie schon zur Besinnung kommen. Wir sind fest entschlossen, uns von ihr nicht den Tag verderben zu lassen.«

Nancys Blick folgte Riley, bis sie die Glasschiebetür des Gästehauses erreichte. Solange sie lebte, würde sie die Kinder in ihrer Umgebung mindestens so sorgfältig im Auge behalten, als wäre sie beim Secret Service. Das würde sie nicht mehr loswerden. Insgeheim musste sie lächeln, als Charlie, der noch dabei war, sich die Krawatte zu binden, die Tür zurückschob und seine Tochter begrüßte. Er winkte Nancy zu, bevor er sich Riley auf die Hüfte setzte. Er war ein guter Mensch – freundlich, verständnisvoll, treu. Wie ihr Mann Ray.

Während Melissa die Treppe hinaufging und Mike im Wohnzimmer den Sportsender ESPN einschaltete, genoss Nancy das Gefühl, die ganze Familie im Haus um sich zu haben – inklusive zweier neuer Mitglieder. Sie konnte sich nach wie vor an die Ruhe, an das Gefühl des Willkommenseins erinnern, das der Ort ausstrahlte, als sie ihn zum ersten Mal sah. Damals war sie Mitte zwanzig gewesen und hatte ganz neu anfangen wollen. Ray war der Makler, der sie bei der Suche nach einem Mietobjekt unterstützt hatte. Cape Cod sei ein guter Ort, wenn man für sich sein wollte, hatte er gesagt. Man könne gar nicht einsam sein, wenn man am Strand spazieren ging oder den Sonnenuntergang beobachtete oder einfach nur am Morgen aus dem Fenster sah.

Als Ray ihr das Haus zeigte, hatte sie sofort gewusst, dass sie bleiben würde. Der Wohn- und Essbereich war aus der im Zentrum des Hauses gelegenen alten Stube hervorgegangen. Sie liebte den Schaukelstuhl am offenen Kamin und den Tisch vor dem Fenster, sodass man beim Essen einen Blick über den

Hafen und die Bucht hatte. Nach ihrer Heirat hatte Ray dafür gesorgt, dass sie es kaufen konnten – er hatte gewusst, dass sie alles an dem Haus mochte.

Es war nun auf den Tag genau ein Jahr her, dass er, als sie aufwachte, kalt neben ihr gelegen hatte. Laut ihrem Arzt hatte er wahrscheinlich gar nichts gespürt. Seine letzten Worte hatten »ich liebe dich so sehr« gelautet, als er sich mit ihr zu ihrer letzten gemeinsamen Nacht ins Bett gelegt hatte. Die Erinnerungen, die sie in diesem Haus geschaffen hatten, gehörten ihnen gemeinsam.

Niemand war in der Nähe, um es zu hören, als sie laut zu ihrem geliebten Haus sagte: »Ach, wie sehr werde ich dich vermissen, altes Mädchen.«

Riley war vielleicht nicht die Einzige, die mit Geistern redete.

2

Manchmal fuhr Jayden Kennedy morgens mit dem Fahrrad über die überdachte Brücke und anschließend am Housatonic River entlang zum einzigen Coffeeshop in diesem kleinen Nest in Connecticut, in dem sämtliche Morgenzeitungen auslagen. An anderen Tagen setzte er sich in sein flottes Elektroauto und stattete dem Diner in Sharon einen Besuch ab, wo er zu den besten Blaubeerpfannkuchen, die er jemals gegessen hatte, die Zeitungen überflog. *The New York Times,* das *Wall Street Journal* und die *New York Post* bildeten sein journalistisches Dreigespann. Ebenso vielfältig war sein Konsum an Fernsehnachrichten und der Popkultur. Er war der festen Überzeugung, dass man sich nur dann einer objektiven Wahrheit annähern konnte, wenn man so viel wie möglich las, sich so viel wie möglich anhörte und so viele Ansichten wie möglich zu verstehen versuchte.

Der heutige Morgen war ein Blaubeerpfannkuchen-Tag – keine Zoomkonferenzen mit dem Ausland, kein Auf und Ab der Märkte, die er mit der Präzision einer Quarzuhr vorherzusagen versuchte. Dazu hatte er am Vortag eine Doppelyogasitzung absolviert, er musste sich also heute nicht schon wieder auspowern. Der Sonntag gehörte dem Müßiggang.

Für manche Leute allerdings – solche, vor denen Jayden nach West Cornwall geflohen war – bedeutete »Müßiggang« etwas ganz anderes: Eigentumswohnungen in Wolkenkratzern, Privatjets, maßgeschneiderte Designeranzüge. Das alles hatte

Jayden hinter sich gelassen, als er zwei Jahre zuvor seinen Job an der Wall Street gekündigt hatte und aufs Land gezogen war. Jetzt lebte er fast autark und erzeugte mit seinen Solarpaneelen genügend Strom für das Haus und das Ladegerät fürs Auto. Ein Propantank mittlerer Größe stand für den Notfall bereit, falls die solarbetriebene Sockelleistenheizung und der Holzherd einmal ausfielen.

Jaydens Bedürfnisse waren bescheiden: hin und wieder eine Auszeit von den Computermonitoren, Podcasts über wahre Kriminalfälle, nach denen er fast ein bisschen süchtig geworden war, gutes Essen und eine gute, altmodische Zeitung. Er seufzte vernehmlich, während er dem ihm vollkommen absurd erscheinenden Kommentar auf der Meinungsseite dennoch etwas Positives abzuringen versuchte. Dem Zeitungspapier haftete ein leicht staubiger, ins Bittere gehender Geruch an. Als er zur nächsten Seite umblätterte, blieb ein kreidiges Gefühl an den Fingerspitzen zurück.

Je nach Sichtweise passte Jayden genau ins Klischee seiner Generation. Er mied Bargeld zugunsten von Apple Pay. Sein Leben fand zum größten Teil vor dem Computer statt. Er hatte Solarpaneele und ein Elektroauto. Und machte Yoga. Er konnte sich die Haare sogar zu einem Bun binden, wenn er keine Zeit für den Friseur hatte. Vor allem war da aber – wie seine Eltern nicht müde wurden zu betonen – die Entscheidung, trotz der Viertelmillion Dollar Schulden wegen der Studiengebühren an einer Elite-Uni seinen Job mit dem sechsstelligen Einstiegsgehalt sausen zu lassen, weil ihm diese Art zu leben nicht »richtig« erschien.

Sein gegenwärtiges Leben in Connecticut, in dem er sich höchstens Pfannkuchen, Schinken und Zeitungen aus richtigem Papier leistete, erschien ihm absolut perfekt. Seine Freundin Julie war ebenfalls aus der Stadt hierhergezogen, hatte ihre Stelle als Persönliche Assistentin in einer »Hausfrauen«-Sendung im Fernsehen hingeschmissen und arbeitete jetzt in einem kleinen spleenigen Antiquitätenladen in Millerton. Ihr Einkommen war bescheiden, aber regelmäßig, dazu wohnte sie im Gästehaus eines älteren Ehepaars, das von ihr kaum mehr als eine symbolische Miete verlangte, und dass sie sich in den Wochen und Monaten, in denen sie auf Reisen waren, um ihr Haus kümmerte.

Jaydens eigenes Leben abseits der ausgetretenen Pfade verlief etwas holpriger. Der Großteil seiner Ersparnisse war für die Anzahlung des Hauses draufgegangen, dazu hatte er das größtmögliche Darlehen aufgenommen, das er bekommen konnte, solange die Zinsen niedrig waren und er noch sein Wall-Street-Einkommen als Sicherheit für den Kredit gehabt hatte. Hinzu kamen die Kosten, die fällig wurden, um das Haus energieeffizient zu machen. Und die Leasingraten für das Elektroauto. Und natürlich die Raten zum Abbezahlen der Schulden aus den Studiengebühren. Sein Einkommen aus dem Daytrading und als Consultant für »nachhaltige und ethisch verantwortungsbewusste Geldanlagen«, als der er von einer wachsenden Zahl von Geschäftskunden in Anspruch genommen wurde, war ganz anständig, reichte aber eben nicht für alles.

Seine insgeheim stets vorhandene Angst drohte gerade wieder mal das Glücksgefühl zu verdrängen, das er bei Zeitung und Pfannkuchen empfand, als sein Handy eine neue Nachricht anzeigte. Laut Display stammte sie von der App Domiluxe. Der Gründer des Dotcom-Unternehmens war in Yale eine Jahrgangsstufe unter Jayden gewesen. Nach den öffentlichen Verlautbarungen, die den von vielen erwarteten Börsengang der Firma begleiteten, spreche Domiluxe »als Online-Marktplatz für exklusive Urlaubimmobilien anspruchsvollste

Mieter und Vermieter an – und möchte Fünf-Sterne-Luxus mit der Sicherheit und Anonymität auf Geheimdienstniveau verbinden«. Trotz der blumigen Phrasen unterschied es sich nicht von den üblichen Seiten für Ferienwohnanlagen, abgesehen von drei zusätzlichen Merkmalen: einem »ästhetischen Berater«, der die Fotos der Immobilie absegnen musste, sehr viel höheren Gebühren, einer höheren Kaution und höheren Mietpreisen, und, am wichtigsten, dem Versprechen vollkommener Anonymität. Sowohl die Mieter als auch die Vermieter hatten die Möglichkeit, ihre wirklichen Namen zurückzuhalten, daneben – ein wahrer »Game Changer«, wie das im Markt genannt wurde – akzeptierte Domiluxe Bitcoin und andere Digitalwährungen. So flugs Jayden die vielen legitimen Gründe aufzählen konnte, warum Kunden einen Dienst wie Domiluxe in Anspruch nehmen wollten, so sicher war er sich auch, dass viele ihn nutzten, um sich Steuern und anderer finanzieller Verpflichtungen zu entledigen. Ebenfalls vermutete er, dass so mancher Kunde die Ausgaben für einen Luxusurlaub vor seinen nächsten Angehörigen verbergen wollte – wie zum Beispiel der Ehefrau, die nicht dazu eingeladen wurde.

Er tippte aufs Display und rief die neue Nachricht auf. Sie kam von »Helen«, ein Name, der vielleicht stimmte, vielleicht auch nicht. Er hatte mit ihr bereits einige Nachrichten ausgetauscht und erfahren, dass sich Helen ihrer Ankunfts- und Abreisedaten noch nicht sicher war, sich aber einen »entspannten und HUNDERTPROZENTIG vertraulichen Aufenthalt in schöner Landschaft, fern von allem Trubel« wünschte. Die Großschreibung bei der Art der Vertraulichkeit ließ Jayden mutmaßen, dass es sich bei »Helen« wahrscheinlich um einen Mann handelte, der sich davonstahl, um die Zeit mit jemandem zu genießen, mit dem er sonst in der Öffentlichkeit nicht gesehen werden wollte. Jayden hielt nicht viel von Untreue, aber er musste nun mal seine Rechnungen bezahlen, und die üblichen Websites für Ferienwohnungen hatten nicht genug eingebracht, damit er über die Runden kam.

Die neueste Nachricht von Helen bestätigte, dass sie nach wie vor am Haus interessiert war, allerdings wollte sie die genaue Adresse, damit sie sich alles auf einer Satellitenkarte ansehen konnte, bevor sie eine Zusage machte.

Jayden war versucht, seinem Unifreund eine Nachricht zu schicken und ihm zu sagen, dass er eine offensichtliche Lücke bei der »Sicherheit und Anonymität auf Geheimdienstniveau« entdeckt habe, stattdessen gab er kurzerhand seine Adresse ein. Nachdem die Nachricht verschickt war, bat er seine Lieblingskellnerin Clarissa um die Rechnung, dann schickte er Julie eine Nachricht und fragte an, ob sie mit ihm am Abend eine weitere Folge ihrer neuesten Lieblingsserie sehen wolle und immer noch »absolut überzeugt« sei, dass er bei ihr unterkommen könne, solange er sein Haus vermietete.

Hundertpro, schrieb sie sofort zurück. *Es ist wie Campen.* Sie fügte ein Zelt-Emoji an, gefolgt von drei Herzen. Er wollte nicht, dass sie dachte, er wäre immer auf diese Art von Hilfe angewiesen, aber mit dem »vielleicht ganzen Monat«, den Helen in ihrer ursprünglichen Nachricht hatte anklingen lassen, könnte er genug verdienen, um sein Darlehen für fast ein Jahr zu bedienen.

Auf dem Weg zu seinem Elektroauto, die Zeitungen unter den Arm geklemmt, klingelte sein Handy erneut. Wieder Helen. *Hab mir das Grundstück via Satellitenfotos angesehen. Was ist das für ein metallisch aussehendes Gebilde hinten im Garten?*

O Mann, dachte er. Jetzt verliere ich die goldene Gans auch noch wegen dieser klapprigen alten Schaukel am Waldrand.

Er hatte sich nie die Mühe gemacht, sie abzubauen. Zum Glück hatte der »ästhetische Berater« keine Fotos vom Gelände hinter dem Haus und der unmittelbaren Umgebung verlangt, bevor er dem Anwesen seine Zustimmung erteilt hatte.

Jayden warf die Zeitungen auf den Beifahrersitz und tippte die Antwort in sein Handy. *Es liegt an die fünfzig Meter vom Haupthaus entfernt. Wenn es stört, kann ich es abnehmen. Es ist eine Schaukel. Und auch nicht für Erwachsene ... ich hab sie ausprobiert – LOL. Wirklich nur für Kinder.*

Als er losfuhr, überlegte er, ob seine Antwort nicht zu flapsig ausgefallen war. Aber es folgte gleich die nächste Nachricht von Helen.

Perfekt.

Er wollte schon um eine nähere Erklärung bitten, als die nächste Nachricht eintraf. *Ich meinte, es gibt keinen Grund, irgendwas zu verändern. Ihr Haus ist perfekt für meine Zwecke. Melde mich bald wieder mit dem Termin.*

Jayden wusste mittlerweile, dass er seiner Intuition trauen konnte, und die sagte ihm, dass das mit Helen klappen würde. Es war nur eine Frage der Zeit.

3

Mike Eldredge öffnete die Fahrertür des SUV seiner Mutter. Aus irgendeinem Grund nagte diese Unruhe an ihm. Was war bloß los? Es war mehr als nur sein übliches Unbehagen, das er in Gegenwart seiner Schwester empfand – die nach wie vor ausblendete, was sie als Kinder zusammen erlebt hatten und was sie beide bis auf den heutigen Tag prägte.

Positiv überrascht hatte er erfahren, dass Melissa auf Anraten ihrer Freundin Katie im letzten Jahr einen Therapeuten gesucht hatte, um mit ihrem Schmerz über den Tod ihres Vaters zurechtzukommen. Ein guter Therapeut hätte Melissa dazu gebracht, über ihre Kindheit zu sprechen. Und wie hätte sie über ihre Kindheit reden sollen, ohne sich endlich der Wahrheit über Carl Harmon zu stellen, einen Namen, den sie nach wie vor nicht in den Mund nehmen konnte und bei dem sie das Zimmer verließ, wenn Mike es wagte, ihn laut auszusprechen? Als er den Fehler begangen hatte, Melissa gegenüber die Therapie zu erwähnen, hatte sie erwidert: »Mir wäre es lieber, Mom hätte dir nichts gesagt.« Für Mike das Zeichen, dass sie sich nie richtig darauf eingelassen hatte. Wahrscheinlich hatte sie nur ein paar Sitzungen nehmen wollen, bis sie sich einreden konnte, mit ihr wäre wieder alles in Ordnung, und Mike hätte nie vom Ende der Therapie erfahren sollen, in der sie nie zum Kern des Wesentlichen vorgestoßen war.

Drei Monate später hatte seine Mutter wieder Neuigkeiten für Mike: Melissa sei immer noch in Therapie, statt sich allerdings ihren wahren, unter einer zunehmend perfekten Oberfläche verborgenen Gefühlen zu stellen, hatte sie einen Freund gefunden. Er war Witwer und alleinerziehender Vater – anscheinend ein Geologe. Und sie sprachen bereits von Heirat.

Das nun erklärte dieses nagende Gefühl. Es war eine ungute Vorahnung. *Du kannst dich fürs Glück entscheiden,* sagte seine Schwester gern. Er hatte geargwöhnt, dass sie aus den falschen Gründen zur Therapie ging. Statt wirklich um ihren Vater zu trauern, behandelte sie ihren Schmerz nur als etwas, das sie ebenfalls kontrollieren konnte. Wenn sie nur das richtige Programm fand oder die notwendigen Einzelschritte vollzog, konnte sie wieder »glücklich« sein – sorglos, unbeschwert.

Für Mike hatte das nichts mit Glücklichsein zu tun. Glücklichsein, war er überzeugt, erforderte Ehrlichkeit. Glücklichsein konnte auch kompliziert und sogar schmerzhaft sein. Wenn man nie Schmerz erfuhr, wie sollte man dann dessen Abwesenheit wertzuschätzen wissen? Wenn man nie Angst hatte, wie sollte man dann wissen, was Trost war? Aber Melissa wollte weiter in ihrer vollkommen kontrollierten Melissa-Blase verharren und alle ungewollten Emotionen als »Drama« abtun. Heiratete sie deshalb einen Mann, den sie erst seit zehn Monaten kannte – als Bestätigung dafür, dass sie immer noch glücklich war?

»Erde an Michael.« Erschrocken blickte Mike auf. Seine Mutter war bereits ausgestiegen und wartete, dass er ihr folgte.

Als er ausstieg, sah er Melissa über den Rasen zu zwei Leuten gehen, die er als Neil Keeney und dessen Frau Amanda erkannte. Er hörte noch, wie sich Amanda begeistert über Melissas Kleid ausließ.

»Na, das sieht mir aber nach einer Mik-eil-Wiedervereinigung aus«, sagte seine Mutter. »Ich geh mal rein und sorge dafür, dass für die Zeremonie alles bereit ist. Begrüß du ruhig deine Freunde.«

Als Jugendlicher hatte Neil Keeney die junge Missy kaum beachtet, Mike aber war sein bester Freund gewesen. So unzertrennlich waren die beiden, dass Neils Mutter Ellen die ersten drei Buchstaben von Mikes Namen und die letzten drei von Neils Namen zu »Mik-eil« zusammengezogen hatte.

Als Melissa dann aber nach New York an die Columbia University ging, hatte Neil, der auf dem Albert Einstein College of Medicine Psychiatrie studierte, ganz in ihrer Nähe gewohnt. Zurück in die Gegenwart: Jetzt gehörten Neil und seine Frau zu Melissas engsten Freunden, hatten Mike aber bislang kein einziges Mal zu sich und in ihr paradiesisches Haus in der Karibik eingeladen.

Er hatte noch die Worte seiner Schwester im Ohr, nachdem er sie am Vortag gefragt hatte, ob sie sich wegen der Hochzeit wirklich sicher sei: *Weißt du, manchmal glaube ich, du bist bloß neidisch, Mike. Konzentrier dich mehr auf dein Leben und lass mich in Ruhe.* Vielleicht hatte sie damit nicht so unrecht.

Ein kurzes peinliches Schweigen legte sich über die Gruppe, als er sich zu seiner Schwester und Neil und Amanda gesellte – oder bildete er sich das nur ein?

»Hallo, schön, dich zu sehen, Mann. Todschick siehst du aus.« Neil hielt ihm zur Begrüßung die Faust entgegen, während ihm Amanda einen Kuss auf die Wange gab.

Bei ihrem Aussehen hätte Amanda locker auf die Titelseite eines Beauty-Magazins gepasst, in Wirklichkeit war sie jedoch Polizistin bei der New Yorker Polizei. »Immer so braun gebrannt«, sagte sie. »Ich bin richtig neidisch.«

In ihren Highheels überragte Amanda Neil um gut zehn Zentimeter. Mike erinnerte sich noch gut daran, wie Neil sich an die Klimmzugstangen im Park gehängt hatte, weil er hoffte, dadurch größer zu werden. Seine Mutter hatte ihn immer daran erinnert, dass sein Vater und seine Brüder und sein Onkel auch alle groß waren. *Warte es nur ab.*

»Ihr seid immer herzlich eingeladen, zu mir auf die Insel zu kommen«, sagte Mike. »Im Moment bin ich Skipper auf einem Vierzehn-Meter-Katamaran. Der schneidet durchs Wasser wie durch Butter.«

»Klingt himmlisch«, sagte Amanda. »Vielleicht diesen Winter? Ich hab viel Urlaub in meinem Dienst.«

Neil nickte und murmelte ein *mal sehen,* was sich eher anhörte wie *klar, wir werden definitiv nicht kommen.* Dann wechselte er das Thema. »Unsere kleine Missy heiratet. Ist das zu fassen?«

»Tja …« Mike suchte nach der passenden Erwiderung. Er wollte nicht lügen, er wollte aber auch nicht für eine Szene sorgen, wenn seine Schwester heiratete – was anscheinend außer ihm niemand für einen Fehler hielt. »Ja, meine kleine Schwester macht Nägel mit Köpfen. Und ohne dich, Neil, wäre sie jetzt vielleicht gar nicht hier. Hättest du ihn damals nicht erkannt, diesen Carl …«

Er spürte drei missbilligende Augenpaare auf sich, und Melissa stöhnte auf. »Muss das sein, Mike? Im Ernst?«

Aber es stimmt doch, wollte Mike antworten. Als Mike und Melissa noch vermisst wurden, hatte der damals siebenjährige Neil Carl Harmon von einem Foto in der Lokalzeitung erkannt. Obwohl Harmon zu diesem Zeitpunkt als verstorben galt, bestand Neil darauf, dass ihm dieser Mann einen Dollar gezahlt hatte, damit er ihm die Post vom Postamt holte. Diese Information hatte die Polizei zu dem Haus geführt, in dem Harmon die beiden Kinder nach der Entführung festhielt – das Haus, in dem Harmon Mike eine Plastiktüte über den Kopf gezogen hatte und ihn auf dem Bett ersticken lassen wollte, während er sich mit Melissa auf den Dachboden flüchtete.

»Mann«, sagte Neil kopfschüttelnd. »Doch nicht ausgerechnet heute. Lass doch die Vergangenheit ruhen.«

Mike rang sich eine Entschuldigung ab. Anscheinend stand Neil – und das als Psychiater – auf Melissas Seite, wenn es darum ging, die Vergangenheit auszublenden.

Mike hatte vielleicht keine so hübschen Uni-Abschlüsse wie die, mit denen die beiden ihre Praxis oder Kanzlei dekorierten, aber er hatte genug erlebt, um zu wissen, dass es nicht in der Macht des Menschen lag, zu entscheiden, wo die Vergangenheit auftauchte. Die Vergangenheit hatte ihre eigenen Pläne. Und in den meisten Fällen fand sie einen Weg ins Hier und Jetzt.

4

Es kommt aufs richtige Timing an. Das hatte Melissas beste Freundin Katie gesagt, als Melissa ihr von Charlies Heiratsantrag erzählte – und dass sie ihn angenommen habe. Als Melissa nach dem Tod ihres Vaters in eine, wie sie es jetzt sah, kleinere Depression schlitterte, schlug Neil eine Therapie vor, worauf Katie mehrere Therapeuten recherchierte, die sich auf Trauerarbeit spezialisiert hatten. So hatten sich Melissa und Charlie kennengelernt. Der Verlust eines Elternteils, wie in ihrem Fall, war im normalen Lauf des Lebens durchaus zu erwarten, aber Charlie war als alleinerziehender Vater zurückgeblieben. Und jetzt waren sie hier.

Melissa fand Katie in der Küche des Weinguts, wo sie in einer kleinen Nische über einer zweistufigen, mit Sommerblüten bestreuten Torte gebeugt stand. Blinzelnd, mit der Konzentration einer Chirurgin, justierte sie mit Daumen und Zeigefinger die Position einer der schimmernden Perlen, die den unteren Tortenrand umzogen. Melissa wusste, sie hatte zu warten, bis das Werk der Meisterin vollendet war, bevor sie sie stören durfte. Nachdem sich Katie aufgerichtet hatte und zufrieden ihr Werk betrachtete, machte sich Melissa bemerkbar.

»Das ist die schönste Torte, die ich jemals gesehen habe. Sie ist viel zu schön zum Essen.«

Katie wandte sich ihr mit einem breiten Lächeln zu.

»Aber du bist schön genug, um sie zu essen!«, erklärte sie,

gab Melissa einen flüchtigen Kuss auf die Wange und achtete darauf, die Hände bei sich zu behalten, um das Kleid der Braut nicht schmutzig zu machen.

»Ich weiß gar nicht, was ich sagen soll! Du hast mir versprochen, es wird was ganz Einfaches.«

Katie Palmer war nicht nur Melissas beste Freundin, sondern auch eine talentierte Konditorin und Inhaberin von *Katie Cakes,* einer kleinen, aber beliebten Konditorei auf der Upper East Side. Fast zwölf Jahre zuvor hatten sie sich als junge Anwältinnen in der Bezirksstaatsanwaltschaft von Manhattan kennengelernt. Katie blieb dort zwar länger als Melissa, verließ die Staatsanwaltschaft dann aber zugunsten einer Kanzlei für Familienrecht, bevor sie zu dem Schluss kam, dass Jura für sie vielleicht doch nicht das Richtige war. Nach einem Parisaufenthalt, wo sie, wie es schon lange ihr Wunsch gewesen war, an einem Patissierkurs teilnahm, kehrte sie nach New York zurück und war fest entschlossen, Jura hinter sich zu lassen und ihre eigene Feinbäckerei zu eröffnen. Katie fürchtete, dass Melissa von ihr enttäuscht sein könnte, aber Melissa versicherte ihr, dass sie sie in allem unterstützen würde, egal, wohin ihre Träume sie führten. »Außerdem«, hatte sie hinzugefügt, »hab ich das Gefühl, ich werde von deinen neu erworbenen Künsten mehr profitieren als von deinem brillanten juristischen Sachverstand.« Und jetzt hatte Katie ihr eine Hochzeitstorte wie aus dem Märchen gezaubert.

»Wie hast du mich hier hinten gefunden?«, fragte Katie.

»Ich hatte so ein Gefühl, als ich dich nicht draußen bei Neil und Amanda gesehen habe. Ich hab dann einen von den Angestellten gefragt, ob er zufällig eine fantastisch aussehende brünette Frau gesehen hat, die an einer Torte herumwerkelt. Er meinte, du hast dir noch nicht mal beim Reintragen des Kartons helfen lassen.«

»Na, man muss immer mit irgendwelchen ungeschickten Tölpeln rechnen. Ich wollte doch nicht, dass Rosie ruiniert wird.«

»Rosie?«, fragte Melissa stirnrunzelnd. Sie wusste schon, dass Katie den Torten, an denen ihr persönlich lag, gern einen Namen verlieh.

Sie zuckte mit den Schultern. »Nach den Rosenblüten oben zwischen den anderen Blüten. Kein besonders origineller Name, ich weiß. Also, das ist dein großer Tag: Du wirst eine verheiratete Frau sein – und obendrein auch noch Mom.«

Streng genommen würde Melissa zur Stiefmutter des kleinen Mädchens werden, nur hatte Riley keine andere Mutter mehr in ihrem Leben.

»Ich bin einfach so wahnsinnig glücklich, Katie. Ist das kitschig?«

»Natürlich nicht«, kicherte sie und wusch sich rasch die Hände im nahen Waschbecken. »Du *sollst* ja glücklich sein. *Du kannst dich fürs Glück entscheiden,* du erinnerst dich?«

Das war Melissas Mantra, seitdem sie in der achten Klasse in der Bibliothek ein Buch mit diesem Titel entdeckt hatte. Während ihre Freundinnen ihre Teenagerängste vor Jungs auslebten, an die kein Herankommen war, oder sich Sorgen machten, dass sie zu klein oder zu groß oder zu dick oder zu dünn oder nicht beliebt genug waren, war Melissa diejenige gewesen, die das Wichtigste nie aus den Augen verloren hatte. Sei eine loyale Freundin. Ein netter Mensch. Arbeite hart. Und entscheide dich fürs Glück.

»Ich weiß, ich weiß. Aber ich muss sagen, als Patrick alles abgeblasen hat …« Sie kam sich etwas illoyal vor, dass sie am Tag ihrer Hochzeit ihren Exfreund erwähnte. Eineinhalb Jahre zuvor wäre es für sie undenkbar gewesen, dass sie sich an diesem wunderschönen Ort aufhalten würde, umgeben von ihrer Familie und den engsten Freunden, und ihre Zukunft einem Mann anvertraute, der sie wirklich verstand und liebte. Denn eineinhalb Jahre zuvor hatte der Mann, von dem sie gedacht hatte, sie würde ihr Leben mit ihm verbringen, sie verlassen. »Ich bin wirklich eiskalt erwischt worden. Ich hab es gebraucht, dieses *du kannst dich fürs Glück entscheiden.* Rede es dir ein, so lange, bis es so ist, weißt du? Weil ich verletzt war. Vor allem war ich aber überzeugt, dass ich keinen mehr an mich heranlassen, dass ich keinen mehr in mein Leben lassen durfte, wenn ich nicht so verletzt werden wollte. Es war ja nicht so, dass es sonst nichts gab auf der Welt, das für mich gesprochen hätte.«

»Wie bescheiden«, zog Katie sie auf.

»Du weißt, was ich meine. Ich hab mir gedacht, ich habe meine Arbeit, meine Freunde, mein Leben.« Melissas Karriere war derart steil verlaufen, wie sie es nie für möglich gehalten hätte. Sie erinnerte sich, wie ihre Freunde sie dazu ermuntert hatten, *wieder unter Leute zu gehen,* was sogar so weit ging, dass sie sie auf einem Online-Datingportal angemeldet hatten. Aber es war nicht ihr Single-Dasein gewesen, das ihr so sehr zugesetzt hatte. In gewisser Hinsicht kam ihr der schreckliche Anruf ihrer Mutter vor, als läge er Jahre zurück, insgeheim konnte sie aber immer noch nicht glauben, dass ihr Vater wirklich tot war. »Und dann ist Dad gestorben, und ich hab eine Therapie angefangen, und da ist dieser fürsorgliche, fantastische Typ in der Gruppe gewesen, und plötzlich hat einfach alles zusammengepasst. Ich hab nie gedacht, dass ich das alles haben könnte … Charlie und Riley, sogar eine Rosie«, sagte sie und deutete zur Torte. »So sieht Glück aus.« Ihr traten Tränen in die Augen, die sie mit dem Handrücken wegwischte. »Ah, schau, was ich gemacht habe.

Ausgerechnet an dem Tag, an dem ich wenigstens einmal mein Make-up richtig hingekriegt habe.«

»Hör auf. Du weißt, dass Tränen ansteckend sind? Wir lassen uns von nichts deinen perfekten Tag ruinieren.« Katie zog ihr Handy aus der Schürzentasche und schoss ein paar Fotos von ihrem Meisterwerk. »Soll ich dich taggen?«

Intuitiv war Melissa immer bestrebt, ihre Privatsphäre zu wahren, ihre Agentin aber nervte sie seit geraumer Zeit, dass sie sich auf den sozialen Medien persönlicher präsentieren sollte, und wenn ihr Name auf Katies Account auftauchte, wäre das wahrscheinlich gut für deren Konditorei, die wirtschaftlich nach wie vor zu kämpfen hatte, auch wenn Katie davon träumte, sie zu einer landesweiten Kette auszubauen. »Klar«, sagte sie.

Katies Daumen flogen mit Lichtgeschwindigkeit über das Handydisplay. »Voilà«, sagte sie und sah auf den Bildschirm, während die Torte Rosie schon jetzt ein Herzchen nach dem anderen ergatterte. Dann aber runzelte sie die Stirn.

»Was ist?«

Katie schüttelte den Kopf. »Das kann warten. Wir haben eine Hochzeit vor uns.«

»Lass das. Ich will wissen, was los ist. Ich seh dir an, dass etwas nicht stimmt.«

Katie hielt Melissa ihr Handy hin. »Es ist der Account, von dem du mir letzte Woche erzählt hast.«

Die Torte Rosie hatte bereits 52 Likes erzielt, eine kurze Liste von Kommentaren voller Herzchen-, Torten- und Gabel-Emojis erschien, bis Melissas Blick am letzten Posting hängen blieb: *Hübsche Torte, aber schenk sie jemandem, der sie wirklich verdient hat. Melissa Eldredge ist eine verlogene Betrügerin. Ist das eine Hochzeitstorte? Möge Gott dem Idioten gnädig sein, den sie rumgekriegt hat, sie zu heiraten.*

Der User nannte sich ironischerweise *TruthTeller*. Melissa erkannte das Profilbild vom ersten fiesen Post auf ihrer Seite. Es bestand aus einem chinesischen Schriftzeichen, das, wie sie mittlerweile in Erfahrung gebracht hatte, für »Wahrheit« stand. Die Seite von TruthTeller hatte keinerlei Einträge, und soweit Melissa sagen konnte, bestand der Account allein zu dem Zweck, eine einzige Userin zu trollen – Melissa.

»Wie nett von ihr, was?«, sagte Melissa trocken. *Von ihr? Von ihm? Handelte es sich um mehr als eine Person?* Aufgrund der Anonymität im Internet wusste sie es nicht, hatte aber ihre Vermutungen. Immerhin hatte sie nur eine einzige ehemalige Mandantin, die schon mal so mit ihr gesprochen hatte.

»Dieser sogenannte TruthTeller hat es sich gerade verdient, von mir augenblicklich geblockt zu werden«, sagte Katie und tippte mit einem zufriedenen Grinsen auf ihrem Handy herum. »Tut mir leid, dass du das nicht auch kannst.«

Sie zuckte mit den Schultern. Melissas Agentin bestand darauf, dass das Blockieren von Online-Trollen diese nur noch mehr anlockte. »Du darfst sie nicht wissen lassen, dass dir ihre Postings nahegehen.«

Katie schüttelte den Kopf und packte ihr Handy wieder weg. »Du hast ein sehr viel dickeres Fell als ich. Ich würde sofort eine einstweilige Verfügung beantragen.«

»Gegen einen anonymen Internet-Account? Der Account würde noch nicht mal gesperrt werden, solange ich nicht wirklich bedroht werde oder meine Adresse gepostet wird.«

Katie schüttelte sich. »Allein bei der Vorstellung läuft es mir kalt über den Rücken.«

»Deswegen ist es das Beste, keine Kommentare zu lesen.«

»Um eine kluge Frau zu zitieren: *Du kannst dich fürs Glück entscheiden,* richtig?« Katie hielt ihr den Arm hin, und Melissa hakte sich bei ihr unter.

»Genau.«

Als sie den Verkostungsraum in Richtung Garten durchquerten, fragte Katie leise: »Ich will ja nicht ein weiteres heikles Thema ansprechen, aber weiß dein Bruder sich zu benehmen?« Melissa hatte von Mike erzählt, der den Anschein machte, als wäre er mit der Hochzeit nicht einverstanden – oder mit sonst etwas in ihrem Leben, wenn sie schon mal dabei war.

»Er hat vorhin so einen blöden Kommentar abgegeben, dass Neil im Grunde verantwortlich war für meinen großen Tag heute, weil er … na ja, du kennst die Geschichte ja«, sagte sie und winkte ab. »Wenn überhaupt, dann gebührt dir die Ehre – schließlich hast du uns zusammengebracht, unbeabsichtigt. Nicht dass eine Gruppentherapie eine besonders romantische Eheanbahnungsinstitution ist, aber du hast mir den Therapeuten empfohlen.«

Als sie ins helle Licht der über der Bucht stehenden Sonne traten, hörte Melissa auch schon ihre Mutter rufen. »Da bist du ja! Riley ist so dermaßen aufgeregt, dass sie sich gar nicht mehr einkriegt.«

Melissa hatte wenig Sinn für traditionelle Hochzeitsrituale, aber ihre Mutter hatte Charlies Tochter so viel von Hochzeiten erzählt, dass sich in Rileys kindlichem Verstand die Vorstellung festgesetzt hatte, die ganze Hochzeit wäre ruiniert, wenn der Bräutigam die Braut erblickte, bevor sie durch den Mittelgang schritt. Auch wenn der Mittelgang in ihrem Fall aus einem provisorischen, mit Teelichtern abgegrenzten Weg über eine Wiese bestand, so hielten sie sich zumindest an diese traditionelle Regel.

Riley kam auf sie zugehüpft und wusste nicht, wohin mit ihrer Aufregung. »Ich will, dass Daddy kommt. Jetzt ist Hochzeit. Onkel Mike ist auch da.«

Ihr Bruder, in einem der zwei Anzüge, von denen sie gar nicht gewusst hatte, dass er sie besaß, kam auf sie zu. Er ging ihr vielleicht auf die Nerven, aber er war hier, was man von Charlies Schwester nicht behaupten konnte. Er hatte sogar angeboten, sie anstelle ihres Vaters durch den Mittelgang zu führen. Jetzt beugte er sich zu Riley hinunter, legte sich die Handflächen auf die Oberschenkel und schob sein Gesicht ganz nah an ihres. »Sollen wir loslegen?«

Sie strahlte von einem Ohr zum anderen, dazu nickte sie vehement mit dem Kopf. »Ich habe dann eine zweite Mommy!«

Wieder spürte Melissa, wie ihr die Tränen kamen, als sie sich alle zur Terrasse wandten, wo sie warten würde, bis Charlie erschien. Es überraschte sie, dass ihr Bruder sie an der Hand nahm. Schweigend gingen sie hinüber und warteten.

Ein Energiestrom schoss von ihren Fingerspitzen zu ihrem Herzen, als sie und Charlie sich an der Hand fassten. Besser konnte es nicht sein.

Ein weiterer Vorteil, die Hochzeit vom Rathaus in Manhattan hierher zu verlegen, bestand darin, dass einer ihrer engsten Freunde der Zeremonie vorstehen konnte. Neil hatte drei Jahre zuvor, als einer seiner Brüder auf dem Cape geheiratet hatte, die Lizenz erworben, eine Trauung zu vollziehen.

»Charlie und Melissa werden jetzt durch ihre Gelübde ihr Einverständnis zu ihrer Vermählung erklären.«

Melissa tat alles, was sie konnte, um für die nächsten Minuten die Zeit anzuhalten. Sie wollte sich auf ewig an die Worte, den Augenblick, ihre Gefühle erinnern können. Sie und Charlie hatten sich kennengelernt, als sie beide außergewöhnliches Leid erfahren hatten, und irgendwie waren sie damit fertiggeworden, jeder für sich und auf seine Weise, aber sie hatten es auch gemeinsam geschafft. Sie kannten sich jetzt noch nicht einmal ein ganzes Jahr, und dennoch konnte sie sich ein Leben ohne ihn nicht mehr vorstellen.

»Damit erkläre ich euch zu Mann und Frau.« Sofort hörte sie einen Korken knallen. Ihre kleine Gruppe aus Familienangehörigen und Freunden jubelte, Applaus brandete über die Rasenfläche des Weinguts, während sich nun auch Fremde unter die Feiernden mischten.

Melissa hatte ihr Champagnerglas zur Hälfte geleert, als ihre Mutter ihr den Arm um die Schultern legte und meinte, sie habe ihr etwas mitzuteilen. »Es ist ja ein besonderer Tag.«

Mehr musste sie gar nicht mehr erklären. Als ihre Mutter vorgeschlagen hatte, die Hochzeit auf den Todestag ihres Vaters, respektive ihres Ehemanns, zu legen, hatte sie gesagt: »Dann können wir unsere Trauer hinter uns lassen und haben einen ganz neuen Grund, diesen Tag zu feiern.«

»Ich hoffe, es war für dich nicht zu schlimm«, sagte Melissa. Sie hatte angenommen, ihre Mutter würde mit Wehmut an ihren eigenen Hochzeitstag erinnert. Und nicht nur das, sondern auch an ihre erste Ehe mit … Melissa verdrängte den Gedanken sofort, wie immer, wenn sich die Existenz dieses Mannes in ihr Bewusstsein schlich. *Nicht heute, nicht heute.*

Ihre Mutter aber schien keineswegs beunruhigt. »Nein, das war genau das, was wir alle gebraucht haben – sich wieder auf die Zukunft konzentrieren zu können. Genau das hätte auch dein Dad gewollt. In dieser Hinsicht muss ich dir etwas erzählen, was für dich hoffentlich wirklich gute Neuigkeiten sind. Ich werde das Haus verkaufen. Der Immobilienmakler sollte das Angebot bereits online gestellt haben – mit allem Drum und Dran, sogar mit einem Verkaufsschild vor dem Haus.«

»Mom, bist du dir sicher? Ich weiß, wir haben darüber geredet, aber ausgerechnet heute – überstürze nichts.«

Mit einem Kopfschütteln gab Nancy Eldredge zu verstehen, dass es hier nichts mehr zu diskutieren gab. »Für mich schließt sich hier ein Kreis. Ich bin nach Cape Cod gekommen, um an einem neuen Ort eine zweite Phase meines Lebens zu beginnen. Hier bin ich deinem Vater begegnet, der mir das Haus gezeigt hat, und ich war glücklicher, als ich mir jemals erhofft habe. Ich habe mich verliebt, erst in das Grundstück, dann in ihn, und dann seid ihr, dein Bruder und du, gekommen. Aber Mike ist jetzt auf Sint Maarten, und du bist in New York. Ich bin bereit, Abschied zu nehmen. Du stehst davor, eine zweite Phase in deinem Leben zu beginnen, und wenn du nichts dagegen hast, würde ich gern mit dabei sein.«

»Machst du Witze? Natürlich. Nur zu gern. Ich kann es kaum erwarten, für dich eine Wohnung bei uns in der Nähe zu suchen.«

Ihre Mutter gab einen für sie ungewöhnlich lauten Ausruf von sich. »Oh – in der Stadt? Auf keinen Fall. Ich habe mich erkundigt. Ich würde gern nach Long Island ziehen, ans östliche Ende. Ich denke an Southampton. Dann bin ich immer noch am Meer, aber auch nicht so weit von dir entfernt. Vor allem jetzt, da ich die Großmutter deiner wundervollen Stieftochter werde. Was meinst du?«

Durch den Umzug wäre ihre Mutter nur noch zwei Stunden mit dem Zug entfernt statt, wie jetzt, sechs Stunden mit dem Auto. »Das wäre toll. Aber du weißt, was du tust?«

»Ja, natürlich. Ich bin eine erwachsene Frau und weiß sehr genau, was ich für mich will. So, und jetzt bring ich dich zu deinem Mann zurück.«

Als Charlie sie fest umarmte, war Melissa so voller Freude,

dass ihr nicht auffiel, wie jemand ganz in der Nähe einzig und allein auf Riley fokussiert war und bereits die Tage zählte, bis sie beide allein sein konnten, ohne diese vielen Menschen. Es würde nur eine Frage der Zeit sein.

5

Patrick Higgins stand am Fenster seines Büros mit Blick auf den Rockefeller Plaza. Die landesweit ausgestrahlte Morgenshow, die im Erdgeschossstudio aufgezeichnet wurde, hatte ihre sommerliche Konzertreihe mit einer seiner Lieblingsbands begonnen. Selbst im siebzehnten Stock war die Stimme des Leadsängers klar zu verstehen. *Touch me ... take me to that other place.* Das Publikum, das früh erschienen war und das Auditorium füllte, bewegte sich zum Takt der Musik. Es war wirklich ein schöner Tag, aber der Song, der sein Herz sonst mit Hoffnung erfüllte, weckte heute ein Gefühl der Reue.

Es war jetzt eineinhalb Jahre her, trotzdem gab es überall noch Dinge, die ihn an sie erinnerten, von der Sukkulente auf dem Fensterbrett, die sie aus welchem Grund auch immer Nigel getauft hatte, bis zu diesem Song – den hatte sie spielen wollen, wenn sie durch den Mittelgang schritt. Egal, wie viel Zeit noch verging, vermutlich würde ihm Melissa Eldredge nie aus dem Kopf gehen. Er hatte sich sogar einen Tesla gegönnt, zur Ablenkung, aber auch der erinnerte ihn nur daran, wie sie ihn aufgezogen hatte, wenn er sich stundenlang mit dem potenziellen Kauf des Wagens beschäftigte. »Manche Männer träumen von anderen Frauen, aber ich konkurriere mit einem Computer auf Rädern.«

Natürlich könnte es ihm vielleicht gelingen, sie zu vergessen, wenn er sich nur etwas bemühen würde, ihre Spuren aus seinem Leben zu tilgen. Aber sooft er es sich auch vorgenommen hatte, er brachte es einfach nicht fertig, Nigel in den Müll zu werfen. Das Foto von ihnen beiden, das früher neben seinem Monitor gestanden hatte, blieb weiterhin in der obersten Schublade. Er hatte auch ihren Podcast abonniert und lauschte vor dem Einschlafen ihrer Stimme. Und jetzt, wie er es mindestens einmal die Woche machte – und sich fest vornahm, es wäre wirklich das letzte Mal –, rief er ihre Accounts in den sozialen Medien auf.

Er kannte diesen Gesichtsausdruck von ihr – eine Mischung aus Überraschung und Belustigung samt ein klein wenig Genervtsein. Wer das Foto gemacht hatte, hatte sie in einem unbedachten Augenblick erwischt. Um den Kopf eine Aura aus riesigen Lockenwicklern. Sie war hinreißend, strahlend und absolut begehrenswert.

Das Foto war abgeschnitten, aber am unteren Rand erkannte er blonde Haarsträhnen. Hatte sie ein Kind auf dem Schoß?

Die Bildunterschrift war ein Schlag in die Magengrube: *Den Sprung wagen. Wir machen es.*

Fieberhaft suchte er nach einer anderen Interpretation. Wenn seine Vermutungen nicht trogen, dann war Katie auf jeden Fall auch mit von der Partie gewesen. Er rief den Account von *Katie Cakes* auf. Der neueste Eintrag zeigte einen riesigen Tisch voller Muffins, die abwechselnd mit dem Logo der Yankees oder der Red Sox dekoriert waren. *Die süßeste Konkurrenz* lautete die Unterschrift.

Das vierte Bild in der Reihe sah aus wie eine Hochzeitstorte. Weiß, mit zwei von Blüten bedeckten Schichten. Ein Weingut auf Cape Cod war in dem Post getaggt. Und Melissa. *Musste Tränen zurückhalten, damit sie nicht auf die Torte fallen für meine BFF, die Braut.*

Er schloss die Website und kehrte zu seinem Programmierjob zurück. Die neue App, die er für eine Bank entwickelte,

war fast fertig fürs Beta-Testing. Während er sich wieder angestrengt auf den Programmcode auf seinem Bildschirm konzentrierte, wurde auf dem Platz unterhalb seines Büros ein
neuer Song angestimmt. Er stellte sich Melissa vor, die seine
Hand hielt und zur Musik tanzte, so wie damals, als sie das
letzte Mal die Band gemeinsam im Madison Square Garden
gesehen hatten.

Im Browser suchte er nach dem Rathaus, das Nancy Eldredges Haus am nächsten lag. Er musste es wissen.

DREI WOCHEN SPÄTER

6

Melissa wusch und spülte das Mittagsgeschirr, reinigte die Pfanne und wischte kurz über den Küchenboden. Sie war schon immer ordentlich gewesen und fand Trost in den Ritualen der Sauberkeit. Nach dem Essen räumte sie sofort auf, entlud jeden Morgen den Geschirrspüler und legte alles, was sie benutzt hatte, an seinen Platz zurück. Katie hatte sich gnadenlos über sie lustig gemacht, als sie erfuhr, dass Melissa zweimal im Monat das Medizinschränkchen ausräumte, um darin Staub zu wischen.

Ein amüsiertes Glucksen riss sie aus ihrem tranceartigen Zustand.

Das Glucksen kam von Grant »Mac« Macintosh. Er befand sich auf der anderen Seite ihrer Kücheninsel und hatte bereits das Headset auf. Mac war nicht nur ein Freund und ehemaliger Kollege, sondern mittlerweile auch der häufigste Gast-Co-Moderator ihres True-Crime-Podcast *The Justice Club*, den Melissa ein halbes Jahr zuvor gestartet hatte. Jede Episode von *The Justice Club* behandelte einen wahren Kriminalfall, über den diskutiert wurde, ob der Gerechtigkeit dabei wirklich Genüge getan wurde.

»So faszinierend es auch ist, dir beim Putzen zuzusehen, könnten wir nicht langsam mal anfangen?«, fragte Mac. »Ich hab nachher noch was vor.«

»Tut mir leid, aber wenn ich das ganze Chaos vor mir sehe, kann ich mich nicht konzentrieren.«

»Ich kann mich nicht erinnern, hier jemals schmutziges Geschirr bemerkt zu haben.«

»Eine Wohnung sauber zu halten ist doch mit etwas mehr Aufwand verbunden, wenn ein dreijähriger Tasmanischer Teufel sein Unwesen treibt.«

»Apropos, wo ist der kleine Feger?«

»Charlie ist in einem Meeting mit einem Neukunden, deshalb hat seine Schwester Riley abgeholt, sie verbringen den Tag bei ihr in Brooklyn.«

»Schön, wenn man eine Tante in der Nähe hat, die das Babysitten übernimmt«, sagte er.

Melissa unterdrückte das unwillkürliche Augenrollen, mit dem sie sich beinahe verraten hätte. Rachel hatte nicht nur ihre Hochzeit boykottiert, sondern weigerte sich auch nach wie vor, ihre Nichte in Melissas Anwesenheit zu besuchen. Sie hatte sogar die Einladung zu der kleinen Party ausgeschlagen, die sie am Wochenende zu Rileys drittem Geburtstag veranstaltet hatten, und hatte sie dann am Folgetag allein aufgesucht. Nun schob Melissa den Gedanken beiseite, setzte sich ihr Headset auf und ließ sich neben Mac am Tisch nieder. »Also … sind wir so weit, Evan Gerechtigkeit widerfahren zu lassen?«

Bei dem fraglichen Evan handelte es sich um Evan Moore, einem Jungen, der fast acht Jahre zuvor im Alter von sechs Jahren in einem Vorort von Seattle verschwunden war. Evans Vater war bis auf den heutigen Tag überzeugt, dass Judith, die Stiefmutter des Jungen, ihn ermordet und den Leichnam spurlos hatte verschwinden lassen – angeblich kam sie sich eingesperrt vor, weil sie den Jungen einer fremden Frau großziehen musste, nachdem der lange Sorgerechtsstreit schließlich zugunsten des Vaters entschieden worden war. Evans Verschwinden würde Thema der nächsten vier Folgen von

The Justice Club sein. Sie und Mac hatten beschlossen, alle vier Folgen auf einmal aufzuzeichnen, damit sie in den nächsten Wochen genügend Zeit hatten, um für den nächsten Fall zu recherchieren.

Vier Stunden später nickte Melissa Mac zu und signalisierte mit ausgestreckten fünf Fingern, dass sie mit der Zusammenfassung der letzten Folge beginnen konnten.

»Okay, Melissa. Ich weiß, es ist wahrscheinlich aussichtslos, wenn ich das frage, trotzdem: Glaubst du, dass Judith Moore schuldig ist?«

»Du stellst die falsche Frage, Mac. Jeder ist unschuldig, solange ihm kein ordnungsgemäßer Prozess gemacht wird und er sich nicht schuldig bekennt oder zweifelsfrei für schuldig erklärt wird. Du als Strafverteidiger solltest das wissen.«

»Trotzdem erlaube ich mir das eine oder andere Gedankenspiel«, erwiderte Mac. »Oder siehst du hier einen Gerichtssaal? Versteckt sich unter diesem Tisch eine Geschworenenjury? Manchmal ist es mir ehrlich gesagt ziemlich schleierhaft, warum dein Podcast so erfolgreich ist.«

»Weil ich vielleicht klug genug bin, um interessante Freunde wie dich einzuladen?«

Melissa war schon immer fasziniert gewesen von wahren Verbrechensfällen, vor allem von ungelösten Rätseln. Sie hatte ein Gespür für eine packende Story, und durch die anspruchsvollen Fälle vor Gericht war sie mittlerweile sehr versiert darin, davon zu erzählen. Nach ihrer Arbeit bei der Bezirksstaatsanwaltschaft hatte Melissa eine eigene Kanzlei eröffnet und sich auf zivilrechtliche Fälle spezialisiert, wobei sie sich insbesondere für Opfer von Misshandlungen einsetzte. Sie nahm zwar auch einige wenige Strafrechtsfälle an, vertrat aber ausschließlich Angeklagte, von denen sie überzeugt war, dass sie zu unrecht beschuldigt oder anderweitig ungerecht behandelt worden waren. Dann, zwei Jahre zuvor, hatte sie den Revisionsprozess von Jennifer Duncan gewonnen, einer Frau, die in Notwehr ihren sie verprügelnden Ehemann getötet hatte. Die Frau wurde wegen Mordes rechtskräftig verurteilt, Melissa aber gelang es, ein Revisionsverfahren in die Wege zu leiten. Die Wiederaufnahme erregte in der Öffentlichkeit ebenso viel Aufsehen wie der ursprüngliche Mordprozess – sie war ein ehemaliges Model, ihr Mann ein reicher und bekannter Bauunternehmer. Ein weiterer Dreh bei diesem Fall war die Tatsache, dass Melissa während des Mordprozesses noch für die Staatsanwaltschaft tätig gewesen war und nun bei der Revision ihr Wissen über den Fall zugunsten von Jennifer Duncan verwenden konnte.

Durch den gewonnenen Prozess fand sie sich plötzlich in den Nachrichten der Kabelsender wieder, was schließlich zu einer zweiseitigen Reportage im *New York Magazine* führte, was wiederum ihr und Jennifer einen Auftritt in der Fernsehsendung *The View* eintrug. Melissa überraschte es nicht, dass Produzentinnen und Publizisten mehr von Jennifer Duncan hören wollten, zehn Minuten nach der Ausstrahlung ihres gemeinsamen Fernsehauftritts aber rief eine Agentin namens Annabel Marino bei Melissa an und fragte sie, wie sie ihre neue »Plattform« zu bespielen gedenke. Sie gedenke, hatte Melissa geantwortet, in ihre Anwaltskanzlei zurückzukehren und sich um ihre Arbeit zu kümmern.

Annabel wandte ein, dass so ein Moment, wie ihn Melissa gerade erlebte, nur einmal im Leben komme – oder gar nie. Sie aber könne die Filmrechte an dem Fall verkaufen oder, basierend auf ihrer Person, daraus eine Kriminalromanreihe entstehen lassen, vielleicht könne sie ihr sogar eine Co-Moderatorinnen-Stelle in einer Sendung wie *The View* beschaffen. Das alles klang für Melissa nach heißer Luft, aber Annabel überzeugte sie schließlich davon, dass sie als jemand, der sich öffentlich für Gerechtigkeit einsetzte, sehr viel größeren Einfluss auf die Gesellschaft ausüben könne als eine einfache Strafverteidigerin – und wenn etwas Prominenz ihrer Sache dienlich war, dann hatte Melissa nichts dagegen einzuwenden. Jetzt, zwei Jahre später, war sie eine Bestsellerautorin, beliebte Rednerin bei Veranstaltungen und der Star ihres eigenen Podcasts. Auch wenn die Freundschaft zu Jennifer Duncan ein unschönes Ende fand, hatte sie ihre gegenwärtige Karriere doch deren Fall zu verdanken.

Mac versuchte ein weiteres Mal, Melissa eine eigene Meinung zu entlocken.

»Warum verweigere ich mich zum Schluss einer persönlichen Einschätzung?«, erwiderte sie. »Manche Zuhörer wissen es vielleicht nicht, aber ich bin erst kürzlich selbst Stiefmutter geworden und so verliebt in die Kleine, dass ich euch den Inhalt sämtlicher *Peppa-Wutz*-Folgen erzählen könnte. Ich verstehe, warum bei Judiths Verhalten nach Evans Verschwinden sämtliche Alarmlichter aufleuchten. Sie konnte sich noch nicht mal daran erinnern, welche Kleidung ihr Stiefsohn anhatte, als sie ihn vor der Schule absetzte, oder worum es bei seinem Schulprojekt ging, obwohl es an diesem Tag hätte fertig sein müssen. Ich könnte euch jedes noch so kleine Detail meiner Stieftochter beschreiben. Und falls ihr irgendetwas zustoßen sollte, was Gott verhüten möge, wäre ich nicht in der Lage, auch nur einen klaren Gedanken zu fassen. Jedenfalls würde ich bestimmt nicht ins Fitnessstudio gehen und Workout-Selfies posten.«

»Ah«, kam es von Mac, »dann meinst du also, dass sie es war?«

»Es gilt immer noch die Unschuldsvermutung, mein Freund.«

»Nun, ich bin nicht ihr Anwalt, und wir sind nicht in einem Gerichtssaal«, sagte Mac. »Meiner bescheidenen Meinung nach war Judith Moore die Täterin.«

Sie tauschten einen Blick aus, mit dem sie sich bestätigten, dass sie zum Ende kommen sollten. »Und das, liebe Zuhörerinnen und Zuhörer, war eine weitere Folge von *The Justice Club*.« Sie drückte auf die Stopp-Taste des Aufnahmegeräts und zog das Headset ab.

»Du bist ein Vollprofi«, sagte sie. »Alle Online-Kritiken sind sich darin einig, dass du der beste Co-Moderator bist.«

»Weil ich sie alle selbst verfasst habe«, witzelte er. »Meine Art des Bewerbungsgesprächs, um einen regelmäßigen Auftritt zu ergattern.«

»Das wäre ein Traum. Mit dir zusammen kommt es einem gar nicht wie Arbeit vor. Nur zwei Freunde, die über heikle Fälle plaudern.« Seine hochgezogene Augenbraue verriet ihr, dass ihn diese Antwort überraschte. »Moment. Das mit dem regelmäßigen Auftritt, das war kein Witz?«

»Ich meine … na ja, vielleicht. Aber ich würde es wirklich gern machen.«

»Hast du denn Zeit dafür?« Melissa hatte ihre anwaltliche Tätigkeit ziemlich zurückgefahren, Mac hingegen war als Strafverteidiger äußerst gefragt.

Er ließ sich die Antwort kurz durch den Kopf gehen. »Es wäre möglich, solange ich nicht mitten in einem langen Verfahren stecke. Wir könnten ja jederzeit einige Folgen voraufzeichnen, die dann hintereinander weggesendet werden. Und daneben kannst du dann immer noch andere Co-Moderatoren einladen, wenn du willst.«

Melissa war begeistert von der Aussicht, mit Mac erneut regelmäßig zusammenzuarbeiten. Dann bemerkte sie eine neue Nachricht auf dem Handy. Sie kam von Katie. *Stehe in deiner Lobby. Bist du fertig? Ich wollte nicht, dass der Portier dich bei der Aufzeichnung stört.*

Sie tippte eine Antwort und schickte sie ab. *Perfektes Timing. Wir sind gerade fertig geworden. Komm hoch.*

»Katie kommt auf ein Glas vorbei. Sie will alles über die Flitterwochen erfahren.«

Wieder die hochgezogene Braue.

»Lass das«, sagte sie. »So ist das nicht gemeint.«

»Aha.«

»Willst du hierbleiben? Die drei Musketiere, wieder vereint.«

»Und in einem sehr viel schöneren Ambiente als im Büro der Staatsanwaltschaft.«

»Die Getränke sind auch besser«, sagte sie, holte eine Flasche Billecart-Salmon aus dem Weinkühlfach in der Kücheninsel und hielt ihm den Champagner hin, um sich seiner Zustimmung zu versichern.

»Oh, là, là, Liebend gern, aber ich bin verabredet. Mit meiner Schwester …« Er sah auf seine Uhr. »Ups, in drei Minuten.«

Sie begleitete Mac nach draußen und hörte das *Pling!* des Aufzugs im Gang. Katie kam heraus, umarmte kurz Mac, der ihr im Vorbeilaufen erklärte, warum er es so eilig hatte. Und nachdem Melissa und Katie allein waren, fragte Katie, ob Mac noch immer was mit der »wie heißt sie noch?« hatte.

»Sarah. Ja, hat er.«

Katie schüttelte den Kopf. Ihre letzte ernsthafte Beziehung war fast sechs Jahre zuvor, als sie noch bei der Bezirksstaatsanwaltschaft gearbeitet hatte, in die Brüche gegangen. Mittlerweile sagte sie, sie würde wahrscheinlich einen Bestseller landen, wenn sie über ihre grauenhaften Online-Dating-Erfahrungen schreiben würde: »Voll die Horror-Storys.«

Mit Blick auf die Flasche auf dem Küchentresen sagte

Katie: »Wow. Gibt's was zu feiern? Ich weiß, du führst momentan das beste Leben überhaupt, aber wenn es noch besser wird, werde ich womöglich neidisch.«

»Nichts Konkretes«, antwortete Melissa. Ihre Freundin meinte es nicht ernst. Trotz der unterschiedlichen Wege, die die drei nach ihren Anfängen bei der Bezirksstaatsanwaltschaft eingeschlagen hatten, schien sich Katie immer über Melissas Erfolge zu freuen, als wären es ihre eigenen. »Wir haben uns so lange nicht mehr gesehen, und ich weiß doch, dass das deine Lieblingsmarke ist.« Sie schenkte zwei Gläser ein, die beiden Freundinnen stießen an und machten es sich auf dem Wohnzimmersofa bequem. »Also ... du wirst nie erraten, wer mich gestern angerufen hat.«

Katies Augen funkelten in Erwartung einer pikanten Klatschgeschichte. »Ähm ... Brad Pitt, der dir gesagt hat, dass er mein neuer Lover sein möchte?«

»Nett, leider nicht. Patrick.«

Katie klappte vor Überraschung der Mund auf. »Patrick Higgins etwa, *dein* Patrick?«

»*Ehemals* meiner.« Melissa war gar nicht klar gewesen, dass sie seinen Spitznamen auf ihrem Handy – »Zukünftiger« – nie geändert hatte, bis sein Name wieder auf ihrem Display aufgeploppt war. Nachdem er ihre Verlobung von heute auf morgen aufgelöst hatte, hatte es keine unschöne Hin-und-her-Phase gegeben, sie hatten nichts mehr voneinander gehört oder sich geschrieben – bis gestern.

»Und?«

»Ich war so perplex, dass ich nicht abgehoben habe.«

»Okay, und warum hat er angerufen?«

»Keine Ahnung. Er hat keine Nachricht hinterlassen.«

»O mein Gott, warum bist du nicht rangegangen? Jetzt wirst du es nie erfahren.«

»Wahrscheinlich hat er bloß die falsche Taste erwischt«, sagte Melissa, obwohl sie Patrick vor sich sah, der, das Handy in der Hand, darauf wartete, dass sie sich meldete.

»Wirst du ihn zurückrufen?«

»Um was zu sagen? Du hast mich angerufen, aber keine Nachricht hinterlassen? Und außerdem bin ich jetzt verheiratet?« Sie hielt die Hand mit dem Ring hoch. »Wer die Ex-Verlobte anruft, beschwört doch nur Ärger herauf.«

Nie war Melissa so glücklich gewesen wie jetzt. In ihrem Leben war kein Platz für einen Mann, der ihr so sehr das Herz gebrochen hatte, dass sie dachte, sie könne sich nie wieder jemandem öffnen.

Sie waren bei ihrem zweiten Champagnerglas angelangt, bis sie Katie endlich sämtliche Fotos der Flitterwochen gezeigt hatte – zwei Wochen in Italien, das sie kreuz und quer, von Mailand bis Genua, Florenz und Rom, bereist hatten.

»Die hättest du auf Instagram posten sollen«, sagte Katie. »Meine Reisefotos steigern immer die Aktivitäten meiner Follower.«

Melissa schüttelte den Kopf. »Das ist zu persönlich.« Sie hatte sich immer noch nicht ganz an die Gepflogenheiten der sozialen Medien gewöhnt, die für sie nicht mehr als ein notwendiges Übel ihrer unerwarteten Karriere waren. »Die beiden Wochen haben nur uns gehört. Ich habe es nicht für möglich gehalten, aber mit jedem Tag hab ich mich noch mehr in ihn verliebt. Ich liebe Riley, ja, aber Charlie und ich, wir beide allein, waren noch nie so lange zusammen.«

Ein kurzes Zucken lief über Katies Gesicht, und Melissa fragte sich, ob sie mit ihrem verliebten Geplapper unsensibel auf die Situation ihrer Freundin reagiert hatte. Aber Katie hielt sich nicht lange damit auf. »Apropos soziale Medien«, sagte sie. »Irgendwas Neues von deinem Stalker?«

»Das Übliche.« Der User, der sich *TruthTeller* nannte, schien alle Zeit der Welt zu haben, jeden Post von Melissa zu kommentieren – manchmal sogar mehrfach. »Das tut weh, aber Annabel besteht darauf, dass es gut für mein Profil ist. Je mehr er mich angeht, desto mehr engagieren sich meine Follower für mich.«

»Gut, Annabel ist deine Agentin, aber ich bin deine beste Freundin. Die Posts von diesem Typen sind doch irr, Melissa – er hat sich völlig auf dich eingeschossen.« Die Kommentare heute Morgen waren ganz besonders übel. Als Antwort auf einen Post, der Lust auf die anstehenden Podcast-Folgen machen sollte, hatte TruthTeller geschrieben: *Der Evan-Moore-Fall ist wie geschaffen für dich. Spoiler-Warnung: Die Stiefmutter ist die Böse.* Eine Stunde später: *Ich kann immer noch nicht glauben, dass du den armen Kerl dazu gebracht hast, dich zu heiraten, aber für seine Tochter schwant mir noch Übleres. Wenn sie Glück hat, besitzt du so viel Anstand, sie bei den Kindermädchen abzuladen.* Vierzig Minuten später: *Vielleicht gibt er dir auch den Laufpass, wenn er erfährt, was ich über dich weiß.* »Was sollen diese vagen Andeutungen, dass es irgendein dunkles Geheimnis gibt, das dir schaden könnte? Sorry, ich weiß, du sprichst nicht gern über die Vergangenheit, aber was meint Truth-Teller damit?«

Nicht zum ersten Mal gingen Melissas Gedanken von TruthTeller zu Jennifer Duncan. Als Jennifers Verurteilung aufgehoben wurde, schien es ihnen beiden selbstverständlich, dass sie weiterhin Kontakt hielten. Sie hatten während des Revisionsverfahrens eine enge Beziehung aufgebaut und waren beide davon überzeugt, dass es auch anderen eine Hilfe sein könnte, wenn Jennifers Geschichte der Öffentlichkeit zugänglich gemacht würde.

Aber dann wollte Jennifer auch Melissas Hilfe im anschlie-ßenden Verfahren beim Nachlassgericht, in dem es um das Vermögen ihres Mannes ging. Jennifers Verurteilung hatte verhindert, dass sie das ihr laut Testament zustehende Erbe antreten konnte. Nach der Urteilsaufhebung aber machte Jennifer Ansprüche auf das gesamte Erbe geltend. Laut ihrer Aussage waren Dougs mittlerweile erwachsene Kinder im Grunde genommen Fremde – das Ergebnis »einer kurzen Ehe in jungen Jahren«, bevor er mit dem Trinken aufhörte, Wirtschaftswissenschaften studierte und sein Immobilienun-ternehmen gründete, mit dem er schließlich zum Multimil-lionär aufstieg. Melissa versuchte ihr klarzumachen, dass sie keine Anwältin für Erbrecht sei und sich lieber auf Straf-rechtsfälle statt auf die Erbstreitigkeiten mit Dougs Kindern konzentrieren wolle, woraufhin Jennifer wütend auf sie los-gegangen war.

Dennoch, TruthTeller konnte jede x-beliebige Person sein, weshalb Melissa ihre Vermutungen bislang immer für sich behalten hatte. »Wer weiß, was da wirklich gemeint war. Um ehrlich zu sein, der Kommentar über das Kindermädchen hat mich am meisten getroffen.«

Melissa und ihr Bruder waren nur selten in die Obhut eines Babysitters gegeben worden, aber Charlie machte beruflich wieder mehr, nachdem er sich nach Lindas Tod doch ziemlich eingeschränkt hatte, und er bestand darauf, dass Melissa auch weiterhin intensiv die eigene Karriere verfolgte. Mo-mentan planten sie, zumindest in Teilzeit ein Kindermädchen anzustellen, wenn sich Riley erst einmal an die Veränderun-gen gewöhnt hatte, die ihrem noch jungen Leben aufgezwun-gen worden waren.

Katie wischte die Bedenken fort. »Das arme Mädchen hat doch schon einen Elternteil verloren. Je mehr Menschen sie in ihrem Leben hat, die ihr Zuneigung entgegenbringen, desto besser für sie. Manchmal muss man sich seine Familie selbst suchen.«

Melissa drückte Katie die Hand. Sie konnte immer auf deren Verständnis zählen. »Apropos Familie, Mike kommt zum großen Umzug.« Melissas Mutter hatte ein Kaufangebot für das Haus angenommen. »Mom wollte schon ein Umzugsunternehmen kontaktieren, aber Mike hält es für wichtig, dass wir alle zusammen die Sachen durchgehen. So können wir uns noch Erinnerungsstücke aus dem alten Haus aussuchen, und Mom kann alles einlagern, was in das neue Haus nicht mehr reinpasst. Ach ja, und stell dir vor: Mike und ich mieten einen U-Haul-Umzugswagen und fahren gemeinsam hin. Es ist außerhalb der Saison, deshalb hat er Zeit und kann kommen.«

»Und wessen brillante Idee war das?«

»Die von Mom, denke ich. Seit dem Tod von Dad wünscht sie sich wirklich, dass wir beide uns wieder näherkommen.«

Nachdenklich strich sich Katie übers Kinn. »Na ja, vielleicht würde es ja helfen, wenn er mal ein Date mit deiner besten Freundin hätte.«

»Mach darüber noch nicht mal Witze«, rüffelte Melissa sie.

»Und du brauchst wirklich niemanden, der dir beim Umzug hilft? In diesem Anzug hat er bei deiner Hochzeit ziemlich gut ausgesehen.«

»Das wäre ja so, als würde meine Schwester meinen Bruder daten oder so. Hör auf.«

»Gut, war ja nur Spaß. *Fast*. Und du brauchst wirklich keinen Puffer? Ich weiß doch, dass es dich in den Wahnsinn treibt, wenn er immer wieder über … na, du weißt schon, reden will.«

Melissa zuckte mit den Schultern. »Nein, ich muss das allein machen. Es ist Mom wichtig, und Dad würde das auch so wollen.«

Drei Wochen später würde sie es zutiefst bedauern, dass sie Katies Angebot, sie zu begleiten, abgelehnt hatte.

DREI WOCHEN SPÄTER

7

Es war so kalt. *Mommy, Mommy ... Ich will nicht baden.* Sie hatte Sand zwischen den Zähnen. Sand – warum? Hatte sie das wirklich gesagt oder es sich nur eingebildet?

Melissas Lider zuckten, als sich die Sonne über die weißen Wellenkämme erhob. Es war Sommer, dennoch hatte sie Gänsehaut vom kühlen Wind am Strand. Sie versuchte immer noch, das Gefühl des kalten Sands an ihren nackten Beinen einzuordnen, als sie eine Stimme hörte.

»Missa, vermisst du Mommy?«

Bei der Stimme ihrer Stieftochter drehte Melissa den Kopf und sah Riley über sich stehen. In der Ferne lag das Haus ihrer Kindheit. Der letzte Tag, an dem sie hier sein würde.

»Ich vermisse Mommy. Grand-Nan sucht dich.«

Melissa hatte keine Vorstellung, wie panisch ihre Mutter reagiert haben musste, als sie ihr Zimmer leer vorgefunden hatte. Sie drückte sich die Hände aufs Gesicht und versuchte, sich in die Realität zurückzuholen. In die Gegenwart. Sie hatte wieder einen Albtraum gehabt. Es wurde schlimmer. Charlie hatte sie bereits mehrmals laut im Schlaf schreien hören. Einmal war sie sogar geschlafwandelt, trotz der Schlaftabletten ihres Arztes, die sie genommen hatte, um auszuprobieren, ob sie wirkten. Charlie hatte sie, in ein Badetuch gehüllt, im Badezimmer gefunden, wo sie auf die Wanne starrte, während unerklärlicherweise das Wasser lief. Jetzt war sie anscheinend mitten in der Nacht an den Strand gegangen.

Sie umarmte Riley und sagte ihr, sie müsse sich keine Sorgen machen. »Ich war ganz aufgeregt und bin schon früher raus, um mir den Sonnenaufgang anzusehen. Und dann muss ich Schlafmütze wieder eingedöst sein und hab im Traum komische Sachen gesagt.« Riley fiel in das Kichern mit ein, mit dem Melissa ihre Erklärung abgeschlossen hatte. Melissa nahm Riley an der Hand, so gingen sie zum Haus zurück, wo ihr Bruder und ihre Mutter sie beobachteten. Die Erleichterung im Gesicht ihrer Mutter war nicht zu übersehen.

»Ist alles in Ordnung, Liebes? Wir dachten, du wärst in deinem Zimmer, bis Riley aufgefallen ist, dass die hintere Tür offen stand.«

Melissa zwang sich zu einem beruhigenden Lächeln. »Ich wollte nur von dieser ganz besonderen Aussicht Abschied nehmen.«

Mike gab ein frustriertes Seufzen von sich. »Vielen Dank auch, du hast uns allen einen gehörigen Schrecken eingejagt.«

In den letzten zwei Tagen hatten sie ihrer Mutter beim Aussortieren geholfen: Was wollten sie spenden, was sollte eingelagert werden, was würde sie in ihr sehr viel kleineres Cottage auf Long Island mitnehmen? Melissa war dankbar dafür, dass Riley bei ihr war und sie die Kleine nicht bei ihrer Tante Rachel gelassen hatte, nachdem Charlie kurzfristig auf eine Geschäftsreise musste. Da Kleinkinder nicht im Umzugswagen mitfahren konnten, wollte Melissa Riley in ihren Wagen packen, während Mike den Umzugslaster steuerte. Ihre Mutter würde noch bis Montag auf Cape Cod bleiben, um den Verkauf abzuschließen, und später in Southampton zu ihnen stoßen. Melissa war entschlossen, den zeitlichen Vorsprung zu nutzen, um das Haus vor der Ankunft ihrer Mutter so einladend wie möglich herzurichten.

Später am Morgen war sie noch mit letzten Dingen beschäftigt. Sie ging die Post-its durch, mit denen sie die Dinge markiert hatten, die wohltätigen Einrichtungen vermacht oder eingelagert würden. Ein letzter Blick ins Gästehaus, um sich zu vergewissern, dass sie nichts zurückgelassen hatten. Noch einmal ein Gang durch ihr Kinderzimmer, wo sie über das oberste Regalbrett im begehbaren Schrank strich und tatsächlich noch einen kleinen pinken Plüschbären fand, der einen Regenbogen auf dem Bauch und ein Herzchen auf der Nase hatte. »Pookie«, flüsterte sie. Er roch nach den Holzwänden des Schranks.

Als sie nach unten kam, sprang Riley, die mit ihrer Gran-Nan auf dem Sofa saß, mit leuchtenden Augen auf. »Wer ist das?«

»Das Ding hast du immer noch?«, sagte Mike, der sich am Eingang seine Turnschuhe band.

»Wie kannst du es wagen?«, entgegnete sie übertrieben entrüstet. »Pookie ist kein *Ding*. Pookie gehört zur Familie. Riley, das ist Pookie. Er war das allererste Weihnachtsgeschenk, das ich von deinem Onkel Mike bekommen habe. Davor waren die Geschenke unter dem Baum immer nur von Grand-Nan oder unserem Daddy oder dem Weihnachtsmann gewesen. Aber dann hat Mike erklärt, er wäre alt genug, um mir auch was zu schenken.« Später hatte Melissa erfahren, dass ihr Bruder bei den Nachbarn Laub gerecht hatte, um sich das Geld für den Plüschbären zu verdienen. »Pookie ist ein Glücksbärchi. Als ich noch klein war, gab es über sie eine eigene Fernsehserie und Filme. Ich habe die *Glücksbärchis* geliebt, so wie du *Peppa Wutz* liebst.«

Riley gluckste und legte sich die Hände an die Wangen. »Also gaaanz viel.«

»Genau. Außerdem waren die *Glücksbärchis* so was wie Schutzengel, die einen vor dem Bösen Mann beschützen.

Pookie ist ein Hurrabärchi, das glücklichste von allen, das immer alle aufmuntern will.« Sie hatte nicht mehr an Pookie gedacht, seitdem sie ihn irgendwann ins oberste Regal ihres Schranks gestopft hatte. Hatte der sechsjährige Mike seine kleine Schwester mit einem Plüschtier zu beschützen versucht? Oder ihr nur ein Lieblingsspielzeug gekauft?

»Das lässt du aber nicht hier, oder?«, fragte Riley besorgt.

»Auf keinen Fall. Pookie darf für immer bleiben«, sagte sie. Sie warf ihrem Bruder ein verhaltenes Lächeln zu, der ihr daraufhin zuzwinkerte.

»Ihr beide seid mittlerweile spät dran«, sagte ihre Mutter. »Habt ihr endgültig Abschied genommen von dem alten Mädchen?«

Sie nickten beide. Mike rief sogar zur Decke hinauf: »Auf Wiedersehen, Haus! Du wirst uns fehlen.«

»Und ihr habt auch wirklich die Schlüssel für das neue Cottage?«, fragte Nancy.

»Klar.« Melissa klimperte zur Bestätigung mit dem Schlüsselbund. Statt die Schlüssel fürs Cottage mit der Post nach Cape Cod zu schicken, hatte der Immobilienmakler ihrer Mutter sie im Büro in der Stadt gelassen, wo Melissa sie abholen konnte.

Ihre Mutter umarmte sie lange, nahm ihnen das Versprechen ab, vorsichtig zu fahren und anzurufen, sobald sie am neuen Ort eingetroffen waren.

Melissa gab auf ihrem Handy die neue Adresse ihrer Mutter ein und bat ihren Bruder, seinen Standort mit ihr zu teilen.

»Wir fahren doch zum selben Ort«, sagte er.

»Tu mir den Gefallen, okay? Ich will sicher sein, dass wir uns finden, falls wir getrennt werden.«

Er murmelte was von »Kontrollfreak«, kam ihrer Bitte aber nach.

Melissa schnallte Riley auf dem Rücksitz fest, Mike stand noch an der Fahrerseite des SUV. »Was war denn das da unten am Strand?«, fragte er leise.

»Hab ich dir doch gesagt. Ich konnte nicht schlafen.«

»Blödsinn. Du hast nach deiner Mommy gerufen, und du hast gesagt, dass du nicht baden willst.«

Sie machte Anstalten, etwas zu erwidern, brachte aber kein Wort heraus. Er sah zu Riley auf dem Rücksitz. Offensichtlich hatte sie ihrem Onkel Mike erzählt, was sie gehört hatte, als sie Melissa am Strand fand.

»Sie ist gerade mal drei. Und sie ist durcheinander.«

»Komm schon. Unterstell deiner Stieftochter nicht, dass sie sich Sachen einbildet. Sie hat mir erzählt, was du gesagt hast, und ich hab sofort gewusst, worauf es sich bezieht. Du erinnerst dich, was er mit uns gemacht hat, nicht wahr? Nachdem du immer gesagt hast, dass alles wie ausgelöscht wäre.«

»Es war bloß ein blöder Traum. Ich hab es dir schon tausendmal gesagt, ich war damals zu jung. Es tut mir leid, dass du dich an alles erinnerst, aber ich erinnere mich nun mal nicht. Und vor allem will ich es auch nicht.«

»Du warst vier Jahre alt, als ich dir Pookie geschenkt habe. Daran erinnerst du dich auch, völlig problemlos.«

»Das war etwa eineinhalb Jahre nach der Entführung.«

»Ich hab vieles darüber gelesen. Damals, als wir klein waren, dachten die Experten, Kinder wären geschützt, wenn sie keinen Zugang zu ihren schlimmsten Erinnerungen hätten. Mittlerweile weiß man, dass unterdrückte Erinnerungen bei Erwachsenen für alle möglichen Probleme sorgen können – Angstzustände, Depressionen, Posttraumatische Belastungsstörung, Amnesie, …«

»Mike«, sagte sie ruhig. »Ich weiß, was ich vor drei Wochen zum Abendessen hatte. Ich leide nicht unter Amnesie.«

»Und du weißt auch, was er uns angetan hat. Ich weiß es.«

Er sah ihr in die Augen, bis sie sich abwandte und hinters Steuer setzte. »Fahren wir. Wir haben einen weiten Weg vor uns.«

Sie schloss die Tür, bevor er noch etwas sagen konnte. *Du kannst dich fürs Glück entscheiden,* rief sie sich ins Gedächtnis. Pookie, das Hurrabärchi, würde dem definitiv zustimmen.

8

Jayden Kennedy kam es vor, als wären Julie und er den ganzen Tag wie die Ameisen hin- und hergehetzt und hätten sich auch noch um das letzte Detail gekümmert, bevor sie das Haus dem Domiluxe-Mieter übergeben mussten.

Julie wischte zum letzten Mal mit einem angefeuchteten Papiertuch den leeren Kühlschrank aus. »Ich denke, wir sind fertig«, verkündete sie. »Bereit für den Einzug.« Auf ihren mit rotem Lipgloss geschminkten Lippen erschien ein breites Lächeln, während sie eine Strähne ihres strohblonden Haars in den lockeren Pferdeschwanz zurücksteckte.

Die Domiluxe-Standards erforderten, dass das Mietobjekt Fünf-Sterne-Bedingungen zu entsprechen hatte. Dazu gehörte, dass sämtliche persönlichen Gegenstände, Kleidung, Fotos, Hygieneartikel, in einem Gästezimmer zu verstauen waren, das abgesperrt blieb. Er war nicht bereit, für einige wenige Miettage einen kleineren Umzug auf sich zu nehmen. Daher hatte er sich sehr gefreut, als die Person, die sich Helen nannte, bestätigte, dass sie das Anwesen für ganze vier Wochen mieten wolle.

Obwohl die Domiluxe-App »Sicherheit und Anonymität auf Geheimdienstniveau« für »anspruchsvollste Mieter und Vermieter« versprach, hatte er während ihrer Online-Korrespondenz doch einiges über seine Mieterin in Erfahrung gebracht. Sie war Schriftstellerin und kurz vor der Fertigstellung ihres zweiten Romans, für den sie zum ersten Mal einen Abgabetermin einzuhalten hatte. Laut ihrer Aussage war es doch schwieriger als erwartet, in einem Jahr ein Buch zu schreiben, wenn man zudem Mutter zweier Teenager war. Ihr Mann hatte ihr deshalb vorgeschlagen, sich zum Schreiben zurückzuziehen – eine Flucht sowohl vor der sommerlichen Hitze in Atlanta als auch vor den täglichen Ablenkungen, die das Schreiben hemmten. Daher hatte sie beschlossen, dass sich nichts besser dafür eignete als die angeblich »grünste Stadt in Connecticut«, die nur zwei Autostunden vom LaGuardia Airport entfernt lag.

Jayden sperrte das Gästezimmer mit seinen persönlichen Sachen ab, während Julie vor den deckenhohen Fenstern im Wohnzimmer stand.

»Ich verstehe, warum das hier der perfekte Ort ist, um ein Buch zu schreiben«, sagte sie und sah hinaus auf sein gut drei Hektar großes, bewaldetes Grundstück. »Von hier aus ist keine Menschenseele zu sehen. Aber ich glaube, ich hätte Angst, wenn ich so ganz allein wäre.«

Er legte ihr den Arm um die Hüfte und drückte sie leicht. »Weil du zu viele Krimis gelesen hast und deine Fantasie gelegentlich mit dir durchgeht.«

Sie zog ihre sommersprossige Nase kraus. »Ein bisschen vielleicht.«

Oh, wie liebte er sie. Er freute sich über die zusätzlichen Einnahmen durch die Vermietung, noch mehr aber freute er sich, fast einen Monat lang mit dieser fantastischen Frau unter einem Dach zusammenleben zu dürfen. Er hoffte, damit den Weg zu einer dauerhafteren Beziehung zu ebnen. »Willst du damit sagen, dass du niemals hier leben könntest?«, fragte er.

»Hmmmm.« Sie legte den Zeigefinger ans Kinn und tat so, als würde sie lange nachdenken. »Ich denke, dass ich dann ja nicht allein hier wäre. Und das wäre dann sehr schön.«

Es würde also klappen. Bald. Er drückte sie noch fester an sich und gab ihr einen Kuss auf die Stirn. »Ziemlich cool, dass jemand in meinem Haus ein Buch schreibt. Vielleicht schreibt sie am Ende noch darüber.«

»Oder ›Helen‹« – sie malte mit den Fingern die Anführungszeichen in die Luft – »hat alles bloß erfunden und ist in Wahrheit ein verlogener Schuft, der sich nur für ein paar Wochen mit seiner Geliebten verstecken möchte.«

»Du hast wirklich eine wilde Fantasie. Also … bereit für deinen neuen Wohnungsgenossen?« Er sah zu den beiden Koffern an der Eingangstür.

»Ich kann es kaum erwarten.«

Julies Wohnung lag nur zwölf Kilometer entfernt. Als sie sich neben ihm auf dem Beifahrersitz anschnallte, fragte sie, ob sie die neueste *Justice-Club*-Folge weiter anhören könnten. Sie hatte sie vorhin abgeschaltet, weil sie sich während der Arbeit nicht darauf konzentrieren konnte. Von allen True-Crime-Podcasts war der ihr liebster. Sie hatte sogar bei einer Buch-Signierstunde die Betreiberin Melissa Eldredge kennengelernt.

Er tippte auf das Display im Auto, als er auf den langen unbefestigten Weg einbog, der sie zur Route 7 bringen würde. Melissa und ihr Co-Moderator berichteten von Evan Moores Verschwinden und den Indizien gegen seine Stiefmutter, in Gedanken allerdings war er bei dem Geld, das er durch die Vermietung erhalten und das für den Kauf eines Verlobungsrings reichen würde.

»Was lächelst du denn so?«

Er wandte sich Julie zu.

»Ich bin glücklich. Das ist alles.«

9

Oh, es gab so viel zu tun.

Melissa war seit fünf Uhr morgens auf. Die letzte Folge zum Evan-Moore-Fall war am Morgen online gegangen, aber sie wollte immer mindestens eine Woche dem Zeitplan voraus sein. Sie konnte die nächsten drei Folgen schneiden, bevor sich Riley in ihrem Kinderreisebett – es stand neben Melissas Bett im neuen Gästezimmer ihrer Mutter – rührte und ganz automatisch zu Pookie, dem Hurrabärchi, griff.

Mike überraschte sie mit dem fertigen Frühstück, als sie mit Riley nach unten kam. Das Cottage war kaum halb so groß wie das Haus ihrer Kindheit auf Cape Cod, aber sie verstand, warum sich ihre Mutter auf Anhieb in das Häuschen verliebt hatte. Die cremefarben gestrichenen Räume, in warmes Sonnenlicht getaucht, waren luftig und hell. Fast konnte sie das Meer riechen – die Bucht mit dem Strand lag gleich am Ende der Straße. Melissa hatte sich im Wasser immer unwohl gefühlt, selbst in einem Pool konnte sie sich nur mit Mühe über Wasser halten, aber sie liebte den Geruch und die Geräusche des Meers.

Drei Stunden später waren sie fast mit dem Auspacken der restlichen Umzugskartons fertig. Mike öffnete den letzten Karton und zog eine flache rechteckige Schachtel heraus. »Sieh dir das an!« Stolz präsentierte er ihr das abgenutzte Spielbrett von *Doktor Bibber*.

»Die Vergangenheit lässt grüßen«, sagte sie. Das Spielbrett

bestand aus einem »Operationstisch« mit einem Patienten mit braunem, streng und schwungvoll mittig gescheiteltem Haar und einer großen roten Glühbirne als Nase. Als Spieler musste man mit der Pinzette verschiedene Teile wie Schmetterlinge im Bauch oder Wasser im Knie aus dem Patienten entfernen.

»Komm, spielen wir eine Runde.«

»Im Ernst, Mike? Wir haben doch noch so viel zu tun.«

»Wir haben genug geschuftet, jetzt haben wir uns eine Pause verdient. Und es macht Spaß, meiner Nichte ein Spiel zu zeigen, das wir gern gespielt haben, als wir klein waren.«

Rileys begieriger Blick ließ Melissa keine Wahl. Bald darauf waren sie wieder um den Frühstückstisch versammelt, diesmal, um den Patienten zu operieren, der, wie sie sich erinnerte, Paul hieß. Riley hatte mit ihren Knubbelfingern erst Probleme mit der Pinzette, aber sie ließ sich nicht entmutigen, kicherte jedes Mal, wenn sie mit der Pinzette an den Metallrahmen stieß und damit Pauls rote Glühbirnennase aufleuchten ließ und den Autschalarm auslöste. Bei der zweiten Runde spürte Melissa, dass sie und ihr Bruder sich unausgesprochen darauf verständigt hatten, Riley gewinnen zu lassen. Als sie erfolgreich Pauls gebrochenes Herz und den Brotkorb herausoperiert hatte, wurde sie mit herzlichem Applaus und Glückwünschen überschüttet.

Als Melissa das Spiel wieder in den Karton packte, sinnierte sie: »Komisch, dass die Batterien nach so vielen Jahren noch funktioniert haben.«

Mike schmunzelte, sagte aber nichts.

»Ich glaube nicht, dass Mom dieses alte Spiel aufgehoben hätte.«

»Vielleicht hab ich ja ein altes Spiel auf eBay gefunden«, sagte er mit einem Schulterzucken.

Sie drückte ihm die Schultern. »Wir können die Umzugskartons fürs Recycling zerlegen und dann zum Essen in die Stadt fahren.«

»Wenn du nichts dagegen hast, lass ich den Lunch ausfallen. Ich wollte mich bei einigen Charter-Gesellschaften umsehen. Ich dachte mir nämlich, ich könnte während der Hurrikansaison hier arbeiten. Den Sommer auf Long Island, den Winter in der Karibik …«

»Kein schlechtes Leben, großer Bruder.«

»Für dich wäre das in Ordnung?«, fragte er. »Wenn wir alle etwas näher zusammenrücken würden?«

»Natürlich ist das für mich in Ordnung – *mehr* als in Ordnung«, verbesserte sie sich schnell.

Er wollte noch mehr sagen, bemerkte aber, dass Riley in Hörweite war und im Wohnzimmer über ein *Peppa-Wutz*-Stickerbuch gebeugt war. Melissa nutzte die Pause, um sich in den sozialen Medien das erste Feedback zur jüngsten Folge von *The Justice Club* anzusehen.

OMG, was für ein Cliffhanger! Ich bin süchtig und will unbedingt wissen, wie es weitergeht.

Der arme kleine Evan. Ist doch klar, die Stiefmutter war es! Hoffentlich kann Melissa es auch beweisen.

Ich wette, dieser Podcast liefert der Polizei neue Tipps. #BringtEvanNachHause

Trotz aller positiven Kommentare brachte ein Post sie beim Scrollen zum Innehalten. *Was für ein schlechter Witz. Ausgerechnet du kennst dich mit verlogenen Stiefmüttern aus, was? Du bist doch die Lügnerin und Schwindlerin schlechthin. Es wird alles auffliegen.*

Sie wurde vom Klingeln des Geräts in ihrer Hand unterbrochen. Ein FaceTime-Anruf von Charlie. Ohne zu zögern löschte sie den Kommentar von TruthTeller und blockierte ihn schließlich ganz. Das war längst überfällig, ganz egal, was ihre Agentin dachte. Zwischen ihrer Arbeit, dem Umzug, ihrer neuen Familie und diesen schrecklichen Albträumen waren die anonymen Störaktionen eines Online-Trolls das Letzte, was sie jetzt brauchte.

Auf Nimmerwiedersehen, dachte sie und nahm Charlies Anruf entgegen.

»Hallo«, begrüßte sie ihn und richtete das Display auf Riley, zu der sie bereits unterwegs war.

»Wie geht es meinen liebsten Mädchen?« Im Hintergrund erkannte sie das ungemachte Bett in seinem tropisch dekorierten Hotelzimmer, in der Ecke stand das Tablett des Zimmerservice auf einer Ottomane.

»Gut, Daddy!« Riley lachte ins Handy. »Wir haben mit Onkel Mike ein Spiel gespielt, und ich hab gewonnen.«

»Wie ist das harte Leben auf Antigua?«, fragte Melissa. Charlie war von einem Immobilienentwickler beauftragt worden, die Regierung zu beraten, nachdem Erdbeben in Puerto Rico vor Kurzem mehrere Karibikinseln in Mitleidenschaft gezogen hatten. Der Kunde hatte sich entschieden, die Risikoeinschätzung für ein geplantes Resort von auswärtigen geologischen Sachverständigen vornehmen zu lassen.

»Kann mich nicht beschweren, aber … es ist heiß. Und stickig. Ich hab keine Ahnung, wie Mike so was das ganze Jahr aushält.«

»Na ja, heute zumindest hat er davon gesprochen, dass er vielleicht im Sommer nach Southampton zieht.« Sie warf Mike, der leere Kartons auseinanderriss, ein Lächeln zu. »Hast du deinen Flug gecheckt?«

»Ist noch als planmäßig gelistet. Ich sollte um halb sieben auf dem JFK-Flughafen landen. Wenn es gut läuft, bin ich um acht in Southampton.«

Riley würde dann längst schlafen, aber Melissa würde zu einem späten Abendessen noch auf ihn warten. Als sie sich auf den Boden kauerte, um Charlie das Stickerbuch zu zeigen, mit dem Riley beschäftigt war, dachte sie nicht an ihren Podcast oder an TruthTeller oder ihre Albträume, die sie in der Nacht zuvor jede Stunde aus dem Schlaf gerissen hatten. Sie hatte sich fürs Glück entschieden. Sie war glücklich.

Sie fand den perfekten Laden fürs Mittagessen, ein altmodisches Imbisslokal, in dem sie für sich einen griechischen Salat bestellte und für Riley ein Käsesandwich vom Grill, dem für jeden ein Eisbecher folgte.

Als sie sich vom Tisch erhob, merkte sie, dass ihre Schlafprobleme vom Vortag ihren Tribut forderten: den Podcast schneiden, auspacken, Riley beschäftigen, Lunch – sie war den ganzen Tag auf den Beinen gewesen. Sie war erschöpft. Beim Anblick des Coffeeshops auf der gegenüberliegenden Straßenseite beschloss sie, dass sie auf der Stelle einen Riesenbecher Koffein brauchte. Als sie wieder auf dem Bürgersteig waren – Melissa hatte einen Café frappé in der Hand –, begann Riley, völlig aufgedreht nach einem langen Schlaf und dem Zucker in ihrem Schokoladeneisbecher, in Richtung des Autos zu hüpfen.

»Warte«, rief Melissa ihr hinterher und machte ihr, als sie sie eingeholt hatte, freundlich klar, dass sie nicht einfach allein losstürmen konnte.

Im Wagen googelte Melissa nach »Parks in meiner Nähe« und erfuhr, dass sie kaum einen Kilometer von einem öffentlichen Park mit einem See und einem Spielplatz mit positiven

Beurteilungen entfernt war. Riley konnte sich dort austoben, während sie selbst sich um die morgendlichen Mails kümmern konnte.

Nachdem sie Riley auf einem Karussell angeschoben und auf einer Schaukel in Schwung gebracht hatte, fand sie schließlich eine Bank neben den Bäumen, wo sie im Schatten sitzen und ein Auge auf Riley haben konnte, die sich mittlerweile in das Spiel der anderen Kinder eingefügt hatte. Riley war ständig zwischen einer gelben Plastikrutsche und einer roten pferdeähnlichen Federwippe unterwegs und gab dazu die entsprechenden Laute von sich. Bei jedem Rutschen stieß sie ein langes *Huuuuu* aus, das tief und verhalten begann und immer lauter wurde, bis sie auf dem kindersicheren Gummiboden landete. Und wenn sie auf dem schaukelnden Pferd saß, gickelte sie fröhlich vor sich hin und stieß gelegentlich ein »hüa, Pferdi, hüa« aus.

Ein Foto erschien auf Melissas Handy. Es kam von Neil Keeneys Mutter Ellen und zeigte sie mit Melissas Mutter vor ihrer Lieblingsstrandhütte auf dem Cape, in der Hand hielt jede eine frische Auster. Aufgrund von Neils Hinweisen zu einem seltsamen Mann auf der Post hatte damals die Polizei Mike und Melissa aufspüren können, später hatten die Eldredges Neils Eltern zu sich nach Hause eingeladen, um die glückliche Rückkehr der Kinder zu feiern. Seitdem waren die beiden Familien, die Eldredges und die Keeneys, miteinander befreundet.

Melissa stellte ihren Kaffee ab und verfasste eine Nachricht: *Lecker. Und für sie ist wirklich alles klar mit dem Haus?*

Mehr als das, antwortete Ellen. *Mir wird meine liebe Freundin fehlen, aber sie ist wegen des Umzugs ganz aufgeregt.*

Melissa tippte drei Herz-Emojis als Antwort und verschickte sie. Als sie aufblickte, stand eine Frau neben Riley, die nach wie vor auf der Pferdewippe schaukelte. Sie war ihr vorher nicht aufgefallen, auch sah sie keines der Kinder mehr, die vor wenigen Minuten noch da gewesen waren.

Sofort sprang sie von der Bank auf und lief zum Spielplatz. »Riley?«

Andere Eltern wandten sich zu ihr um, als sie die Panik in ihrer Stimme wahrnahmen. Eine Frau mit einer Mets-Kappe am Karussell verdrehte die Augen. Hatte sie überreagiert? Gehörte sie zu den Eltern, für die hinter jedem Spielgerät Gefahr lauerte? Dieser Mann … und was er ihr angetan hatte. War sie seinetwegen paranoid?

»Hallo?«, sagte sie. In ihrer Stimme lag ein leises Zittern, als sie sich der Fremden näherte, die sich mit Riley unterhielt. Die Frau trug ein schwarzes Trägerkleid aus Leinen, beigefarbene Baumwollsneakers und einen labbrigen Strohhut über einem langen blonden Pferdeschwanz, der ihr in den Nacken fiel. Etwas an ihrem Äußeren nahm Melissa sofort alle Befürchtungen, dann jedoch rief sie sich ins Gedächtnis, dass viele gefährliche Leute nach außen hin völlig normal aussahen – Leute wie Carl Harmon. Sein Name. Sie hasste diesen Namen und wünschte sich, sie könnte ihn für immer vergessen.

Die Frau lächelte sie herzlich an. »Hallo. Gehört diese süße Kleine zu Ihnen? Sie sieht Ihnen so ähnlich.«

Tat sie das?, fragte sich Melissa. Strohblond gegenüber rotblond, aber sie hatten beide helle Haut und ein herzförmiges Gesicht. »Ach, wie nett. Eigentlich ist sie meine Stieftochter.«

»Hängen Sie deswegen die ganze Zeit am Telefon, trinken Kaffee und lassen sie aus den Augen? Weil sie nur Ihre Stieftochter ist?«

»Was? Nein … ich hab doch nur da drüben gesessen …«

»Weil Sie sich nie irren, was? Ich weiß alles über Sie. Sie sind eine Schwindlerin. Und eine Heuchlerin.«

Melissa machte einen Schritt zurück, als würde der Abstand den schrecklichen Worten die Spitze nehmen. Die Frau drehte sich um und ging davon.

»Wer sind Sie?«, rief Melissa ihr hinterher.

Riley schaukelte und gluckste weiter vor sich hin, unbeeindruckt von dem Wortwechsel, als hätte sie nichts davon gehört. Die Mom mit der Mets-Kappe am Karussell kam auf sie zu und wirkte ehrlich besorgt. »Alles in Ordnung?«

»Kennen Sie die Frau? Haben Sie sie schon mal hier gesehen?«

»Nein, ich hab sie erst bemerkt, als Sie zu ihr gelaufen sind. Ist was passiert?«

Melissa schüttelte den Kopf. Es hätte ja keinen Zweck gehabt, irgendwas zu erklären. »Riley, ich glaube, dein Pferdefreund ist müde, nachdem er so viel vor- und zurückspringen musste. Wir sollten ihm eine Pause gönnen.«

»Du weißt ja gar nichts, Missa. Er ist gar kein richtiges Pferd.« Dennoch stieg sie von der Wippe. »Du hast deinen Kaffee vergessen, Missa.« Riley zeigte zur Bank vor den Bäumen am Rand des Spielplatzes.

»Schon okay, ich hab ihn fast ausgetrunken.« Das stimmte nicht. Sie hätte ihn noch gern genossen, auch nach der seltsamen Auseinandersetzung, aber sie wollte ebenfalls so schnell wie möglich aus dem Park und von der schrecklichen Frau weg.

»Ich hol ihn!«, beharrte Riley.

Schließlich gab Melissa nach und ging mit Riley an der Hand zur Bank. Sie nahm sich den Kaffee, und als sie in den Wagen gestiegen waren, verriegelte sie intuitiv die Türen.

Der U-Haul-Wagen stand immer noch in der Einfahrt zum Cottage, als sie dort eintrafen, von drinnen aber war nichts zu hören.

»Mike?«, rief sie. »Wo, meinst du, ist Onkel Mike hinge-gangen?«

»Wer weiß«, antwortete Riley und hob zu einem über-triebenen Schulterzucken die Hände. Riley übernahm von ihr zunehmend kleinere Eigenheiten, wie Melissa bemerkte.

Trotz des großen Bechers Kaffee fühlte sich Melissa wie er-schlagen. Sie waren bei einer weiteren Runde *Doktor Bibber*, als ihr zum dritten Mal die Augen zufielen und sie zusam-menzuckte. Sie war so müde. Sie sah auf die Uhr. Fast zwei. Rileys übliche Zeit für das Nachmittagsschläfchen. Fast.

»Es ist an der Zeit für dein Schläfchen. Und ich könnte auch eins vertragen.«

»Können wir nicht zu Ende spielen? Biiitte?«

»Wenn wir aufwachen, bist du an der Reihe. Wenn du ge-schlafen hast, wirst du ganz bestimmt eine ganz ruhige Ope-rationshand haben.«

Riley gluckste. Aber sie akzeptierte die Entscheidung und stapfte die Treppe hinauf, wobei sie sich mit den Händen auf den darüberliegenden Stufen abstützte.

Nachdem Riley in ihrem Kinderbett untergebracht war und sich an ihre kleine weiße Decke mit den rosa und lila Herzchen kuschelte, fiel Melissa einfach nur noch aufs Bett. Sie machte sich noch nicht mal mehr die Mühe, sich umzu-ziehen oder die Decke zurückzuschlagen.

So unendlich müde. Und während sie in tiefen Schlaf fiel, kamen ihr die Worte ihrer Mutter in den Sinn, die sie in einem der True-Crime-Bücher gelesen hatte, das über ihre eigene Entführung verfasst worden war. Ihre Mutter hatte von einem Psychiater erst in Hypnose versetzt werden müs-sen, damit sie sich daran erinnerte, was in ihrer Ehe mit Carl Harmon geschehen war, bevor ihre beiden gemeinsamen Kinder Peter und Lisa verschwanden und tot aufgefunden wurden. *In diesen fünf Jahren,* hatte sie unter Hypnose erklärt, *war ich immer so schrecklich müde … nach dem Tod meiner Mutter … immer so müde. Der arme Carl … Er hatte immer so viel Geduld mit mir und hat alles für mich gemacht. Ist nachts aufgestanden wegen der Kinder – als sie noch Babys waren.*

Erst nach der Entführung von Mike und Melissa konnte sich die Polizei ein vollständiges Bild von allem machen: wie Carl seine junge Frau unter Drogen gesetzt hatte, um sie zu isolieren und von ihm abhängig zu machen, sodass sie nicht merkte, was sich zu Hause abspielte. Um seine pädophilen Neigungen zu verschleiern, tötete er schließlich Peter und Lisa, manipulierte und verleumdete Nancy und täuschte den eigenen Selbstmord vor. Sie wurde am Tod ihrer Kinder für schuldig befunden, allerdings wurde das Urteil wegen Fehlverhaltens eines Geschworenen widerrufen, und die Bezirksstaatsanwaltschaft konnte das Verfahren nicht wieder aufnehmen, da ein Hauptzeuge spurlos verschwunden war. Danach zog sie an die andere Küste, wo sie mit einem dort ansässigen Immobilienmakler ein neues Leben begann und zwei Kinder hatte, Mike und Melissa.

Bis sie von Carl Harmon gefunden wurden.

Eine gelbe Gummiente. Und der Geruch. Babypuder. Talkum … und Schweiß. Damals war sie ebenfalls so müde gewesen von der Droge, die er ihr in die Hand injiziert hatte. So müde, als Carl Harmon sie ins Wasser gesetzt hatte. »Mommy, Mommy …«

Über ihrer schwachen Kinderstimme, die nach ihrer Mutter rief, hörte sie noch etwas. Was war das für ein Geräusch? Das Meer? Nein, es war das Wasser aus dem Wasserhahn der Badewanne. Die gelbe Gummiente schwappte hin und her, während das Wasser immer höher stieg. Das Spielzeug war für ein Kind gedacht, wie sie eines war, aber es hatte nichts, was Spaß gemacht oder zum Spielen eingeladen hätte. Es war bedrohlich – gefährlich, wie ein Raubtier, mit schwarzen Augen und scharfen Zähnen, so trieb sie auf ihre nackte Haut zu.

Sie spürte, wie ein Mann sie am Handgelenk packte. Abrupt fuhr sie hoch, rang nach Luft, als wäre sie kurz vor dem Ertrinken, obwohl die Baumwolldecke immer noch ordentlich unter ihr lag.

»Missy, kannst du mich hören? Wach auf, wach auf!« Mike stand über ihr, seine Finger gruben sich in ihren Arm. Ihr Nacken war nass geschwitzt. »Missy, du musst aufwachen. Wo ist Riley?«

10

Melissa hatte keine Ahnung, wie viel Zeit verging. Sie hörte die Angst in Mikes Stimme, während er sie an sich zog. »Melissa, was ist los? Melissa, wo ist Riley?«

Sie versuchte, die Hand zu heben, aber sie fiel schlaff nach unten. Sie wollte etwas sagen, aber sie brachte keinen Ton über die Lippen. Die Welt um sie herum – es gab sie noch, aber sie hatte keinen Zugang mehr zu ihr.

»Reiß dich zusammen, Missy«, hörte sie ihren Bruder sagen. »Wir müssen Riley finden.«

Das Kind. Charlies Tochter. Jetzt auch *ihre* Tochter. Sie mussten sie finden. Melissa wollte Worte bilden, aber diese Worte kamen nicht. Sie war müde, so müde.

Sie hörte die Verzweiflung in der Stimme ihres Bruders. Sie wollte ihm sagen: »Mach dir um mich keine Sorgen. Finde Riley.« Aber sie schaffte es nicht. Sie spürte, wie er sie hochzog und auf die Beine stellte, aber sie sackte nur gegen ihn.

»Was ist los?«, fragte er. »Ich hab gewusst, dass mit dir was nicht stimmt – aber das ist zu viel. Riley ist fort. Kapierst du nicht?«

Endlich fand sie ihre Stimme. »Polizei«, sagte Melissa. »Du musst die Polizei rufen.«

Wie in weiter Ferne hörte sie ihren Bruder die neue Adresse ihrer Mutter und den Namen des vermissten Kindes angeben, das vergangenen Monat erst drei geworden war – Riley Miller.

Entfernt bemerkte sie, dass sie zitterte. Aber daran dachte sie nicht. Sie dachte an ihre abrupte Entscheidung am Morgen, TruthTeller zu löschen und zu blockieren. Sie sah die schreckliche Frau im Park vor sich. *Weil Sie sich nie irren, was? Ich weiß alles über Sie. Sie sind eine Schwindlerin. Und eine Heuchlerin.*

Und jetzt war Riley verschwunden. Bestand da ein Zusammenhang?

»Hast du die Polizei gerufen, Mike?« Sie wusste nicht, ob es eine Minute oder eine Stunde her war, dass sie darauf gedrängt hatte. Verzweifelt griff sie nach dem Handy neben sich auf dem Bett und sah auf die Uhr. Wie hatte sie mehrere Stunden dermaßen weggetreten sein können nach den vielen schlaflosen Nächten?

»Ja, hast du mich nicht gehört? Sie sind unterwegs«, versicherte er ihr.

Melissa spürte die Dunkelheit heraufziehen. Sie dämmerte weg … Nein … nein … nein … Sie zwang sich aufzustehen. Sie entdeckte Pookie. Jetzt lag er achtlos auf dem Boden und sah trauriger und fadenscheiniger aus, als sie ihn in Erinnerung hatte. Sie wankte die Treppe hinunter und suchte das Haus ab. Neben der Eingangstür entdeckte sie ein Stoffbündel auf dem Boden. Rosa und lila Herzchen. Rileys Decke, an die sie sich vorhin gekuschelt hatte. Melissa stockte der Atem. Sie wollte sie schon aufheben, unterließ es dann aber. Das Haus war jetzt vielleicht ein Tatort.

Sie taumelte zur Tür hinaus, ihr Bruder folgte und fragte, wohin sie wollte. Jetzt, hier auf dem Bürgersteig, barfuß auf dem Beton, während ihr der Abendwind über die nackten Arme strich, war sie hellwach. Was Mike durchgemacht hatte … was *sie* erlitten hatte, als sie entführt wurden – nein, nein, sie durfte nicht zulassen, dass Riley das ebenfalls widerfuhr.

Diese Erinnerungen an die Vergangenheit gaben ihr deutlich zu verstehen, dass sie so schnell nicht verschwinden würden. Klarer als in ihren Albträumen hörte sie, wenn sie die Augen zukniff, sich selbst schreien, als kleines Mädchen: »Mommy … Mommy.« Da hatte Carl Harmon den Reißverschluss ihrer Jacke aufgezogen. »Ja, ja«, hatte er sie besänftigt. »Alles ist gut.«

Er hatte sie in seine unheimliche Mietwohnung gebracht, ganz oben in einem düsteren, alten Herrenhaus, dem »Ausguck«, das direkt an der Küste gelegen war, hoch oben auf einer Klippe mit einem dreieinhalb Hektar großen Grundstück. Sie erinnerte sich, dass Mike den Mann fragte, wer er war und wo sie sich befanden. Harmon sagte ihnen, er sei ein Freund ihrer Mommy, und er habe sich zu ihrem Geburtstag für sie ein Spiel ausgedacht. Melissa spürte noch immer die Hände des Mannes auf sich, bis Mike versucht hatte, ihn von ihr wegzustoßen. Aber er konnte nicht viel ausrichten. Harmon hatte Melissa ihrem Bruder wieder entrissen und dann Mike gefragt: »Weißt du, wie es ist, wenn man tot ist?«

»Das bedeutet, dass man in den Himmel kommt«, hatte Mike geantwortet.

Daraufhin hatte Harmon ihnen gesagt, dass ihre Mommy am Morgen in den Himmel gekommen sei, und ihr Daddy habe ihn gebeten, für eine Weile auf sie aufzupassen. Mike hatte geweint und gesagt: »Wenn meine Mommy im Himmel ist, dann will ich auch dahin.«

Harmon hatte Mike durch die Haare gestrichen, während er Missy auf seinem Schoß geschaukelt und sie sich gegen die Brust gedrückt hatte. »Das kannst du auch«, hatte er gesagt. »Noch heute Abend, versprochen.«

Es ließ sich nicht länger leugnen. Sie erinnerte sich. Sie erinnerte sich an alles. Und was jetzt mit Riley geschah, glich den Geschehnissen damals. Es würde alles wie beim letzten Mal sein. Wie beim letzten Mal, aber würden sie auch Riley finden, so wie damals sie und Mike gefunden wurden, Riley, die von einem ebenso abscheulichen, seelenlosen Menschen missbraucht würde? Carl Harmon hatte Mike eine Plastiktüte über den Kopf gezogen, um ihn sterben zu lassen, während er sich mit Melissa auf den Dachboden geflüchtet hatte, um sie vom Dach zu werfen oder im Meer zu ertränken.

Sie musste Charlie benachrichtigen. Mein Gott, wie sollte sie das Charlie sagen?

Er meldete sich nach dem zweiten Klingeln. »Hallo! Ich komme gut voran. In etwa einer Stunde sollte ich da sein.«

Sie würde sich später nicht mehr an den genauen Wortlaut erinnern, den sie unter Tränen hervorbrachte, aber der Inhalt war klar: Riley wurde vermisst, und es war alles ihre, Melissas, Schuld.

11

Gut hundertfünfzig Kilometer entfernt spürte Jayden Kennedy, wie ihn eine seltsame Paranoia überkam, als Julie nach links auf die unbefestigte Straße abbog, die zu seinem Haus führte.

»Kehren wir lieber um, Schatz«, sagte er. »Du hast gesagt, du willst dir noch die neueste Folge von *The Justice Club* anhören. Willst du nicht wissen, was Evans Stiefmutter mittlerweile so treibt?«

»Das Beste an einem Podcast ist doch, dass ich ihn mir anhören kann, wann immer ich will. Aber wir können doch wenigstens an deinem Haus vorbeifahren. Vielleicht ist sie ja ganz nett und lädt dich zu sich nach drinnen.«

Julie war die Idee gekommen, als sie das neue Farm-to-Table-Restaurant verließen, das sie zum Dinner ausprobiert hatten. Sie hatten viel Zeit investiert, um das Haus für die Mieterin »Helen« vorzubereiten, aber Jayden hatte nicht daran gedacht, auch Businesskleidung miteinzupacken. Seitdem er nicht mehr an der Wall Street arbeitete, brauchte er sie nicht mehr so häufig. Allerdings hatte er an dem Tag eine Rückmeldung auf ein von ihm abgegebenes Angebot für einen Beratervertrag bekommen, und nun wollte sich der potenzielle Kunde morgen mit ihm in Manhattan treffen. Geld für einen neuen Anzug auszugeben, den er vielleicht nur für ein einziges Meeting brauchte, war eine bittere Pille, die er schlucken müsste, selbst wenn er davon ausging, dass er den Anzug tatsächlich noch bis zu ihrem Lunch besorgen könnte. Jetzt aber, als sie sich dem Haus näherten, erschien ihm der Kauf eines neuen Anzug als das weitaus kleinere Übel.

»Ich darf dich daran erinnern, dass diese Vermietungswebsite etwas anders ist«, sagte er. »Domiluxe verspricht völlige Anonymität.«

»Es geht hier doch nicht um eine Spionageoperation«, sagte sie. »Sondern eher um Exklusivität, oder?«

»Und alles ist supergeheim. Im Haus aufzutauchen, während der Mieter da ist, stellt einen gravierenden Verstoß gegen die Geschäftsbedingungen dar. Sie könnte ausflippen und den Vertrag kündigen oder noch Schlimmeres.«

»Na ja ... vielleicht ist sie ja gar nicht da.«

Das ungute Gefühl in der Magengegend nahm zu, während Julies Mini langsam über den unbefestigten Weg holperte. Bevor sie etwa fünfzig Meter vor seiner Einfahrt anhielt, schaltete sie die Scheinwerfer aus. Sie öffnete einen Spaltbreit die Tür, sodass die Innenbeleuchtung an der Decke anging.

»Und jetzt?« Er flüsterte nur, obwohl sonst niemand in der Nähe war.

»Gehen wir so nah ran, bis wir sehen, ob jemand zu Hause ist«, antwortete sie und stieg bereits aus. Er eilte ihr hinterher. »Wenn es im Haus dunkel ist, kannst du schnell rein, dir deinen Anzug holen und gleich wieder rauskommen. Sieh es als Abenteuer. Und ich stoppe die Zeit.«

»Vielleicht sind die Lichter auch aus, weil Helen schläft, und ich erschrecke die arme Frau zu Tode. Oder Helen ist gar keine Helen, die an ihrem zweiten Buch arbeitet. Vielleicht ist sie ein illegaler Immigrant, der sich vor den Behörden versteckt und mich an der Treppe mit einer abgesägten Schrotflinte empfängt.«

»Wer hat von uns beiden jetzt die überbordende Fantasie?«, sagte sie grinsend.

Sie hatten fast das in Dunkelheit liegende Haus erreicht, als Julie einen leisen Schrei ausstieß – hinter ihnen war plötzlich ein Wagen zu hören, der über den knirschenden Kies der Einfahrt rollte. Jayden duckte sich hinter einen Rhododendron und zog Julie neben sich. Dort versteckten sie sich vor den grellen, ihnen entgegenkommenden Scheinwerferlichtern.

Sie sah ihn mit großen Augen an und war erkennbar kurz vor einem ihrer liebenswerten Lachanfälle. »Wir verstecken uns hinter einem Strauch in deinem eigenen Garten«, flüsterte sie ihm zu, nachdem der Wagen an ihnen vorbeigefahren war.

Jayden packte ihre Hand und führte sie zu ihrem Mini zurück. Auf dem gesamten Heimweg lachten sie über die absurde Situation. Jayden würde sich später daran erinnern, dass sein Mieter einen – wahrscheinlich weißen – Pkw gefahren hatte, der für ihn wie ein Mietwagen ausgesehen hatte, was plausibel schien, da »Helen« ja aus Atlanta kam und auf LaGuardia gelandet war.

Allerdings hatte er weder das Kennzeichen noch den Fahrer oder andere Insassen gesehen, und schon gar nicht das dreijährige Mädchen auf dem Rücksitz.

12

Melissa stürzte Charlie entgegen, der in der Eingangstür des Cottage stand, und fühlte sich unendlich erleichtert, als er sie an sich drückte. An der fürchterlichen Situation änderte sich damit nichts, aber jetzt, da sie zusammen waren, konnte sie Hoffnung schöpfen, dass alles wieder gut werden würde.

Als er sie endlich losließ, fiel es ihr schwer, ihm in die Augen zu sehen. »Es tut mir so leid.«

Der Detective – Marino mit Namen – trat ebenfalls ins Haus und schien sie ausgiebig zu mustern.

»Schhh«, flüsterte Charlie. »Alles kommt in Ordnung. Wir werden sie finden. Dich trifft keine Schuld«, sagte er noch, als könne er ihre Gedanken lesen.

Mit einem Mal hatte sie ein schlechtes Gewissen, weil er sie tröstete. Riley war seine Tochter, und sie war diejenige, aus deren Obhut sie verschwunden war.

Marinos Kollegin gab Charlie zur Begrüßung die Hand. »Mr. Miller, ich bin Detective Hall. Meinen Partner, Detective Marino, haben Sie ja schon kennengelernt.«

Marino hatte draußen vor dem Cottage Charlie – der noch auf dem Weg vom Flughafen zu ihnen gewesen war – auf dem Handy angerufen, während Detective Hall bereits Melissa und Mike befragt hatte. Aus Gründen der »Effizienz«, wie sie ihnen versicherten. Was vielleicht tatsächlich zutraf. Aber als frühere Staatsanwältin kannte Melissa die Gründe, warum in Familienangelegenheiten Ehepartner getrennt befragt wurden.

»Ich habe gerade mit Detective Hall darüber gesprochen, so schnell wie möglich eine Akut-Alarmierung auszurufen«, sagte Melissa. Die beiden Detectives tauschten einen missmutigen Blick aus. Ebenfalls hatte sie bereits darauf bestanden, dass jemand von der Spurensicherung kam, der Fingerabdrücke und andere mögliche Indizien sicherstellte.

Melissas Handy auf dem Sofa neben ihr klingelte. Ein weiterer Anruf von Katie, der zweite innerhalb von wenigen Minuten. Sie wischte ihn weg.

»Sie wollen nicht rangehen?«, fragte Hall.

Sie schüttelte den Kopf. »Meine Freundin Katie. Ich gehe davon aus, dass sich unsere Freunde gegenseitig anrufen, weil sie sich Sorgen um Riley machen.« Als sie auf die Polizei warteten, hatte Melissa Neil und Amanda Keeney informiert und nachgefragt, ob Amanda als Polizistin beim NYPD nicht helfen könne.

Marino hielt die Handflächen hoch. »Hören Sie, ich weiß, Sie machen sich alle Sorgen. Natürlich. Aber Akut-Alarmierungen unterliegen einem strengen Ablauf. So ein Alarm wird erst ausgerufen, wenn wir sichergehen, dass eine Entführung vorliegt. Und so weit sind wir zum Glück noch nicht.«

»Bei allem Respekt«, sagte Mike, »meine Nichte ist gerade mal drei geworden. Sie ist doch nicht durchs Fenster geklettert, um über Nacht eine Spritztour mit dem Auto zu machen.«

»Mein Sohn kann wie ein kleiner Houdini aus seinem Kinderbett ausbüxen«, sagte Hall mit einem mitfühlenden Lächeln. »Und, Melissa, Sie sagen, die Türen waren ganz bestimmt abgeschlossen, richtig?«

Sie nickte und wollte verzweifelt daran glauben, dass sie sich eines Tages die komische Geschichte erzählen würden, wie sich die abenteuerlustige kleine Riley aus ihrem Bett davongemacht hatte und die neue Umgebung ihrer Großmutter ganz allein erkunden wollte. Der Knauf der Eingangstür verriegelte sich automatisch, wenn die Tür zufiel, und Mike bestätigte, dass er den Schlüssel benötigt hatte, um ins Haus zu kommen. Auch die Hintertür war abgeschlossen gewesen. Die Schiebefenster im Cottage waren alt, es war durchaus möglich, dass jemand über sie ins Haus kommen konnte, allerdings schienen sie alle gesichert zu sein. Vielleicht war Riley also durch die Eingangstür ins Freie gelangt und hatte anschließend nicht mehr reinkommen können. Aber wo war sie dann jetzt? Wenn jemand einer Dreijährigen begegnet, die allein den Bürgersteig entlangtappt, bleibt er doch stehen und kümmert sich um sie. Es sei denn, dieser jemand blieb aus anderen Gründen stehen.

Bei diesem Gedanken wurde ihr übel.

Detective Hall versuchte weiterhin sie zu beruhigen und betonte, wie selten es vorkomme, dass Kinder wirklich von Fremden entführt wurden.

Marino unterbrach sie. »Natürlich stellt sich in diesem Zusammenhang die Frage, ob wir uns mit dem Personenkreis aus dem näheren Umfeld befassen müssen. Die bei Weitem häufigste Erklärung für verschwundene Kinder sind Sorgerechtsstreitigkeiten.«

»Das ist hier nicht der Fall«, antwortete Charlie. »Wie ich schon erklärt habe, meine Frau – meine erste Frau Linda – starb, als Riley noch ganz klein war.«

»Was ist mit deren Familie?«, fragte Marino. »Und Ihren Geschwistern? Ihren Eltern? Gibt es irgendwelche Differenzen, von denen wir wissen sollten?«

Er schüttelte den Kopf. »Meine Eltern sind beide bereits gestorben. Meine Schwester wohnt in Brooklyn. Sie ist großartig und hat mir nach Lindas Tod sehr geholfen. Sie hilft ständig als Babysitterin aus. Sie hat Riley auch während unserer Flitterwochen zu sich genommen. Wir stehen uns sehr nahe.«

»Und sie hat keinerlei Einwände gegen Ihre Beziehung?«, fragte Marino. »Sie fühlt sich nicht zufällig ausgeschlossen? Bedroht?«

Charlie riss entsetzt die Augen auf. »Natürlich nicht«, erwiderte er gereizt. »Sie ist meine Schwester.«

Mike, der in der Ecke saß, sagte ganz ruhig: »Charlie, sie stellen nur Fragen. Aber deine Schwester war noch nicht mal auf der Hochzeit mit dabei. Was sogar ich geschafft habe, oder?«

Stille legte sich über den Raum. Charlie ging zur Küche, kritzelte etwas auf einen Block und riss das Blatt energisch ab. »Rachel Miller. Hier ihre Nummer. Sie ist Kosmetikerin und besucht ihre Kunden zu Hause für Gesichts- und Spa-Behandlungen. Ich weiß mit Sicherheit, dass sie das gesamte Wochenende ausgebucht ist. Deshalb ist Riley auch bei uns, sie konnte nicht bei ihrer Tante bleiben.«

»Ohne Ihnen zu nahe treten zu wollen«, sagte Hall, »aber wie ist Rileys Mutter gestorben?«

Melissa wollte schon fragen, was das zur Sache tue, aber Charlie erklärte bereits, dass Linda während ihres Urlaubs in Norwegen ausgerutscht war, als sie oberhalb eines Wasserfalls ein Selfie machen wollte. Melissa griff nach Charlies Hand und drückte sie. Das war die Erklärung, die er den Familien und Freunden gegeben hatte, nachdem er Zeuge von Lindas tödlichem Sturz auf die unten liegenden Felsen geworden war. In der vierten Sitzung ihrer Gruppen-Trauertherapie, in der sie sich kennengelernt hatten, hatte Charlie von seiner Vermutung erzählt, dass ihr Sturz keineswegs ein Unfall gewesen war.

Der Grund für die damalige Reise ohne Riley lag an Lindas

Problemen, sich in ihre Elternrolle einzufinden. Sie hatte um den Urlaub mit Charlie allein gebeten, damit sie sich »wiederfinden« konnten. An ihrem letzten Reisetag unternahmen sie auf ihren Wunsch eine lange Wanderung oberhalb einiger Wasserfälle. Trotz Charlies Einwänden verließ Linda den Hauptweg, um einen besseren Blick auf das Wasser zu haben, das einige hundert Meter tiefer auf die Felsen stürzte. Am Felsvorsprung drehte sie sich um. Charlie, der annahm, sie stelle sich für ein Selfie auf, rief ihr über das Getöse des donnernden Wassers noch zu, sie solle vorsichtig sein. Melissa würde nie seinen gequälten Blick vergessen, als er in der Therapie die Szene beschrieb: »Sie hat mich so angesehen, als würde sie Abschied nehmen, und dann war sie … einfach weg.«

Charlie konnte bis heute nicht sagen, ob Lindas Tod ein Unfall oder Selbstmord war, aber er war zu dem Schluss gekommen, dass es für alle und vor allem für Riley besser wäre, wenn er seine Vermutungen für sich behielt.

»Was ist mit Lindas Familie?«, fragte Marino. »Gibt es irgendwelche Schwägerinnen oder Schwager?«

»Sie war ein Einzelkind.«

»Keine Eltern?«

»Ihre Eltern leben noch«, sagte er. »Aber sie sind in den Siebzigern. Und sie wohnen in Oregon.«

»Haben Sie ihnen schon Bescheid gegeben, dass Riley vermisst wird?«

Charlie schüttelte den Kopf, bevor er sich erschöpft übers Gesicht strich. »Puh, bei mir ist das alles bislang noch gar nicht richtig angekommen – erst, nachdem Sie es jetzt gesagt haben. Sie wird vermisst. Meine Tochter wird vermisst.«

»Wenn Sie uns ihre Kontaktdaten geben, übernehmen wir gern den Anruf für Sie«, bot Hall an. »Manchmal ist es so einfacher. Wir übermitteln ihnen die Neuigkeiten, alles Weitere erfahren sie dann von Ihnen.«

»Ich muss erst darüber nachdenken. Es ist nicht so einfach.«

»Wenn es nicht einfach ist, dann ist das vielleicht genau der Grund, warum wir mit ihnen reden sollten«, sagte Hall.

»Glauben Sie mir, wenn auch nur die geringste Möglichkeit bestünde, dass sie damit irgendwas zu tun haben könnten, würde ich auf der Stelle selbst nach Oregon fliegen und sie mir vorknöpfen. Ich will nur nicht, dass ihr Leben unnötig durcheinandergebracht wird, okay?«

Die beiden Polizisten tauschten einen skeptischen Blick aus, aber es war dann Mike, der das Thema wechselte. »Was ist mit dieser komischen Frau, die meine Schwester im Park belästigt hat? Melissa hat Ihnen eine Beschreibung geliefert und meint, sie würde sie definitiv wiedererkennen. Sie hat den Park zu Fuß verlassen, vielleicht wohnt sie also ganz in der Nähe. Können Sie nicht nach ihr suchen? Dazu bekommt Melissa diese verrückten Stalker-Kommentare in den sozialen Medien. Vielleicht ist diese Frau einfach besessen von ihr und ist ihr deswegen nach Hause gefolgt.«

»Auch dem werden wir nachgehen«, erwiderte Hall. »Ms. Eldredge, können Sie sich erklären, warum dieser sogenannte TruthTeller Sie beschuldigt, eine Heuchlerin oder Lügnerin zu sein?«

Die darauffolgende Pause fühlte sich lang an, selbst für Melissa. Als sie endlich reagierte, wollte sie ihnen keinen Namen nennen. Jennifer Duncan mochte vielleicht so nachtragend und verbittert sein, dass sie online über sie herfiel, aber sie würde nie ein Kind entführen. »Meine Agentin meint immer, das gehört heutzutage zur Online-Kommunikation dazu«, antwortete sie schließlich. »Man kann sagen, der

Himmel ist blau, und irgendjemand findet einen Grund, einen deswegen anzugreifen.«

»Okay«, sagte Marino, »aber geben Sie uns Bescheid, wenn Ihnen was Konkreteres einfallen sollte. Vielleicht ein unzufriedener Mandant oder so. Vorrang hat im Moment aber, Riley zu finden. Wir haben Kollegen auf der Straße, die die Suche organisieren. Die Dienststelle gibt noch in diesem Augenblick eine Presseerklärung heraus und veröffentlicht Mitteilungen in den sozialen Medien. Ich weiß, Sie sind noch neu hier, der Umzug Ihrer Mutter steht erst bevor, aber der Zusammenhalt im East End ist sehr groß. Freiwillige werden bis in die Nacht hinein die umliegende Gegend absuchen, falls es nötig sein sollte.«

Charlie unterdrückte ein Schluchzen. »Ich weiß, Sie müssen diese Fragen stellen, aber alles, was ich will, ist, in meinen Wagen zu springen und nach meiner Tochter zu suchen. Wenn es sein muss, werde ich jeden Quadratmeter von Long Island absuchen. Brauchen Sie noch was von uns?«

»Die Spurensicherung ist noch zugange«, sagte Hall. »Aber, ja, natürlich wollen Sie raus und nach Riley suchen.«

»Ich komme mit«, bot Mike an. »Je mehr Augen, desto besser.«

Mike erhob sich, Melissa umarmte ihn und dankte ihm. Von dem Augenblick an, als er sie, ohne Riley, schlafend vorgefunden hatte, hatte er ihnen zur Seite gestanden – er hatte sie geweckt, hatte die Polizei gerufen, den Detectives nahegelegt, die Frau im Park ausfindig zu machen. Und er hatte Riley als seine Nichte bezeichnet, und jetzt wollte er sich an der Suche beteiligen. Insgeheim war er immer noch derselbe Junge, der immer, sein ganzes Leben lang, auf sie aufgepasst hatte.

Sie drückte Mike die Autoschlüssel in die Hand, dankte

ihm ein weiteres Mal und sagte, sie fahre bei Charlie mit. Die Detectives versicherten ihnen, Beamte würden im Haus bleiben, für den Fall, dass Riley zurückkehrte.

»Ich bin mir ziemlich sicher, dass es hier private Hubschrauberunternehmen gibt«, sagte Melissa. »Sie könnten bei ihnen anrufen und fragen, ob die Piloten sich freiwillig an der Suche beteiligen.«

»Danke für den Rat.« Detective Halls Miene blieb sachlich, aber Melissa entging nicht der vielsagende Blick zwischen den beiden Kollegen.

Beim Verlassen des Hauses sagte dann Detective Marino, als wäre es ihm nachträglich noch eingefallen: »Wissen Sie, Charlie, wenn wir unseren Job machen und die Presseerklärungen herausgeben, werden Ihre ehemaligen Schwiegereltern auch in Oregon von der vermissten Riley erfahren. Wollen Sie wirklich nicht, dass wir sie kontaktieren?«

»Das bringt mir meine Tochter auch nicht zurück.«

13

Marino schob sich einen Nikotinkaugummi in den Mund, sobald er sich auf dem Beifahrersitz des Dienstwagens niedergelassen hatte.

»Na, wie geht's mit dem Aufhören, Guy?« Marinos Vorname war Gaetano, aber alle, inklusive seiner Partnerin Heather Hall, nannten ihn Guy.

»Ganz klar, ich bin süchtig. Ein Nikotin-Junkie. Trotz des Kaugummis gebe ich mir noch drei Tage. Höchstens fünf, bevor ich rückfällig werde. Ich bin ein schwacher Mensch, Hall.«

Hall wusste aus Erfahrung, dass ihr Kollege alles andere als schwach war. Sonst hätte sie sich nie auf ihn als Partner eingelassen.

»Was hast du aus dem Ehemann herausbekommen, bevor er im Haus aufgetaucht ist?«

»Nichts, was nicht mit den Aussagen seiner Frau übereinstimmt. Seit Kurzem verheiratet. Rundum happy. Alles wunderbar. Ich hab gefragt, ob es öfter vorkommt, dass sie tagsüber so lange schläft. Er meint, sie hätte in letzter Zeit Schlafprobleme gehabt. Wegen Stress und so. Dann hab ich nachgehakt, wollte sehen, ob er irgendwelche Zweifel an seiner Frau hat, aber da kam nichts. Ich hab sie gegoogelt. Hat eine ziemliche Karriere hingelegt. Ich hab ihm gegenüber angedeutet, vielleicht ist sie ja nicht so glücklich darüber, dass sie plötzlich mit einem Kind geschlagen ist, auf das sie aufpassen muss.«

»Klingt richtig subtil«, sagte Hall.

»Hey, ich bin auf Entzug. Was soll ich sagen? Vielleicht bin ich etwas zu hart vorgeprescht, jedenfalls hatte ich den Eindruck, wenn er mir übers Telefon eine hätte reinhauen können, hätte er's gemacht. Auf die Frage jedenfalls wollte er sich nicht einlassen.«

»Bei der Frau das Gleiche. Wenn es nach ihr ginge, könnte Charlie Unterrichtsstunden in Sachen liebevoller, alleinerziehender Vater geben.«

»*Verwitweter* Vater«, fügte Marino an. »Gut, mit Schwiegereltern oder dem Elterndasein kenne ich mich nicht aus, aber würdest du es denn nicht den Großeltern erzählen, wenn dein Kind vermisst wird?«

Hall bog auf die richtige Fahrspur ein, nachdem die Ampel auf Grün schaltete, und verminderte die Geschwindigkeit. »Erstens, sag nie, dass Milo, mein Sonnenschein, jemals vermisst würde, noch nicht mal hypothetisch. Und zweitens? In meinem Fall würden Franks Eltern das Suchteam anführen, aber das ist eben nur unsere Familie. Außerdem leben sie nicht in Oregon. Und bei vielen Schwiegerleuten herrscht böses Blut. Wie der Ehemann schon gesagt hat, es kann kompliziert sein.«

Sie mussten nicht laut aussprechen, was ihnen durch den Kopf ging. Ein Vater oder eine Stiefmutter mussten kein Kind entführen, das sowieso bei ihnen lebte. Wenn Charlie Miller oder Melissa Eldredge irgendetwas mit Rileys Verschwinden zu tun hatten, dann, um das Kind endgültig zu beseitigen. Hall sah ihren eigenen Sohn vor sich, Milo, den Miniatur-Houdini in Ausbildung. Trotz allem, was sie in ihrem Beruf alles zu Gesicht bekommen hatte, würde sie nie verstehen können, wie man einem Kind wehtun konnte.

»Du hältst es nach wie vor für richtig, dass wir den Bruder

so sanft angefasst haben?«, fragte Guy. »Der Typ ist meiner Meinung nach doch das schwarze Schaf der Familie, einer, der immer bloß am Strand abhängt.« Sie hatten Michael Eldredge bereits durch ihr System gejagt. Keinerlei Vorstrafen, aber natürlich tauchte bei ihnen nichts auf, was ihm vielleicht in der Karibik zur Last gelegt wurde.

»Du weißt, wodurch Melissa Eldredge bekannt wurde?«

»Wie gesagt, ich hab sie gegoogelt. Irgendein Fehlurteil, oder?«

»Fehlurteil in wessen Augen?«, fragte Hall. »Die Angeklagte hieß Jennifer Duncan. Ein Model, musste sich aber ziemlich abstrampeln, bis sie nach oben geheiratet hat – weit nach oben –, einen Bauunternehmer namens Doug Hanover, der dann im West Village in der Remise seines Hauses durch die eigene Pistole ums Leben kommt. Jennifer ruft die Polizei, will am Tatort aber keine Fragen beantworten und verhält sich, als stünde sie unter Schock. Bei den Ermittlungen stellt sich heraus, dass Jennifer im Monat zuvor gleich zwei Scheidungsanwälte aufgesucht hat. Hätte sich das Paar scheiden lassen, wäre ihr aufgrund des Ehevertrags so gut wie nichts geblieben. Aber aufgrund der Regelungen im Testament? Da bekam sie alles. Die Staatsanwaltschaft hat den Fall fast ausschließlich auf ihrem Motiv und den Indizien am Tatort aufgebaut, hauptsächlich verspritztem Blut. Die Geschworenen kamen zu dem Schluss, dass sie diejenige war, die geschossen hat.«

»Das hast du alles heute erfahren?« Er war immer wieder beeindruckt von Halls fotografischem Gedächtnis für Details.

»Nein. Während der Elternzeit hab ich mir einige True-Crime-Storys reingezogen. Und in der Zeit ist dann auch Melissa Eldredge aufgetaucht und hat behauptet, Jennifer

Duncan wäre in Wahrheit eine Frau, die misshandelt wurde. Zu der Zeit war sie bereits drei Jahre im Gefängnis.«

»Sie hat also erst geleugnet, den Ehemann erschossen zu haben, und als das nicht funktionierte, hat sie auf Notwehr plädiert?«

»Es ist eine lange Geschichte, aber im Grunde hat es die Anklage verbockt. Jennifers Verteidiger hatte sich bei der Staatsanwaltschaft erkundigt, ob der Ehemann in früheren Beziehungen schon zu Gewalttätigkeit neigte. Nun, es stellte sich heraus, dass seine Ex schon Jahre zuvor ein Kontaktverbot erwirken wollte. Vom Team der Anklage darauf angesprochen, erklärte die Verflossene dann aber, es wäre alles ein Missverständnis gewesen, und leugnete jede Misshandlung. Die Staatsanwaltschaft beschloss daher, gegenüber der Verteidigung nichts davon offenzulegen, und so bekam Jennifer die Revision ihres Urteils durch. Die Ironie aber liegt darin, dass Melissa Eldredge während des ersten Verfahrens als Juristin auf Seiten der Staatsanwaltschaft gearbeitet hat.«

»Sie hat also ihren eigenen Fehler dazu genutzt, um später das Urteil anzufechten?«, fragte Marino.

»Genau. Laut ihrer Aussage war sie noch Referendarin und hatte angenommen, die Vorgesetzten würden es besser wissen, aber die Entscheidung hätte ihr immer Magenschmerzen bereitet. Nachdem sie mittlerweile in der eigenen Kanzlei arbeitete, bot sie an, Jennifer zu vertreten. Und als die Frau dann aus dem Gefängnis war, traten die beiden gemeinsam in Kabel-Nachrichtensendungen und diversen Talkshows auf. Jennifer erbte das gesamte Vermögen ihres Mannes. Sogar die Kinder des Typen gingen leer aus. Und jetzt ist Melissa im Grunde eine Berühmtheit – was mich zu deiner ursprünglichen Frage zurückbringt. Sie will uns jetzt schon herumkommandieren und verlangt die Akut-Alarmierung und den

Einsatz von Hubschraubern. Wie, meinst du, hätte sie reagiert, wenn wir ihrem Bruder ein paar harte Fragen gestellt hätten?«

»Ihr muss doch klar sein, dass Familienangehörige als Verdächtige ausgeschlossen werden müssen«, sagte Guy. »Das gehört einfach dazu. Oberste Priorität ist aber immer noch, das Mädchen zu finden.«

»Was sagt der Skorpion zum Frosch? *Es liegt in seiner Natur.* Die Frau ist Anwältin, meiner Erfahrung nach mögen sie es nicht, wenn ihresgleichen infrage gestellt wird.«

»Wann knöpfen wir ihn uns also vor?«

So, wie sie nicht laut aussprechen mussten, warum Eltern einem Kind Schaden zufügen wollten, mussten sie nicht die dunklen Motive anführen, die einen Mann in Mike Eldredges Alter dazu animieren konnten, mit der kleinen Stieftochter seiner Schwester allein sein zu wollen.

Hall zuckte mit den Schultern. »Vorerst sollten wir ihn im Auge behalten.«

»Und wie wollen wir das bewerkstelligen?«

»Siehst du den grauen Volvo-SUV sechs Autos weiter? Das ist Mike Eldredge im Wagen seiner Schwester. Dir ist nicht aufgefallen, dass ich ihm folge, seitdem wir das Haus verlassen haben?«

Nicht zum ersten Mal ging Marino durch den Kopf, dass seine Partnerin eine verdammt gute Polizistin war.

14

Charlie umklammerte so fest das Lenkrad, dass seine Knöchel weiß anliefen. Selbst in der Dunkelheit war zu erkennen, wie fahl sein Gesicht war, Melissa sah den Schmerz in seinem Blick. Es fiel ihr schwer, positiv zu klingen. »Zumindest haben es die Detectives ernst gemeint, als sie sagten, sie würden nach Riley suchen.«

Schon beim Verlassen des Hauses hatten sie die Polizisten entdeckt, die die Straßen in der Umgebung des Cottage absuchten und mit Fotos von Riley an die Türen klopften. Im Moment kam es ihr so vor, als fuhren sie aufs Geratewohl durch irgendwelche Straßen – nebenbei rief sie in den Krankenhäusern der Umgebung an und erkundigte sich dort, ob Neuigkeiten über Riley vorlagen.

Jedes Mal, wenn eine neue Nachricht von Neil und Amanda oder von Katie eintraf, leuchtete ihr Handydisplay auf. Alle boten sie an, zu kommen und bei der Suche mitzuhelfen, aber Charlie meinte nur, sie würden bloß für noch mehr Chaos sorgen. Melissa wurde daran erinnert, dass er nach wie vor ihre Freunde nicht zum engsten Kreis zählte, obwohl sie, er und Riley jetzt doch eine Familie waren.

Der Bildschirm am Armaturenbrett zeigte einen Anruf seiner Schwester Rachel an. Er nahm sofort an. »Hallo. Melissa und ich sind gerade unterwegs. Wir … sehen uns um. Die Polizei sucht alles ab. Im Moment wissen wir nicht recht, was wir überhaupt machen sollen.«

»Es gibt heute keine Züge mehr, ich könnte mir höchstens noch einen Mietwagen nehmen. Oder einen Fahrdienst. Wie es dir am liebsten ist.« Rachel klang heiser, wahrscheinlich hatte sie geweint. »Ich hab ein schlechtes Gewissen. Ich hätte die Wochenendtermine absagen sollen. Dann wäre Riley bei mir gewesen, als du auf Geschäftsreise warst.«

Melissa, den Blick auf den Bürgersteig gerichtet, spürte die Schwere des Vorwurfs. Es war ihre Schuld. Hätte sie auf Mike gehört und mit jemandem über ihre Albträume gesprochen, wäre sie vielleicht nicht so tief eingeschlafen.

»Hier ist niemandem ein Vorwurf zu machen«, antwortete Charlie. Er drückte Melissa die Hand. »Du kennst Riley. Sie will immer alles erkunden. Wahrscheinlich hat sie es irgendwie nach draußen geschafft und sich verirrt. Sie weiß, dass sie mit Fremden nicht reden soll. Vielleicht ist sie irgendwo eingeschlafen.«

Auf dieses hoffnungsvolle Szenario kamen sie immer wieder zurück.

»Gut«, sagte Rachel, »aber ich werde morgen den ersten Zug nehmen und mir ganz fest sagen, dass mich am Bahnhof meine kleine Nichte begrüßt und wir alle zusammen frühstücken können. Und Melissa? Bist du da?«

»Ja, Rachel.«

»Ich weiß, ich war bislang nicht unbedingt die beste Schwägerin …«

»Ich verstehe das sehr gut, es war nicht leicht. Alles ging sehr schnell, klar. Aber darüber müssen wir jetzt nicht reden.«

»Okay, aber du solltest wissen, ich bin froh, dass Charlie dich jetzt hat. Und du tust Riley gut. Ich selbst werde mir von jetzt an mehr Mühe geben.«

Melissa schluckte den Kloß im Hals hinunter und wünschte

sich inständig, es würde wirklich ein »von jetzt an« geben – ein glückliches Zusammensein mit Riley bei ihnen zu Hause. »Das gilt auch für mich. Wir sind schließlich eine Familie.«

Rachel verabschiedete sich, im gleichen Augenblick klingelte Melissas Handy. Es war Mike. Sie hielt sich nicht lange mit einer Begrüßung auf. »Hast du sie gefunden?«, fragte sie und hielt den Atem an.

»Nein, tut mir leid. Aber die Polizei hat mich gefunden. Wir müssen reden.«

Sie kehrten ins Cottage zurück. Mike saß im Sessel in der Ecke des Wohnzimmers und hatte den Kopf in die Hände gestützt. Als sie eintraten, schreckte er auf. Seine Müdigkeit, die Anspannung in seinem Gesicht ließen ihn älter erscheinen – vielleicht sah sie in ihm immer noch den Jungen, so wie er in ihr immer noch seine kleine Schwester Missy sah. Jetzt stellte sie erstaunt fest, wie sehr er ihrem Vater ähnelte.

»Kannst du uns kurz allein lassen, Charlie?«, fragte er.

Charlie presste die Lippen zusammen, dann schüttelte er den Kopf und stemmte die Hände in die Hüften. »Tut mir leid, Mann. Nein. Hier geht es um meine Tochter. Ich will jedes Wort hören.«

Mike nickte. »Ich bin zum Park gefahren, ich dachte mir, wer sich tagsüber im Park aufhält, macht dort vielleicht auch seinen Abendspaziergang. Mir ist nur ein Pärchen mit einem Hund begegnet, die Beschreibung der Frau, die dich belästigt hat, hat ihnen aber nichts gesagt. Ich wollte gerade wieder los, um noch etwas durch die Gegend zu fahren, da tauchen plötzlich die beiden Detectives auf und meinen, sie hätten noch ein paar Fragen. Als ich wissen wollte, ob sie mir gefolgt sind, sagen sie, sie wollten nur mal den Park überprüfen, was für mich nun überhaupt keinen Sinn ergab. Ich bin hier vor ihnen losgefahren. Sie hatten es ganz klar auf mich abgesehen, nicht auf den Park.«

Charlies Atem ging heftiger, er ballte die Fäuste. »Warum sollten sie das machen, Mike? Hast du meiner Tochter was angetan?« Mike zuckte zusammen, als hätte er einen Schlag abbekommen. Melissa schrie entsetzt auf. Wütend wandte sich Charlie an sie. »Wie oft hast du mir erzählt, wie kaputt er ist nach dem, was ihr in eurer Kindheit erlebt habt? Ich hätte vorsichtiger sein müssen und ihn nicht in Rileys Nähe lassen dürfen.«

Zum ersten Mal seit der Beerdigung ihres Vaters sah sie, wie sich Tränen in Mikes Augen bildeten. »Na, großartig«, sagte er. »Von euch beiden.« Selbst sein Sarkasmus konnte seinen Schmerz nicht überdecken.

»Bitte, Mike«, flehte sie ihn an. »Wir können später darüber reden, über uns und über alles andere. Aber jetzt geht es um Riley. Was wollten die Polizisten von dir wissen?«

»Was anscheinend auch Charlie wissen will«, sagte Mike. »Wo ich den ganzen Tag gesteckt habe. Also werdet ihr froh sein zu hören, dass ich zum Anglerladen ins Dorf bin, während Melissa mit Riley beim Mittagessen war, weil ich mich umhören wollte, wie es hier so mit Booten aussieht. Ein Paar, das sich eine neue Angelrolle besorgen wollte, hat gehört, wie ich mich mit dem Ladenbesitzer unterhalten habe. Es stellte sich heraus, dass sie Angler sind und hier wohnen, aber jedes Jahr zum Inselhopping in die Karibik fliegen. Wir haben uns in einer Kneipe auf ein Bier zusammengesetzt, und dann haben sie mich bis nach Montauk gefahren und mich ein paar Charter-Unternehmen vorgestellt, die im Sommer vielleicht einen Skipper brauchen. Ich konnte es kaum erwarten, euch davon zu erzählen, aber als ich zurückkam, war hier alles wie ausgestorben. Sie heißen Christian und Lea, ihre Nachnamen kenne ich nicht, dafür habe ich Christians Handynummer. Die Einheimischen müssen sie jedenfalls kennen, der eine Detective hat sofort gewusst, wen ich meine, er hat angerufen und sich bestätigen lassen, dass wir den ganzen Tag zusammen waren und sie mich hier abgesetzt haben. Ihr könnt ihn anrufen, wenn ihr wollt.«

»Das ist natürlich nicht nötig«, sagte Melissa.

»O mein Gott«, sagte Charlie. »Tut mir leid, Mike. Ich kann überhaupt nicht mehr klar denken.«

Mike winkte nur ab. »Schon gut. Kein Problem, Mann.«

»Das war es also?«, fragte Melissa. »Sie haben dein Alibi überprüft, und du hast eines. Trotzdem hast du besorgt geklungen, als du angerufen hast.«

»Sie haben nicht nur nach mir gefragt.« Er senkte den Blick. »Sie haben mich gefragt, wie lange ihr euch schon kennt, wie gut ich Charlie kenne, wie gut *du* Charlie kennst. Ich hab sie daran erinnert, dass Charlie heute im Flieger gesessen hat, aber dann sind sie mit ihren Fragen konkreter geworden.«

Er schluckte und mied weiterhin den Blickkontakt mit Charlie. Was jetzt kommen würde, wusste Melissa, war der Grund, warum er mit ihr unter vier Augen sprechen wollte – seine Besorgnis hatte sich nie auf ihn selbst bezogen. Sondern auf Charlie. Sie musste es wissen. »Inwiefern konkreter?«

Jetzt sah er Charlie direkt in die Augen. »Über deine ehemaligen Schwiegereltern. In Oregon. Sie haben mich gefragt, ob ich deren Namen kenne oder wie man sich mit ihnen in Verbindung setzen könnte. Sie wollten wissen, ob du mit ihnen noch Kontakt hast und sie hin und wieder Riley sehen – solche Dinge.«

»Was soll das alles?«, fragte Melissa. »Würde Charlie nur für eine Sekunde glauben, dass sie irgendwas damit zu tun haben, hätte er das doch sofort der Polizei erzählt.«

»Das habe ich ihnen auch gesagt. Und dann haben sie mich gefragt, ob Charlie vielleicht den Eindruck vermittelt, dass es ihm ohne seine Tochter vielleicht besser gehen würde. Es wurde immer abstruser.«

Charlie wirkte verwirrt und verärgert. »Die denken also ... ich hätte sie zu Lindas Eltern geschickt? Aber wenn, dann hätte ich ihnen das doch gesagt. Dann hätte ich doch keine Entführung inszenieren müssen.«

Mike erwiderte nichts, aber Melissa kannte ihren Bruder. Da war noch etwas. »Haben sie das andeuten wollen, Mike?«

Er schüttelte bedächtig den Kopf. »Es war noch abstruser. Sie haben gemeint, deine ehemaligen Schwiegereltern könnten dich für jemanden halten, der Riley etwas hätte antun können. Damit du dich nicht mehr um sie kümmern musst.«

15

Charlie ballte mehrmals die Fäuste, während er Mike hinter-
hersah, der nach oben ging und sie mit diesen schrecklichen
Worten zurückließ. Melissa tat es weh, ihn so leiden zu sehen.
»Bitte, Charlie, ich versteh es nicht, warum sagst du der Polizei nicht einfach, wie Lindas Eltern zu erreichen sind?«

»Du kannst doch nicht im Ernst glauben, dass ich meiner
Tochter irgendwas antun könnte«, blaffte er.

Melissa griff nach Charlies Hand und war sehr erleichtert,
als er ihren Druck erwiderte. »Natürlich nicht. Ich hab auch
nicht angenommen, dass du an Mike zweifeln würdest. Aber
wie die Polizei eben sagt, die meisten Kinder, die vermisst
werden, finden sich später bei Angehörigen wieder. Sie nehmen uns genau unter die Lupe, und sei es nur, um uns als Verdächtige auszuschließen.«

»Und bis dahin kümmern sie sich nicht darum, Riley zu
finden?«

»Wir wissen, dass Suchteams die Gegend durchkämmen.
Wir haben sie gesehen.« Sie legte ihm den Arm um die Hüfte.

»Tut mir leid, dass ich deinen Bruder so angegangen bin«,
sagte er. »Dabei hab ich euch da mit hineingezogen.«

»Mein Bruder und ich kommen damit zurecht. Wie immer.
Aber er hat uns nicht grundlos gebeten, zum Haus zurückzukehren. Die Polizei folgt da doch ganz offensichtlich einer
falschen Fährte. Gib ihnen doch einfach die Telefonnummer, damit es ein Ende hat.« Sie beschloss, ihn noch mehr zu

drängen. »Unter den gegebenen Umständen ist es doch angeraten, wirklich sicherzustellen, dass Lindas Eltern nichts damit zu tun haben.«

»Glaub mir. Ich kenne sie. Sie fliegen nicht den weiten Weg hierher, um Riley zu entführen. Das ist einfach lächerlich.«

»Okay, dann lass die Polizei doch bei ihnen anrufen. Dann sind alle Verdachtsmomente ausgeräumt, und die Ermittlungen können weitergehen. Zumindest weiß ich dann, dass die Polizei ihren Job macht.«

Charlie schlug mit der flachen Hand auf den Beistelltisch. »Niemand ruft Lindas Eltern an.«

»Du jagst mir Angst ein, Liebling. Was ist los?«

Er fuhr sich hektisch durch die Haare und schüttelte den Kopf. »Sie hassen mich, okay?«

Melissa wusste, dass Charlies ehemalige Schwiegereltern wütend waren, als er beschloss, von Oregon nach New York zurückzuziehen, ebenfalls wusste sie, dass sie nach dem Umzug kaum noch Kontakt gehabt hatten. »Sie *hassen* dich? Das kann ich mir nicht vorstellen.«

»Ich hab es dir erzählt, ein Grund für den Umzug war, dass meine Schwester mir mit Riley helfen kann.«

Sie nickte.

»Das war aber nicht der einzige Grund. Nach Lindas Tod hab ich herausgefunden, dass sie was mit einem Kollegen in ihrem Büro hatte.«

»Das hast du nie erzählt …«

»Das war noch nicht alles. Lass mich ausreden. Ich glaube nicht, dass es eine tiefer gehende Affäre war, aber anscheinend haben die beiden davon gesprochen, dass sie zusammenbleiben wollen, wenn sie sich von mir erst mal getrennt hat. Ich denke, deshalb wollte sie auch diesen Urlaub – um zu einer Entscheidung zu kommen, ob sie bei mir bleiben soll. Als ich das mit dem anderen erfuhr, erschien mir der Unfall plötzlich in einem ganz anderen Licht. Vielleicht waren Riley und ich nicht genug, um sie glücklich zu machen, aber die Vorstellung, uns zu verlassen, war vielleicht auch zu viel für sie. Als Lindas Eltern jedoch erfuhren, dass sie eine Scheidung in Betracht gezogen hatte, kamen sie zu einer ganz anderen Schlussfolgerung.« Er sah ihr unumwunden in die Augen.

Schlagartig wurde ihr klar, was er ihr damit sagte. »O Charlie, nein ...«

Er wischte sich eine Träne aus dem Augenwinkel. »Sie waren überzeugt, ich hätte gewusst, dass sie mich verlassen würde. Sie haben mich tatsächlich beschuldigt, sie in den Abgrund gestoßen zu haben. Sie haben sogar einen Anwalt eingeschaltet, um mir Riley wegzunehmen. Aber es kam nie zu einem Verfahren, sie hatten ja nichts weiter als ihre verrückte Mordgeschichte. Aber wie sollte ich mich danach noch als Teil ihrer Familie sehen? Ich konnte meine Tochter doch nicht Leuten aussetzen, die glauben, ich hätte ihre Mutter getötet.«

»Natürlich nicht. Aber für mich klingt das alles, als wären sie damit die Hauptverdächtigen. Vielleicht sind sie zu der Überzeugung gekommen, dass sie ein Recht haben, dir Riley wegzunehmen.«

Er schüttelte entschieden den Kopf. »Ich kenne sie seit zwanzig Jahren. Sie sind Menschen, die Anwälte engagieren, aber sie sind keine Kidnapper. Hätten sie mich wirklich daran hindern wollen, fortzuziehen, hätten sie mich jahrelang vor Familiengerichte zerren können. Aber sie würden nie und nimmer auf eigene Faust handeln. Weiß Gott, was sie allerdings sagen, wenn die Polizei bei ihnen anruft ...«

»Verstehe«, sagte Melissa leise, ohne tatsächlich überzeugt zu sein.

»Entschuldige«, sagte er, ließ ihre Hand los und stand auf. »Ich kann nicht mehr rumsitzen. Ich muss raus und sie suchen. Rede du doch noch mal mit Mike und versuche die Wogen zu glätten.«

»Nein, ich komme mit.«

»Ich will nur ein paar Minuten allein sein.« Ohne ein weiteres Wort verließ er das Haus.

16

»Wenigstens ein paar Bissen, Melissa. Du bist so erschöpft. Es wird dir guttun. Du musst bei Kräften bleiben.« Mike redete eindringlich auf sie ein. Kopfschüttelnd schob Melissa den Teller von sich weg. Er hatte gehofft, der Duft von Eiern mit Schinken würde sie in Versuchung führen.

»Der Schinken war für das Frühstück morgen gedacht«, sagte Melissa tonlos. »Mit Blaubeer-Pancakes, ihrem Lieblingsessen. Riley muss Hunger haben. Sie hat seit Stunden nichts gegessen.«

Draußen hörten sie die niedrig fliegenden Hubschrauber. »Klingt so, als hätten sie deinen Vorschlag aufgegriffen«, sagte Mike. »Freiwillige auf der gesamten Ostspitze von Long Island beteiligen sich an der Suche. Alle helfen. Hör auf, dich weiterhin selbst zu quälen. Du hast nichts Falsches getan, und wir brauchen dich in guter Verfassung. Du warst schließlich diejenige, die daran gedacht hat, die örtlichen privaten Hubschrauberunternehmen anzurufen.«

»Ich hab es Mom noch nicht gesagt«, sagte sie. »Du?«

»Ich dachte mir, das wäre deine Aufgabe. Aber ich mach mir Sorgen, die Neuigkeiten könnten zu viel für sie sein.«

Ihre Mutter trauerte noch immer um ihren Mann, aber Rileys Verschwinden könnte das Trauma wiederaufleben lassen, das sie bei der Entführung ihrer Kinder durchlebt hatte.

Mit einem Blick kamen sie zu der stillen Übereinkunft,

damit noch zu warten. »Du weißt, Charlie hat nie ernsthaft geglaubt, dass du Riley irgendetwas antun könntest.«

Er mied ihren Blick. »Das hoffe ich doch sehr. Offensichtlich hast du bei ihm den Eindruck erweckt, als wäre ich ein ziemlich kaputter Typ.«

Sie lächelte ihn traurig an. »Das sind wir doch beide, oder?«, sagte sie achselzuckend. »Wie sollte es auch anders sein? Du und ich, wir sind mit unserer Versehrtheit nur unterschiedlich umgegangen, das ist alles. Für mich warst du immer die ständige Erinnerung an die schrecklichen Dinge, die wir als Kinder erlitten haben. Angesichts dessen, was ich durchgemacht habe, habe ich mir das Recht verdient, es in der Vergangenheit zu lassen, wenn ich das so will.«

»Was *du* durchgemacht hast? Wir haben es beide durchgemacht.«

Sie konnte nicht glauben, dass er das ausgerechnet jetzt ansprach. »Aber ich war das Mädchen, Charlie. Ich war diejenige, die er in die Badewanne gesetzt hatte. Warum, glaubst du, hasse ich Wasser so sehr, dass ich noch nicht mal richtig schwimmen kann, obwohl ich auf dem Cape aufgewachsen bin? Ich war diejenige, die er mitgenommen hat, als er fliehen wollte.«

»Sieh an, du erinnerst dich also an nichts mehr, was? Ich war genauso Opfer wie du«, sagte er langsam, jedes Wort betonend. »Alles, was er mit dir vorhatte ... Ich war der, mit dem er sich zuerst abgegeben hat. Deshalb hat er mich dagelassen, damit ich sterbe, Melissa, und deshalb wollte er mit dir fliehen.«

Jahrelang hatte Mike sie gedrängt, sich dem Trauma zu stellen, aber er hatte dabei nie zu verstehen gegeben, wie sehr der Täter auch ihm Schaden zugefügt hatte. Ihre

Eltern, überzeugt, dass Melissa noch zu klein war, um sich zu erinnern, hatten beschlossen, die Einzelheiten des Falles nicht immer wieder aufzuwärmen.

Sie begann am ganzen Leib zu zittern, als sie sich vorstellte, wie sie beide, so klein, im Dachboden eingeschlossen waren. Riley ... war Riley jetzt auch an einem so schrecklichen Ort? Im Beisein von jemandem wie Carl Harmon?

Das Klingeln des Handys riss sie aus ihren düsteren Gedanken. Wieder Katie.

»Du solltest rangehen«, sagte Mike, der inzwischen oben an der Treppe stand, als sie den Anruf annahm.

»Na endlich!« Katies Stimme war ihr ein sofortiger Trost. »Bitte sag mir, dass Riley zu Hause ist.«

»Nein. Wir machen uns riesige Sorgen. Ich werde das Gefühl nicht los, dass Rileys Verschwinden mit den Posts dieses TruthTeller zu tun hat. Die Polizei hält die Nachrichten für nicht bedrohlich genug, um die Herausgabe der User-Daten zu erzwingen. Aber mittlerweile frage ich mich, ob ich ihnen nicht von meinem Zerwürfnis mit Jennifer erzählen sollte.«

»Moment. Du denkst, Jennifer Duncan ist TruthTeller? Warum hast du nie was gesagt?«

»Weil ich es eigentlich nicht glaube. Immer noch nicht. Ich gehe nach wie vor davon aus, dass es irgendein Wichtigtuer ist, der mich gar nicht kennt. Jennifer ist mir nur deshalb in den Sinn gekommen, weil ich immer noch nicht über den Bruch zwischen uns hinweg bin. Sie war mehr als nur eine Mandantin. Du weißt, wie ungern ich eine Freundin verliere.«

Melissa war offiziell nie in Jennifers Prozess am Nachlassgericht involviert gewesen, aber soweit sie wusste, hatten die Anwälte von Doug Hanovers Kindern argumentiert, dass Jennifer, trotz ihres Freispruchs im Revisionsverfahren, nach wie vor die Frau sei, die ihn umgebracht hatte, und ihr daher kein Cent aus dem Erbe zustehe. Als Melissa anfangs vorschlug, es sei doch genügend Geld da, um eine gütliche Einigung zu erzielen, hatte ihr Jennifer klargemacht, dass sie alles wollte. Ihrer Ansicht nach würde jeder Dollar, der an Dougs Kinder fiel, im Grunde deren Mutter zukommen. »Die Frau hat ganz genau gewusst, was Doug für ein Typ war, aber sie hat keinen Finger gerührt, um mir nach meiner Verhaftung zu helfen. Sie hat sogar die Staatsanwaltschaft angelogen und sich geweigert, auszusagen, dass Doug sie ebenfalls geschlagen hat. Und weißt du, warum? Weil sie mich lebenslänglich hinter Gittern sehen wollte, damit sie und ihre Kinder das Geld bekommen. Daher keine gütliche Einigung. Das Geld steht mir voll und ganz zu.«

Obwohl Melissa ihr mehrere renommierte Anwälte für Erbstreitigkeiten empfahl, bestand Jennifer darauf, dass sie den Fall übernahm. Nur zu gut erinnerte sie sich an ihr letztes Gespräch, als Jennifer sie anschrie: »Du hast dir durch mein Elend einen Namen gemacht, und jetzt lässt du mich fallen wie eine heiße Kartoffel.« Als Melissa dämmerte, wie besessen Jennifer von dem Erbe war, und dazu deren Wut erlebte, wenn es nicht nach ihrem Willen lief, zweifelte sogar sie kurz an ihrer Unschuld. Seitdem hatten sie kein Wort mehr miteinander gesprochen.

Einige Monate später las Melissa in der *New York Post,* dass Jennifer ihren Willen durchgesetzt hatte. Das Nachlassgericht bestätigte die ursprünglichen Bedingungen des Testaments und sprach ihr sämtliche Vermögenswerte zu. Der Nachlass belief sich angeblich auf fast vierzig Millionen Dollar.

»Wenn du keine Beweise hast«, sagte Katie, »solltest du der Polizei nichts davon erzählen. Um deine Mutmaßungen zu erklären, müsstest du deine anwaltliche Schweigepflicht brechen. Damit könntest du deine Zulassung verlieren.« Melissa hatte Katie lediglich von ihrem Streit mit Jennifer erzählt, weil sie sich von ihr als einer Anwaltskollegin moralischen Rat erhofft hatte. »Du würdest deine Karriere aufs Spiel setzen.«

»Ich würde alles geben, wenn wir dadurch Riley finden.«

»Natürlich«, sagte sie. »Es ist eine Sache, wenn Jennifer wütend wird, weil du dich nicht für ihre Erbsache einsetzt. Aber deiner Stieftochter nachstellen? Da ist für sie doch nichts zu gewinnen, nur dass sie wieder im Gefängnis landet. Wenn du recht haben solltest und sie wirklich TruthTeller ist – was gut sein kann –, dann haben die Posts nichts mit dem Verschwinden von Riley zu tun.«

Katie hatte recht. Jennifer Duncan mochte wütend auf sie sein, aber sie hatte keinen Grund, ihre Stieftochter zu entführen. »Ich behalte meine Vermutungen erst mal für mich«, sagte sie. »Aber apropos anwaltliche Schweigepflicht, ich brauche deinen Rat in einer Sache mit Charlie und der Polizei.« Nachdem Katie ihr versichert hatte, niemandem davon zu erzählen, erläuterte sie ihr Charlies Gründe, warum er nicht wollte, dass die Detectives Hall und Marino seine früheren Schwiegereltern kontaktierten.

»Er braucht einen Anwalt. Sofort. Eigentlich hätte er den schon vor zwei Stunden gebraucht«, sagte Katie unumwunden, als Melissa zu Ende erzählt hatte.

»Ich bin Anwältin«, sagte Melissa.

»Sorry, einen Anwalt, der objektiv ist. Nicht seine Ehefrau.«

»Du tust glatt so, als hätte Charlie irgendetwas Falsches

gemacht. Und die Polizei wird uns für schuldig halten, wenn wir Anwälte hinzuziehen. Ich denke mir, er sollte einfach selbst die Großeltern anrufen. Sie sollten wissen, dass Riley vermisst wird. Und dann kann die Polizei bei uns so viel nachforschen, wie sie will. Sie wird nichts finden.«

»Hörst du dir eigentlich selbst zu? Du solltest es besser wissen. Genau so werden Unschuldige verhaftet.«

»Tut mir leid, Katie, aber ich denke hier momentan nicht als Anwältin, okay? Ich denke und handle momentan nur wie eine Mutter. Nichts ist wichtiger, als Riley zu finden.«

»Natürlich, aber ich darf dich daran erinnern, du hast ein ganzes Buch darüber geschrieben, dass die wahren Täter entkommen, wenn die Polizei Unschuldige zu Sündenböcken macht. Wenn Charlies frühere Schwiegereltern sowieso schon der Meinung sind, er hätte ihre Tochter umgebracht, dann drehen sie doch völlig durch, wenn sie erfahren, dass er wieder geheiratet hat und jetzt Riley verschwunden ist. Und dann hören sich ihre wüsten Spekulationen plötzlich ganz plausibel an. Die Polizei wird annehmen, Rileys Verschwinden würde irgendwie mit dem Tod ihrer Mutter zusammenhängen, was dann wiederum Einfluss auf die Suche hat. Du hast es doch eben selbst gesagt: Nichts ist wichtiger, als das Mädchen nach Hause zu holen. Charlie kann dir keinen Vorwurf machen, wenn du einen Anwalt einschaltest. Wahrscheinlich erwarten sie es sogar.«

Melissa wusste, dass Katie recht hatte. »Kannst du das übernehmen?«

»Ich bin noch genug Anwältin für ein vertrauliches Gespräch, aber ihr braucht jemanden, der sich seinen Lebensunterhalt nicht mit Tortenbacken verdient. Was ist mit Mac?

Er ist der beste Strafverteidiger, den wir kennen ... von dir mal abgesehen. Und er ist dein Freund, er kann der Polizei gegenüber also einfach sagen, dass er euch unterstützend zur Seite steht. Denn offen gesagt, ihr könnt alle Hilfe gebrauchen, die ihr bekommen könnt.«

17

Kevin Berry zuckte zusammen, als er den Kopf aufs Kissen legte. Seine Frau Cheryl sah weiter auf ihren Laptop und legte ihm mitfühlend die Hand auf die Brust.

»Der Sonnenbrand ist schlimm, was?«

»Meine Strafe, dass ich nicht die Creme nehme, die du mir kaufst.« Er war am Vormittag in Montauk mit Freunden zehn Kilometer gelaufen, ohne Sonnencreme. Jetzt bekam er die Rechnung dafür. »Stört es dich, wenn ich mir die Nachrichten ansehe? Oder soll ich nach unten gehen?«

Er wusste, wie viel Arbeit sie in den Vortrag gesteckt hatte, den sie nächsten Monat auf einer Konferenz der Global Health Initiative halten sollte. Der Artikel sollte den Organisatoren am morgigen Tag vorliegen, die Konferenz allerdings fand in Paris statt, wo es bereits morgen war.

Sie hob einen Finger, sah wieder auf den Bildschirm und drückte ganz theatralisch auf die Eingabe-Taste. »Und ... gesendet.« Sie griff zur Fernbedienung auf dem Nachtkästchen und schaltete die Lokalnachrichten an, ihr übliches Ritual vor dem Schlafen.

Ein lächelndes Kindergesicht füllte den halben Fernsehbildschirm. Das Mädchen hatte Pausbäckchen und zwei hohe blonde Pferdeschwänze. Das Textband verkündete SUCHE NACH VERMISSTEM KLEINKIND IM SUFFOLK COUNTY. Neben dem Foto wurden weitere Infos eingeblendet:

- Riley Miller
- 3 Jahre alt
- 90 Zentimeter groß
- 13 Kilogramm
- Bekleidet mit einem blauen *Eiskönigin*-Pyjama, Eiskönigin-Elsa-Top, einer Hose mit Schneeflocken
- Hat vielleicht eine *Peppa-Wutz*-Plüschfigur bei sich

Cheryl schlug die Hand vor den Mund. »Wie schrecklich. Die armen Eltern.«

»Kinder büxen häufiger aus. Vielleicht ist es falscher Alarm. Sie sagen, das gesamte East Ende wird abgesucht.«

»Aber sie ist erst drei. Und wird mittlerweile seit mehreren Stunden vermisst. Wie weit kommt sie denn allein? Das klingt nicht gut.«

Das waren Nachrichten, die keiner hören wollte, aber Cheryl sah sich nicht bloß die Nachrichten an. Sie fühlte aufrichtig mit. Das war eines der vielen Dinge, die Kevin so sehr an ihr schätzte. Sie war fraglos die mitfühlendste Person, die ihm jemals begegnet war. Im Lauf der Jahre hatte er begriffen, dass sie über eine außergewöhnliche Empathie verfügte und Gefühle und Erfahrungen von anderen wirklich nachempfinden und in sich aufnehmen konnte. Das machte sie zu einer wunderbaren Partnerin im Leben und zur besten Freundin, wie man sie sich nur wünschen konnte, bedeutete aber auch, dass sie ständig die Last fremder Probleme mit sich herumschleppte, als wären sie ihre eigenen.

»Du denkst daran, noch mal rauszugehen und dich den Suchteams anzuschließen?«, fragte er.

»Natürlich. Ein Einzelner kann vielleicht nicht viel ausrichten – aber wenn jeder seinen kleinen Teil dazu beiträgt? Wir sind alle miteinander verbunden.«

Das war ihre generelle Sicht auf die Welt. »Und angenommen, du schaffst es heute Abend noch nach Southampton, wie willst du dann wieder nach Hause kommen?«

Sie gehörten zu den etwa 3 200 Einwohnern auf Shelter Island, das zwischen der Süd- und der Nordspitze am östlichen Ende der Insel lag. Seiner Ansicht nach gab es keinen schöneren Fleck auf Erden, dazu blieben sie von den Menschenmassen und den Preisen der umliegenden Gemeinden verschont. Allerdings saßen sie auf einer vierzig Quadratkilometer großen Insel, die lediglich über eine Fähre zu erreichen war. Selbst wenn Cheryl noch die letzte Abendfähre zur Hauptinsel erwischte, würde sie nicht mehr nach Hause kommen.

»Wie gut, dass ich zufällig mit dem Fährkapitän verheiratet bin«, sagte sie und sah ihn erwartungsvoll an.

Kevin war schon sein halbes Leben lang Kapitän der South Ferry – und außerdem der Trainer des örtlichen Leichtathletikteams. »Ich hab dir schon oft genug gesagt, dass ich nicht dein persönlicher Fahrdienst bin. Wenn sich rumspricht, dass ich nur uns beide rübergeschippert habe, rufen mich als Nächstes irgendwelche Freunde mitten in der Nacht an, als wäre ich ihr Taxichauffeur.«

Er schaltete den Fernseher aus und zog sie näher zu sich heran. Schnell forderte der Schlafmangel nach der Arbeit am Konferenzbeitrag seinen Tribut, ihr Atem wurde tief und gleichmäßig. Er hatte die Augen geschlossen, vor sich aber sah er nach wie vor die vermisste Riley Miller in ihrem Schlafanzug, die nichts weiter bei sich hatte als ihr Lieblingsplüschtier.

Vielleicht war Cheryl nicht die Einzige im Haus, die empathisch veranlagt war.

Er beschloss, am nächsten Morgen seinen eigenen kleinen Beitrag zur Suche zu leisten, falls das Mädchen bis dahin nicht gefunden sein sollte.

18

Der folgende Morgen fühlte sich nicht wie ein neuer Tag an. Wie konnte die Uhr sich einfach weiterdrehen, wenn Riley vermisst wurde? Nur wegen ihrer Albträume, die sich diesmal nicht um ihre Erinnerungen, sondern um Riley drehten, wusste Melissa, dass sie hin und wieder in einen unruhigen Schlaf gefallen sein musste. Jedes Mal, wenn sie wieder hochschreckte, war Charlie ebenfalls wach. Jetzt war er ganz hektisch – er war frisch geduscht und suchte nach seinen Schlüsseln –, sein Gesicht aber war kreidebleich und ausgezehrt. Sie zwangen sich beide dazu, einen Schritt nach dem anderen zu machen.

Der Zug seiner Schwester Rachel würde in zehn Minuten eintreffen.

»Ich soll wirklich nicht mitkommen?«, fragte sie.

»Ich hätte nichts dagegen. Rachel auch nicht. Aber Mac hat gesagt, du und Mike solltet zu Hause bleiben. Hör zu, du bist ebenfalls Anwältin, noch dazu die, die ich liebe und mit der ich verheiratet bin. Also mach ich alles, was du willst …«

Sie schüttelte den Kopf. »Nein. Mac weiß, was er tut.« Am vergangenen Abend hatte sie Mac angerufen, und er hatte sich sofort bereit erklärt, Charlie zu vertreten. Er hatte mit der Polizei vereinbart, dass Charlie und Rachel auf der Dienststelle befragt würden, damit sie als Tatverdächtige ausgeschlossen werden konnten und die Polizei davon überzeugt würde, den Fall als Entführung durch eine unbekannte Person zu sehen, woraufhin die Akut-Alarmierung eingeleitet werden würde. »Die Befragung sollte nicht lange dauern. Du warst ja noch im Flugzeug, als Riley verschwunden ist.«

»Und Rachel hatte in der Stadt vier Kundentermine. Ich finde es nach wie vor ungeheuerlich, dass wir wie Verbrecher behandelt werden«, sagte er.

»Ich weiß, aber das ist ihr Job, dafür wurden sie ausgebildet. Mac wird dafür sorgen, dass sie sich auf das Eigentliche konzentrieren. Ich hab ihm von der sonderbaren Frau im Park erzählt.«

»Ich hab mir die ganze Nacht alles Mögliche durch den Kopf gehen lassen. Verrückte im Park scheinen heutzutage einfach dazuzugehören, wenn man bekannt ist. Du sagst, sie hat den Park zu Fuß verlassen? Und du und Riley seid in die andere Richtung weggegangen? Wie hätte sie euch dann folgen können?«

»Vielleicht hatte sie uns vorher schon beobachtet und wusste, dass wir zum Cottage zurückkommen würden.« Sofort wurde ihr klar, wo das Problem bei dieser Theorie lag. »Aber warum hätte sie dann im Park die Aufmerksamkeit auf sich lenken wollen? Und warum war Riley das Ziel?« Sie wurde das Gefühl nicht los, dass der merkwürdige Vorfall durchaus etwas mit Rileys Verschwinden zu tun hatte, konnte allerdings die Verbindung nicht herstellen.

»Wahrscheinlich war sie bloß irgendeine Irre, die dich von den sozialen Medien kannte.«

»Das denkt sich die Polizei offensichtlich auch. Vielleicht kann Mac sie wenigstens davon überzeugen, sich die Sache näher anzusehen. Apropos Mac, du solltest mal lieber los«, sagte sie und tippte auf ihre Armbanduhr. Sie richtete ihm den Hemdkragen und gab ihm einen schnellen Kuss. »Ich bereite für Rachel das Schlafsofa im Arbeitszimmer her. Ich bin übrigens wirklich froh, dass sie hier ist.«

»Wie du schon in Bezug auf Mike gesagt hast: Familie ist Familie. Und falls es dich interessiert, Rachel hat mir letzten Abend gesagt, sie bedauert es sehr, nicht zur Hochzeit gekommen zu sein.«

»Das ist jetzt alles nicht wichtig. Nur Riley zählt.«

»Ist es für dich okay, wenn du mit deiner Mutter redest? Soll ich solange hier bei dir bleiben?«

Sie und Mike hatten am Morgen beschlossen, dass Riley mittlerweile viel zu lange vermisst wurde, um ihre Mutter weiterhin im Dunkeln zu lassen. So traumatisch die Neuigkeiten für sie wahrscheinlich auch waren, viel schlimmer wäre es, wenn sie die Wahrheit nicht von ihrer Familie, sondern aus den Nachrichten erfahren würde, sobald von dem Fall landesweit berichtet würde.

Sie schüttelte den Kopf. »Das wird bei ihr alte Erinnerungen wachrufen. Mike und ich sollten diejenigen sein, die es ihr sagen.«

Sie nahmen Mikes Handy, für den Fall, dass Melissa wegen Riley angerufen würde. Ihre Mutter begrüßte sie fröhlich. »Der Erste, der mich am Montagmorgen anruft, ist mein wunderbarer Sohn. Es verspricht eine gute Woche zu werden.«

»Hallo, Mom«, sagte Mike. »Ich hab dich auf Lautsprecher, Melissa ist neben mir.«

»Ach, noch besser«, kam es von ihr. »Gefällt euch das Cottage? Es ist kleiner als das alte Haus, ich weiß, bietet aber trotzdem Platz für uns alle – noch jedenfalls. Falls nötig, hat mir der Vorbesitzer versichert, könnte man im Garten hinten noch ein kleines Gästehaus errichten, das Grundstück ist dafür ausgelegt.«

Mike runzelte die Stirn. Er sah auffordernd zu Melissa.

»Das Cottage ist wunderbar, aber ich muss dir was erzählen«, begann Melissa zögernd. »Riley wird vermisst. Ich hab mich gestern mit ihr zu einem Schläfchen hingelegt, und als ich aufwachte, war sie verschwunden.«

Selbst am Telefon hörte Melissa, wie ihre Mutter nach Luft rang.

»Die Polizei sucht nach ihr«, fügte Melissa hinzu.

»Nein, bitte. Das kann nicht sein. Sagt mir, dass das nicht wahr ist.«

Oh, wie sehr wünschte sich Melissa, dass dem so wäre.

Später, in der Küche, spürte Melissa Mikes Blick auf sich, während sie zaghaft in das Frühstückssandwich biss, das er ihr mit den Eiern und dem Speck vom vergangenen Abend und anderen Zutaten aus dem Kühlschrank zubereitet hatte.

»Meinst du wirklich, dass Mom damit zurechtkommt?«, fragte er.

Ihre Mutter war weder in Tränen ausgebrochen, noch hatte sie die Vergangenheit angesprochen, als ihr klar geworden war, dass Riley wirklich vermisst wurde. Stattdessen wartete sie mit einer Reihe von Vorschlägen auf: Flugblätter, Suchteams, Kontaktaufnahme mit den örtlichen Schulen und Feuerwehren.

»Ja. Sie ist viel taffer, als wir ihr zugestehen wollen. Als sie sagte, sie würde online nach einem Flug suchen, und versprach, mit der nächsten Maschine zu kommen, hat mich das sehr an dich erinnert. Alles Nötige wird sofort in Angriff genommen.«

Genau das hatte sich Melissa immer zugutegehalten. Sie biss herzhaft in das Sandwich, an dem sie eigentlich nur hatte knabbern wollen. »Schmeckt richtig gut.« Neben Eiern,

Schinken und Käse hatte er noch eine Art Sauce angerührt, die alle Zutaten wunderbar miteinander verband.

»Schon faszinierend, wie gut man kochen lernt, wenn man die Hälfte seiner Zeit auf einem Boot lebt.«

»Nochmals danke, dass du für mich da bist«, sagte sie.

»Ich bin froh, dass du was isst. Du hast mir gestern einen ziemlichen Schrecken eingejagt. Im ersten Moment hab ich dich für bewusstlos gehalten. Ich hab dich noch nie so erlebt. Als wärst du ins Koma gefallen. Kommt das von den Albträumen?«

Es gab keinen Grund mehr, ihm die Wahrheit vorzuenthalten. »Ich glaube nicht. Die Albträume hab ich mittlerweile schon länger, meistens gehen sie aber mit Schlaflosigkeit einher.«

»Deine Verfassung gestern war das genaue Gegenteil. Ich hab alles Mögliche versucht, um dich wachzukriegen. Dachte schon, ich muss dir den Kaffee intravenös einflößen.«

Sie sah sich selbst wie weggetreten im Gästezimmer des Cottage liegen, wie in einem Film. »Der Kaffee!«, sagte sie plötzlich. »Aus dem Coffeeshop. Ich hab einen großen Café frappé bestellt. Und ihn ganz getrunken.« Sie hatte immer wieder daran genippt, während sie mit ihrem Handy zugange gewesen war, bis ihr die Frau auffiel, die neben Riley auf dem Spielplatz gestanden hatte. Immer noch hatte sie deren Worte im Ohr: *Hängen Sie deswegen die ganze Zeit am Telefon, trinken Kaffee und lassen sie aus den Augen?*

Sie packte sich die Autoschlüssel von der Küchentheke und rannte nach draußen. Mike folgte ihr. Sie riss die Fahrertür auf, beugte sich in den Wagen und tastete die Fläche unter den Autositzen ab.

»Was ist los?«, fragte Mike.

»Mein Becher. Hier sollte irgendwo ein Plastikbecher liegen, mit Deckel und Strohhalm. Ganz sicher. Die Frau. Wir müssen ihn finden. Du bist letzten Abend mit meinem Wagen gefahren. Hast du ihn weggeworfen?«

»Nein. Ich hab keinen Becher gesehen.«

Sie hörte Rileys hohe Kinderstimme, als sie mit ihr von der Fremden fortwollte. *Du hast deinen Kaffee vergessen, Missa. Ich hol ihn!* Melissa hatte ihn mitgenommen. Sie war absolut sicher. Sie waren zum Wagen gegangen und sofort nach Hause gefahren. Waren sie auf dem Weg zum Wagen an einem Mülleimer vorbeigekommen? Sie glaubte nicht, war sich aber nicht sicher. Sie lief zurück in die Küche und begann damit, den Inhalt des Mülleimers auf dem Fußboden auszuleeren. »Haben wir den Müll rausgebracht? Ich kann mich nicht erinnern. Wir müssen ihn finden. Den Becher. Es ist wichtig.«

»Er war gestern Abend definitiv nicht im Auto. Ich hab mein Handy in den Getränkehalter gelegt. Da war nichts.«

»Du weißt ganz bestimmt, dass du ihn nicht weggeworfen hast?«

»Ja. Ich bin zum Park gefahren, um nach Riley zu suchen. Dann sind die Polizisten aufgetaucht und haben mich mit Fragen gelöchert. Daraufhin bin ich ohne anzuhalten zurück.«

»Mein Gott.« Warum war ihr das nicht früher aufgefallen? »Es war die Frau im Park. Es ist die einzige Erklärung. Wie kann es sein, dass Riley verschwindet, und ich schlafe einfach weiter? Wenn so was passiert, wird man doch wach. Es ist die einzige Erklärung.«

»Melissa, ich kann dir nicht folgen. Wovon sprichst du?«

»Jemand hat das alles geplant. Die Frau im Park. Jemand hat Drogen in meinen Kaffee gegeben. Und als ich das Bewusstsein verloren habe, ist sie gekommen und hat sich Riley geholt. Wenn ich den Becher finde, könnte man ihn auf Fingerabdrücke untersuchen.«

Sie zog ihr Handy aus dem Rucksack und rief Charlie an. Als sie nur seine Mailbox erreichte, probierte sie es bei Mac, aber auch hier hörte sie nur die Ansage. Das Gleiche, als sie die Handynummern anrief, die die Detectives Marino und Hall auf ihre Karten gekritzelt hatten. Sie hinterließ eine Nachricht für Detective Hall, in der sie um einen umgehenden Rückruf bat, dann schickte sie sowohl Charlie als auch Mac eine Textnachricht, in der sie ihnen ihre Vermutung erklärte.

Wieder ging sie mit dem Autoschlüssel in der Hand zur Eingangstür.

»Wo willst du hin?«, fragte Mike.

»In den Park. Die Frau finden. Wenn es sein muss, klopf ich an jede Tür im Viertel.«

Noch bevor sie an der Tür war, hatte er seine Schuhe an.

19

Auf dem Sofa im Wohnzimmer seiner Upper-East-Side-Wohnung tippte Neil Keeney eine Nachricht auf seinem Handy ein. *Wollte noch mal nachfragen. Gibt's irgendwas Neues? Sag Bescheid, wie wir helfen können. Amanda lässt auch grüßen.*

Er drückte auf *Senden*. Er konnte sich nicht vorstellen, was Melissa und Charlie jetzt durchmachten.

»Ah, da ist Riley«, rief Amanda aus der Küche und setzte das Messer ab, mit dem sie eine Zwiebel schnitt. »Mach bitte die Lautstärke an.«

Er griff zur TV-Fernbedienung auf dem Beistelltisch und stellte die Stummschaltung aus. Sie hatten auf New York One nach aktuellen Meldungen Ausschau gehalten.

An der linken Bildschirmseite befand sich das mittlerweile vertraute Foto von Riley, die in die Kamera lächelte, während die Moderatorin ernst die Fakten aufzählte: ein Kleinkind, das seit mittlerweile mehr als vierundzwanzig Stunden nicht mehr gesehen worden war. Auf dem Bildschirm erschienen Bilder von Gruppen, die das östliche Ende der südlichen Inselspitze absuchten. »An der Suche nach der kleinen Riley Miller beteiligen sich zahlreiche Einwohner im Suffolk County. Zu sehen sind hier sogar Bewohner von Shelter Island, die den Mashomack-Naturpark absuchen, angetrieben von der zunehmend verzweifelteren Hoffnung, diese Geschichte möge glücklich enden.«

Als die Nachrichten zu einer Reihe von Raubüberfällen in Brooklyn überleiteten, drückte Neil wieder die Stummtaste an der Fernbedienung. »Nancys Cottage liegt in Southampton. Ich kenne mich mit Long Island nicht so gut aus, aber ist Shelter Island nicht ein gutes Stück davon entfernt? Es ist doch eine eigene Insel, oder?«

»Wir waren mal da, weißt du nicht mehr? Das Abendessen, als dein Bruder mit … wie hieß sie noch? Die Publizistin. Als es so spät wurde und wir uns beeilen mussten, um noch die letzte Fähre zu erreichen. Müsste so eine Stunde von Nancys neuem Haus entfernt sein.«

Ihr Handy auf der Arbeitsfläche, gleich neben dem Schneidebrett, summte. Sie meldete sich sofort mit ihrer »Dienststimme«, wie Neil sie nannte. Wenn sie in ihrem Polizeimodus war, witzelte er immer, kam er sich vor wie ein kleiner Schuljunge, der darauf wartete, dem Direktor seine Missetaten zu beichten.

Er lauschte, während sie nickte und zwischendrin »okay« und »verstehe« sagte, bis er mit einem Mal seinen eigenen Namen hörte. »Ja, ist mir bewusst. Mein Mann Neil hat damals das Bild des Täters im Fernsehen erkannt. Das hat die Polizei zu dem Haus geführt, in dem sie festgehalten wurden. Das ist seine Beziehung zur Familie Eldredge.«

Sie hielt ihm das Telefon hin. »Detective Hall aus Long Island. Sie wollen wissen, was mit Mike und Melissa geschah, als sie noch Kinder waren.«

Er schaltete auf Lautsprecher, damit Amanda mithören konnte. Neben seiner persönlichen Beteiligung hatte er später an der Hochschule eine Arbeit über den Fall verfasst, sich darin aber hauptsächlich darauf konzentriert, wie Nancy Eldredges erster Ehemann langsam, aber gewissenhaft ihr Selbstbewusstsein so lange unterminiert hatte, bis sie von ihm völlig abhängig war. Bei seinen Recherchen hatte er Kontakt zu Lendon Miles aufgenommen, dem Psychiater, dessen unkonventionelle Behandlungsmethoden es Nancy überhaupt ermöglicht hatten, sich an Einzelheiten ihrer ersten Ehe zu erinnern – Einzelheiten, die sie aufgrund des in der Beziehung erlebten Traumas verdrängt hatte. Die beiden Männer waren seitdem als Kollegen und Freunde in Kontakt geblieben, bis Miles fünf Jahre zuvor im Alter von neunundachtzig Jahren gestorben war.

Neil war mit den Fakten im Fall von Carl Harmon so sehr vertraut, dass er sämtliche Fragen von Detective Hall fachlich kompetent beantworten konnte, bis ihr Interesse ins Persönliche wechselte. »Was würden Sie als erfahrener Psychiater sagen«, fragte sie, »wie Melissa und Mike mit ihrem Trauma zurechtkommen?«

Er wunderte sich, warum die alte Geschichte für Rileys Verschwinden relevant sein sollte. »Besser, als man unter den Umständen überhaupt erwarten konnte«, erwiderte er. Er meinte es ehrlich.

»Aber lässt sich sagen, dass Erlebnisse dieser Art verborgene Schäden an der Psyche hinterlassen können?«, fragte Detective Hall.

Er sah zu Amanda, erhoffte sich von ihr irgendwelche Aufschlüsse, aber sie schüttelte nur den Kopf. Auch sie hatte mit diesen Fragen ganz offensichtlich nicht gerechnet. »Weder Mike noch Melissa waren jemals meine Patienten, es wäre daher nicht angemessen, wenn ich mich zu irgendwelchen Spekulationen hinreißen lasse. Was ich aber sagen kann: Ich habe sie beide mit Riley beobachtet. Melissa gibt immer hundert Prozent, wenn ihr etwas wichtig ist, trotzdem habe ich sie noch nie so engagiert erlebt wie mit diesem kleinen Mädchen. Und Mike ist der perfekte Onkel.

Wenn ich Ihnen bei besonderen Aspekten behilflich sein kann ...«

»Wir wollten nur sichergehen, dass wir die Lage richtig einschätzen, Dr. Keeney. Danke, dass Sie sich Zeit genommen haben.«

Nach dem Gespräch gab er Amanda über die Kücheninsel das Handy zurück. »Warum fragen sie nach Carl Harmon?«

»Keine Ahnung«, sagte sie. »Erst dachte ich, es sei ein Höflichkeitsanruf, nachdem ich mich an jeden Polizisten gewandt habe, den ich im Suffolk County kenne. Aber dann sagten sie mir, dass Melissa und Charlie einen Anwalt angeheuert haben, ihren Freund Grant Macintosh – der auch hin und wieder in ihrem Podcast auftritt. Ihnen ist, glaube ich, nicht bewusst, wie übel sich das aus Sicht der Polizei ausnimmt.«

»Aber jetzt verschwendet die Polizei wertvolle Zeit, wenn sie Fragen zu einem vierzig Jahre zurückliegenden Albtraum stellt. Gibt es irgendeine Erklärung, warum Melissa davon überzeugt ist, dass ein Anwalt der Polizei tatsächlich helfen kann, ihren Job besser zu machen? Genau das ist doch ein zentraler Teil in ihrem ganzen Berufsleben.«

Amanda kam um die Kücheninsel herum, drückte ihre Stirn gegen seine und gab ihm einen Kuss. »Ich liebe dich, wenn du so denkst.«

»Ich klinge naiv, was? Erläutere es mir aus deiner Perspektive.«

»Im Ernst? Wenn du mir die nackten Fakten auftischst und ich keine der beteiligten Parteien kenne, würde mir mein Bauchgefühl sagen, dass jemand in der Familie mehr weiß, als er zugibt.«

»Aber wir kennen die beteiligten Parteien«, sagte er. »Vielleicht nicht Charlie, aber es ist klar, dass er seine Tochter über alles liebt. Und du hast gestern gesagt, die Polizei hat bestätigt, dass er im Flugzeug saß, als Riley verschwunden ist.«

Sie machte sich wieder über die bereits perfekt klein gehackte Zwiebel her.

»Du kannst doch nicht Mike oder Melissa meinen. Ich kenne sie, solange ich mich erinnern kann.«

Sie legte das Messer weg. Er sah ihr an, dass sie ihre Worte mit Bedacht wählte. »Seit Mike in die Karibik gegangen ist, hast du mit ihm kaum noch Kontakt gehabt. Du hast mir selbst gesagt, es kommt dir so vor, als hätte er sich wegen der Ereignisse in seiner Kindheit von anderen distanziert. Und wie oft hast du dir Sorgen um Melissa gemacht? Dass sie sich zu sehr unter Druck setzt, um allen zu beweisen, dass sie den wie auch immer gearteten Missbrauch unbeschadet überstanden hat?«

»Das macht die beiden nicht zu schlechten Menschen.«

»Neil, du bist Psychiater, und ich bin Polizistin. Wir wissen beide, dass Menschen, die Übles tun, oft selbst Übles erlebt haben. Es ist ein Teufelskreis.«

Hätte jemand anderes das gesagt, wäre er womöglich wütend geworden, aber es kam nun mal von Amanda. »Hat diese Detective dir irgendwas gesagt? Haben sie irgendwelche Indizien?«

Sie schüttelte den Kopf. »Nichts Bestimmtes. Aber ich kann dir sagen, dass Hall ihren Job versteht. Und sie weiß, dass ich Himmel und Hölle in Bewegung gesetzt habe, um dafür zu sorgen, dass nach Riley gesucht wird. Sie hat sich nur ganz vage geäußert: Ich soll nicht zulassen, dass mein Ruf als Polizistin durch die Probleme eines Freundes gefährdet würde. Und als sie erfuhr, dass du Psychiater bist und die beiden aus der Kindheit kennst, hat sie das Gleiche über dich gesagt.«

»Das ist doch verrückt. Es geht hier um unsere engsten Freunde.«

»Jeder, der heute Abend verhaftet wird, ist von irgend jemandem ein Kindheitsfreund. Das hat sie mir unmissverständlich klargemacht, Neil – diese Geschichte hat noch eine andere Seite.«

20

Nach dem vierten Klingeln schaltete sich auf Charlies Handy erneut die Mailbox ein. *Hallo, hier ist der Anschluss …*

Melissa legte auf, sie wusste ja schon, dass die Mailbox voll war. Warum wurden die Nachrichten nicht abgehört?

Mike und sie hatten die Frau aus dem Park nicht finden können, aber sie hatte eine Theorie, um wen es sich dabei womöglich handelte. Allerdings verfügte nur Charlie über die notwendigen Informationen, damit sie wusste, ob sie auf der richtigen Fährte war.

Verzweifelt tippte sie mit zitternden Fingern eine weitere Textnachricht. *Bitte ruf mich zurück. Ich hab Angst, dass dir und Rachel was zugestoßen ist. Was ist los?*

Ihr Blick ging zum stummgeschalteten Fernseher auf dem Konsolentisch im Wohnzimmer. Die Lokalnachrichten hatten bislang von einer Drogenrazzia in Riverhead berichtet und zeigten jetzt Aufnahmen eines Brands in einem Apartmentkomplex in Islip. Laut dem Textband am unteren Bildschirmrand waren alle Anwohner evakuiert und zwei wegen Rauchvergiftung behandelt worden. War Riley bereits vergessen?

Sie wollte erneut Charlie und Mac anrufen, als das Klopfen an der Eingangstür sie so erschreckte, dass sie in der Stille des leeren Cottage einen Schrei ausstieß. Sie atmete tief durch, versuchte sich zu beruhigen, sagte sich, es müsse Mike sein, der mit ihrer Mutter vom JFK eintraf, bis ihr bewusst wurde, dass er frühestens in einer Stunde hier sein würde.

Charlie! Es musste Charlie sein, nach all ihren unbeantworteten Anrufen.

Sie rannte zur Tür und erwartete, ihn auf der Veranda stehen zu sehen. Vielleicht hatte er sein Handy verloren. Oder der Akku war leer. Es musste eine Erklärung geben. Natürlich. Etwas anderes war nicht vorstellbar. Als sie an der Tür war, tadelte sie sich bereits dafür, dass sie sich von ihrer Einbildungskraft so hatte davontragen lassen. Und als sie am Knauf zerrte, glaubte sie sogar, dass neben ihm, an seine Hand geklammert, Riley stehen würde. Die Polizei hatte sie gefunden. Das erklärte auch, warum keiner ans Telefon gegangen war. Sie würden beide lächeln und es kaum erwarten können, ihr alles zu erzählen.

Ihr Albtraum wäre endlich vorbei, und sie könnten alle zusammen in die Stadt zurück – sie alle drei, als eine Familie.

Als sie die Tür aufriss, glaubte sie, ihr Herz bliebe stehen. Vor ihr standen die Detectives Hall und Marino.

Blinzelnd sah sie in den rosa-weißen Himmel, der in der Ferne dem Sonnenuntergang vorauseilte, und hoffte, die beiden Polizisten würden ihre Miene nicht als unfreundlich auffassen. »Haben Sie meine Nachrichten erhalten? Ich hab versucht, Sie zu erreichen.« Der Kaffeebecher. Er würde beweisen, dass ihr Drogen verabreicht wurden.

»Dürfen wir reinkommen?«, fragte Hall. »Wir würden gern etwas mit Ihnen bereden.«

Natürlich. Von Anfang an hatten die Detectives immer nur reden wollen ... obwohl sie und Charlie ihnen doch schon alles gesagt hatten, was sie wussten. »Ich hab den ganzen Tag versucht, Sie zu erreichen. Wissen Sie, wo Charlie und seine Schwester sind? Ich mache mir Sorgen um sie.«

»Das letzte Mal haben wir sie im Beisein ihres Anwalts Grant Macintosh gesehen«, antwortete Marino.

»Ich weiß, wie das aussehen muss«, sagte sie, »aber wir hatten das Gefühl, dass wir Hilfe brauchen. Wir sind alle erschöpft, und Grant ist ein Freund von mir seit meiner Zeit bei der Staatsanwaltschaft.« Sie wollte ihnen erklären, dass das alles nur wegen Charlies ehemaligen Schwiegereltern geschah, wusste aber nicht, wie viel Charlie oder Mac ihnen schon über die Situation erzählt hatten.

»*Wir*«, sagte Marino. »Sie sagten, *wir* brauchen Hilfe, aber soweit wir wissen, vertritt Grant Macintosh Ihren Mann, nicht Sie, Ms. Eldredge. Und wir sind hier, weil wir mit Ihnen reden wollen, nicht mit Mr. Miller.«

Ihr Leben lang war Melissa stolz darauf gewesen, stets die richtigen Worte zu finden. Jetzt aber hätte sie am liebsten einfach nur laut schreien wollen: *Hören Sie auf, immer nur rumzureden, und finden Sie Riley!* Stattdessen wandte sie den Blick von den Detectives ab und versuchte, die Fassung zu wahren. Als auf dem Fernsehbildschirm Rileys lächelndes Gesicht auftauchte, war das mit einem Mal das Einzige auf der Welt, was noch zählte. Sie eilte zur Fernbedienung und stellte den Ton an. Wie viel von der Berichterstattung hatte sie verpasst?

»... wo die Dreijährige das letzte Mal gesehen wurde. Mittlerweile hat News 12 allerdings in Erfahrung gebracht, dass der Vater des vermissten Mädchens erst im vergangenen Monat wieder geheiratet hat und die neue Ehefrau – die Stiefmutter des vermissten Mädchens – als Kleinkind ebenfalls entführt worden ist, was damals landesweit für Schlagzeilen sorgte.« Voller Panik nahm Melissa wahr, dass nun ein anderes Foto auf dem Bildschirm erschien. Sie erkannte das Gesicht sofort. Sie hatte das Bild schon mal gesehen. Es war dieser Mann – dieser kranke, abscheuliche Mann –, der siebenundvierzig Jahre zuvor einen kalifornischen Gerichtssaal verließ, in dem ihre Mutter wegen Mordes an ihren Kindern Peter und Lisa angeklagt wurde. Noch bevor Melissa überhaupt auf der Welt gewesen war. Bevor der Mann auf dem Foto auf dem Cape wieder aufgetaucht war, ein bisschen dicklicher, ein bisschen älter, glatzköpfiger und unter einem anderen Namen. Bevor er ihre Familie ausfindig gemacht hatte. Bevor …

Unten am Bildschirmrand war zu lesen: Stiefmutter Melissa Eldredge, die vor vierzig Jahren von Carl Harmon entführt wurde. Ihre Beine drohten nachzugeben, als sie ihren Namen sah, gleich neben dem, den sie sich weigerte, laut auszusprechen. Ihr wurde übel.

Als sie sich zu Detective Marino umdrehte, sah der ebenfalls zum Fernseher. »Genau darüber wollten wir mit Ihnen reden. Das ist nämlich genau das, was wir bei der Polizei einen Zufall zu viel nennen.«

21

Melissas Beine fühlten sich an wie aus Gummi – als versuchte sie sich in einem durch stürmische Wellen brechenden Boot aufrecht zu halten. Eineinhalb Tage waren vergangen, in denen Riley vermisst wurde und in denen keine Hoffnung bestand, sie zu finden, und jetzt verschwendete die Polizei ihre Zeit damit, sie wegen Carl Harmon zu befragen.

Sie stützte sich mit den Händen auf die Sofalehne. »Der erste Mann meiner Mutter – er hat ihre zwei Kinder, Peter und Lisa, ermordet und dann seinen Selbstmord vorgetäuscht. Aber als sie auf dem Cape ein neues Leben anfangen wollte, hat er sie aufgespürt, hat uns entführt und wollte uns ebenfalls umbringen. Eine schreckliche Geschichte, aber sie hat nichts mit Riley zu tun. Der Mann, der es auf Mike und mich abgesehen hatte, ist ums Leben gekommen, als er vom Dachbalkon auf die Felsen am Strand stürzte. Er war noch am Leben, als er aus der Brandung geborgen wurde, und hat ein Geständnis abgelegt, danach ist er aber definitiv gestorben. Rufen Sie die Polizei in Adams Port an, die kann Ihnen alles bestätigen.«

Detective Hall nickte mitfühlend. »Ganz schön viel für ein dreijähriges Mädchen.«

»Manchmal kann ich selbst nicht glauben, dass das alles passiert ist.«

Marino, mit dem Rücken zu ihr, betrachtete mit neuem Interesse die Familienfotos, die Melissa auf dem Kaminsims aufgestellt hatte. »Schon überraschend, dass Sie in Ihrem Podcast und Ihrem Buch nicht darauf eingehen, dass Sie als Kind selbst Opfer eines Verbrechens wurden.«

»In meinem Podcast geht es um ungelöste Verbrechen oder andere Fälle von Unrecht. Meine Entführung ist ein gelöster Fall, und der Täter hat sein gerechtes Ende gefunden. Um ehrlich zu sein, ich spreche nicht gern darüber. Was hat das alles mit Riley zu tun?«

»Wir wollen nur sicherstellen, dass uns nichts entgeht«, sagte Hall. »Es scheint schon ein großer Zufall zu sein, dass Sie als Kind entführt wurden und jetzt Ihre Stieftochter im gleichen Alter und unter ähnlichen Umständen verschwindet.«

»Haben Sie meine Nachrichten über die Frau im Park erhalten? Ich habe am Spielplatz einen Kaffee getrunken. Ich muss unter Drogen gesetzt worden sein. Das ist die einzige Erklärung für meine Müdigkeit. Mike und ich haben den ganzen Tag die Gegend abgesucht. Vielleicht könnte ich mich mit einem Phantombildzeichner zusammensetzen. Es war noch eine andere Frau da, die gesehen hat, wie wir uns unterhalten haben. Sie könnte uns vielleicht ebenfalls helfen, wenn wir sie finden.«

»Ihnen wäre nicht aufgefallen, wenn die Frau Ihnen was in den Kaffee getan hätte?«, fragte Marino skeptisch.

»Ich hab den Becher auf der Bank stehen lassen, als ich die Frau bei Riley bemerkt habe.«

»Sie sagten, Sie haben sich mit ihr unterhalten, und danach sei sie in die andere Richtung weggegangen«, sagte Marino. »Also, noch mal, wie hätte sie Ihnen dann die Droge in den Becher geben können?«

»Sie muss einen Komplizen gehabt haben, während sie mich ablenkte. Gleich hinter der Bank fängt der Wald an.«

Ihre Gedanken überschlugen sich. »Jemand könnte hinter den Bäumen hervorgekommen und genauso schnell wieder verschwunden sein.«

»Jetzt reden Sie also von einem Komplott von mindestens zwei Personen«, sagte Hall. »Sie sind Anwältin mit einem erfolgreichen True-Crime-Podcast. Ergibt es Sinn, dass zwei Personen die unschuldige Riley kidnappen, nur um Sie für eine nicht näher bezeichnete Untat zu bestrafen?«

Nein, es ergab keinen Sinn. Ebenso hatte Katie ihr ausgeredet, dass Jennifer Duncan beteiligt sein könnte. »Deshalb hab ich Sie doch angerufen«, sagte Melissa. »Wenn ich die Frau im Park erwähnt habe, dachte ich immer, ich sei das eigentliche Ziel, mir wollen die Kidnapperin oder der Kidnapper wehtun, indem sie sich Riley holen. Aber was, wenn es die Frau im Park nur auf Riley abgesehen hat? Sie weiß, sie kann mich mit ihren Kommentaren aus der Fassung bringen, weil sie entweder die Posts von TruthTeller kennt oder sie selbst geschrieben hat. Sie setzt mich unter Drogen, damit ich mir selbst die Schuld an Rileys Verschwinden gebe – und vielleicht auch, damit Sie mir jetzt diese irrelevanten Fragen stellen, statt nach ihr zu suchen.«

»Sie reden von ihr, als wüssten Sie, wer die Frau im Park wirklich ist«, sagte Hall.

»Ich glaube, ja, aber Charlie muss es zuerst von mir hören. Es ist wichtig. Und dann wird er die Informationen haben, damit wir sagen können, ob ich richtigliege.« Das alles kam ihr so schnell über die Lippen, dass sie über das eine oder andere Wort stolperte und es verschliff.

»Nun, Charlie ist nicht hier«, sagte Hall. »Wenn Sie zu wissen glauben, wer Ihre Stieftochter festhält, dann müssen Sie uns das sagen. Ist es Ihnen denn nicht wichtig, dass Riley gefunden wird?«

Das war das *Einzige,* was ihr im Moment wichtig war. »Sie glauben, Rileys Entführung hat mit meiner Familie zu tun. Aber es geht um *Rileys* Familie, die nicht nur aus mir und Charlie besteht. Ich habe mir jedes Gespräch ins Gedächtnis gerufen, das ich mit Charlie über Lindas Tod geführt habe. Viel haben wir nicht darüber geredet. Er war noch so traumatisiert, dass ich ihn nie dazu gedrängt habe, mehr zu erzählen. Jetzt könnte ich mich dafür treten. Ich kann mich nicht erinnern, ob er jemals erwähnt hat, dass ihr Leichnam in die Staaten überführt oder ihre Asche irgendwo verstreut wurde. Wissen Sie, wie viele Leute Selbstmord begehen, indem sie von den Niagarafällen springen? Die Kräfte des Wassers sind so groß, dass häufig keinerlei Überreste gefunden werden. Ich muss mit Charlie reden. Nach allem, was er mir erzählt hat, halte ich es durchaus für möglich, dass Lindas Leichnam nie geborgen wurde. Gut möglich, dass sie noch am Leben ist.«

Sie sagten nichts. Sie bemerkte den Blick zwischen Hall und Marino, ihre stumme Kommunikation in einer Geheimsprache, die gleichbedeutend mit einem gemeinsamen Augenrollen war. Sie hielt es nicht mehr aus.

»Ich erkläre Ihnen den Fall, und Sie behandeln mich, als wäre ich verrückt oder dumm oder beides«, sagte sie. »Sie wollen von dem schrecklichen Erlebnis hören, das ich als Kind hatte? Die gesamte Polizei an der Westküste hat zugesehen, wie Carl Harmon meiner Mutter den Mord an ihren eigenen Kindern in die Schuhe schob, und als Folge davon wurden mein Bruder und ich entführt. Hören Sie zu, was ich Ihnen sage. Charlie hat mir erzählt, dass Linda von der Mutterschaft überfordert war. Vielleicht litt sie an einer gravierenden postpartalen Depression. Es war ihr Wunsch, nach Norwegen zu reisen. Sie wollte zum höchsten Wasserfall der

Gegend wandern. Sie könnte ihren eigenen Tod vorgetäuscht haben. Vielleicht bedauert sie das jetzt und möchte Riley zurückhaben. Oder sie hat von seiner erneuten Heirat erfahren. Was bei ihr einiges ausgelöst hat.«

Detective Hall versuchte ihr tröstend den Arm um die Schultern zu legen, aber Melissa zuckte bei der Berührung zurück. »Wir sind auf Ihrer Seite, Melissa. Sie meinen, Charlies erste Frau täuschte ihren Tod vor, damit sie woanders wieder auftauchen und Riley entführen kann? So wie der erste Mann Ihrer Mutter seinen Tod vortäuschte und anschließend Sie und Mike kidnappte. Verstehen Sie, was wir meinen, wenn wir von etwas zu vielen Zufällen sprechen? Denken Sie darüber nach. Wie hätte Linda wissen können, dass sie überleben würde, als sie sich von den Felsen stürzte? Und wie groß ist die Wahrscheinlichkeit, dass Charlie eine Frau heiratet, die von einem Mann entführt wurde, der ebenfalls seinen Tod vorgetäuscht hat? Ein Zufall jagt den nächsten.«

Melissa schloss die Augen. »Können Sie mir bitte helfen, meinen Mann zu erreichen?«

Ihr Handy in der Tasche klingelte. *Endlich,* dachte sie. Charlie würde eine Erklärung dafür haben, warum er sich den ganzen Tag nicht gemeldet hatte, und sie konnte ihm dann diese Fragen selbst stellen. Aber als sie aufs Display sah, wurde dort nicht der Name ihres Mannes angezeigt. Sondern Patrick. Zumindest hatte sie seinen Namen, unter dem er ursprünglich gespeichert war, nämlich *Zukünftiger,* geändert, nachdem er vergangenen Monat unerklärlicherweise ihre Nummer gewählt hatte. Sie nahm den Anruf nicht an.

»Nicht Charlie?«, fragte Hall.

Sie schüttelte den Kopf und hoffte, sie würden nicht

nachhaken. Offensichtlich trauten sie ihr das Schlimmste zu. Ein Anruf von ihrem Ex-Verlobten würde der Sache nicht dienlich sein. »Charlie könnte uns sagen, ob Lindas Leichnam jemals geborgen wurde. Wäre das nicht wichtig?«

Ihren Mienen war deutlich anzusehen, dass sie ihr unterstellten, sie würde sich eine wilde Theorie zurechtlegen, um von sich selbst abzulenken.

Als sie sich fragte, ob sie nun endlich gehen würden, ergriff Hall das Wort. »Haben Sie Albträume wegen Carl Harmon?« Eine solche Frage stellten Polizisten üblicherweise nur, wenn sie die Antwort schon kannten. »Soweit wir wissen, haben Ihnen nahestehende Personen zu einer Therapie geraten, was Sie aber abgelehnt haben. Werden Emotionen zurückgehalten, kommt es oft zu einem gewalttätigen Ausbruch. Ebenfalls haben wir gehört, dass Sie nie Kinder wollten, bis Sie Charlie kennengelernt haben.«

»Das stimmt nicht, dass ich nie Kinder wollte. Wer behauptet das, und wieso ist das überhaupt wichtig?«

»Sie haben Rileys Vater geheiratet«, sagte Hall, »aber seine Tochter nicht adoptiert.«

»Ich wollte. Ich habe sogar schon Anwälte alles aufsetzen lassen, aber Charlie und ich waren der Meinung, wir sollten noch ein Jahr oder zwei warten, da die Hochzeit ja sehr schnell kam.«

»Vielleicht *zu* schnell«, sagte Hall. »Vielleicht war das alles ein bisschen zu viel. Jeder weiß, dass Sie dem Kind absichtlich nichts antun würden. Aber Leute drehen durch. Haben wir alles schon erlebt. Und dann bedauern sie es, aber damit können sie nicht leben.«

»Sagen Sie uns, wo wir den Leichnam finden«, sagte Marino entschieden. »Charlie zumindest verdient es, die Wahrheit zu erfahren, Melissa.«

»Moment. Sie meinen … Sie meinen wirklich, ich hätte Riley *umgebracht?*« Dieser Albtraum war viel schlimmer als jeder, den sie über Carl Harmon je gehabt hatte. Ihr Atem ging nur noch abgehackt. »Nein, ich bin nicht *durchgedreht*. Das ist vielleicht Linda passiert. Wollen Sie es nicht sehen? Sie hat Riley verlassen, sie muss diejenige sein, die das Kind jetzt hat. Wir müssen nur mit Charlie reden. Wir brauchen ein Bild von ihr, damit ich sehen kann, ob sie die Frau im Park war.« Ihr verzweifeltes Flehen ließ sie nur noch wahnhafter klingen.

»Wie lange haben Sie im Evan-Moore-Fall recherchiert?«, fragte Marino.

Der Name des vermissten Kindes aus ihrer jüngsten Podcast-Reihe traf sie unvermittelt. Was hatte ein Kind, das acht Jahre zuvor in Seattle gekidnappt wurde, mit Riley zu tun? »Ich weiß es nicht. Vielleicht ein halbes Jahr. Warum fragen Sie mich das?«

»Weil das ein weiterer Zufall ist«, sagte Hall. Es war klar, sie wollten sie aus der Fassung bringen. »Die Haupttatverdächtige im Fall von Evans Verschwinden ist die Stiefmutter. Einige ihrer Freunde sagten aus, dass sie zwar sehr in Evans Vater verliebt gewesen war, aber niemals Kinder haben wollte – die, wie sich zeigte, doch sehr viel mehr Arbeit machen, als sie sich jemals vorgestellt hatte. War Evan erst mal weg, glaubte sie, mit ihrem Mann ein glückliches und zufriedenes Leben führen zu können. Gibt es einen besonderen Grund, warum der Fall Ihr Interesse geweckt hat?«

»Weil der arme Junge seit Jahren vermisst wird und die Frau ihn mit hoher Wahrscheinlichkeit getötet hat, ohne dafür belangt worden zu sein.«

Hall nickte. »Sie sagte der Polizei, sie habe nach dem

Einkaufen und dem Fitnessstudio ein Schläfchen gehalten. Das Problem ist nur, ihr Handy war auf einem Turm auf Camano Island eingeloggt, eine Stunde nördlich der Stadt. Ihr Freund Mac, glaube ich, hat in Ihrem Podcast sogar erwähnt, hätte sie ihr Handy einfach zu Hause gelassen, wäre sie nie verdächtigt worden.«

»Sie glauben, ich hätte mich von dem Fall inspirieren lassen? Sie verdrehen doch alles. Ich kenne den Fall durch eine meiner Freundinnen, Laurie Moran. Sie produziert eine True-Crime-Reihe mit dem Namen *Unter Verdacht*. Vielleicht haben Sie schon mal davon gehört. Ihr Mann, Alex Buckley, ist Richter am Bundesbezirksgericht. So habe ich Laurie kennengelernt, die mit Alex schon zusammen war, als er noch als Strafverteidiger gearbeitet hat. Laurie wollte den Fall in ihrer Sendung bringen, die Stiefmutter aber weigerte sich, im Fernsehen aufzutreten. Als Laurie hörte, dass ich mit meinem Podcast anfing, hat sie mir den Fall vorgeschlagen.«

»Und jetzt wird Riley vermisst, genau wie Evan.«

»Nur dass sie seit einem Tag vermisst wird, nicht seit acht Jahren. Ich weiß nicht, wie ich Sie überzeugen soll, aber Sie verschwenden hier wertvolle Zeit.«

Glühende Wut packte sie, als die beiden Polizisten sie erneut nach den Ereignissen des Vortags fragten – Lunch in dem altmodischen Imbisslokal, kurzer Halt beim Coffeeshop, der Spielplatz im Park, dann zurück zum Cottage.

»Sie haben sonst nirgends angehalten?«, fragte Marino.

Sie kannte die Taktik. Sie wollten sie auf eine feste Abfolge von Ereignissen festnageln. Sie wusste nur nicht, warum sie das taten. »Offensichtlich glauben Sie mir nicht. Wollen Sie mir sagen, warum?«

Hall zog ein Handy aus ihrer Gesäßtasche, benutzte es aber

nicht. »Wir bekamen heute Morgen einen Anruf vom Kapitän der Fähre nach Shelter Island. Waren Sie jemals auf Shelter Island?«

»Nein. Ich war erst ein paarmal in den Hamptons. Ich weiß noch nicht mal genau, wo das ist.«

»Nun, diese Aufnahme sagt aber was anderes.« Hall hielt Melissa ihr Handy hin. Auf dem Display war ein Schwarz-Weiß-Video aufgerufen, zu sehen waren Autos, die langsam von einem Betonweg auf einen Kai fuhren. »Und hier …« Hall hielt das Video an und zoomte rein. »Sehen Sie? Hier ist ein Volvo XC60, grau. Genau wie Ihrer. Und sehen Sie das?« Sie vergrößerte es weiter. »Das Bild ist sehr körnig, aber man kann doch die Umrisse der Ziffern auf dem Kennzeichen erkennen. Sieht so aus wie ATN9050, oder? Das ist Ihr Kennzeichen.«

»Ich war nicht auf Shelter Island.«

»Warten Sie, das ist noch nicht alles.« Mit ihrer Fingerspitze zog Hall eine andere Stelle des angehaltenen Videos heran. Die Bildqualität war schlecht, aber hinter dem Lenkrad des SUV schien eine Frau zu sitzen. Mit hellen lockigen Haaren, genau wie Melissa. »Sehen Sie die Sonnenbrille?« Hall ging zur Kücheninsel und drehte Melissas Sonnenbrille so, dass sie in Richtung Wohnzimmer zeigte. »Sie ist mir gestern aufgefallen, als wir hier waren. Hübsch. Chanel, sehe ich.«

»Das ist doch verrückt. Sie trägt vielleicht eine Sonnenbrille, zugegeben, aber Sie können doch unmöglich sagen, ob es meine ist. Und ich weiß, dass ich nicht die Frau auf diesem Video bin, so wie ich weiß, dass ich Riley nichts angetan – und sie schon gar nicht umgebracht habe. Ich war hier im Haus. Sie haben doch gehört, was mein Bruder gesagt hat: Ich war so weggetreten, als würde ich im Koma liegen. Und

154

wir müssen daran glauben, dass Riley am Leben ist, wenn wir irgendeine Chance haben wollen, sie noch zu finden.«

Die letzte Hoffnung, die Polizei von sich überzeugen zu können, zerschlug sich, als Detective Hall erneut auf ihr Handy tippte und das Video wieder in Bewegung setzte, ohne diesmal auf die Fahrerin zu zoomen. »Dann ... wollen wir mal.« Sie hielt das Bild wieder an. Melissa stockte der Atem, als sie erneut aufs Display sah. Die Frau war nicht allein im SUV. Auf der Rückbank der Beifahrerseite, genau dort, wo auch sie Rileys Kindersitz angebracht hatte, war ein Kind zu erkennen. Trotz der schlechten Bildqualität ersetzte ihr Gedächtnis die fehlenden Pixel durch zwei hohe Pferdeschwänze und Pausbäckchen.

»O mein Gott, das ist Riley«, sagte sie. Es stand für sie außer Frage. Zum ersten Mal, seitdem dieser Albtraum begann, dachte sie, dass sie sie wirklich finden könnten. »Genau so sitzt sie immer in ihrem Kindersitz. Sie trällert dann vor sich hin und erfindet Lieder, je nachdem, was sie draußen alles sieht.« Sie fühlte sich Riley so nah – als könnte sie einfach hinter sich greifen und sie berühren; so nah, dass sie sogar die Stimme ihrer Stieftochter und ihre Nonsensverse hinter ihrer rechten Schulter zu hören glaubte. Wenn sie nur daran dachte, brach es ihr schier das Herz. Wie um alles in der Welt konnten sie nur annehmen, dass sie diesem lieben Kind irgendetwas angetan hatte?

»Okay«, sagte Hall, »dann sind wir also einer Meinung: Riley sitzt in diesem Wagen, der auf die Fähre nach Shelter Island fährt, obwohl Sie darauf bestehen, dass Sie sich hier im Cottage aufgehalten haben.« Hall tippte einige weitere Male auf ihr Handy und hielt es wieder Melissa hin. »Nun, das scheint derselbe Volvo zu sein, der eine Dreiviertelstunde später die Rückreise antritt.«

Melissa sah den Volvo-SUV. Die gleiche schlechte Bildqualität. Die gleiche Fahrerin, die vielleicht, vielleicht auch nicht die gleichen blonden lockigen Haare und die gleiche Sonnenbrille wie sie hatte. Wieder hielt Detective Hall das Video an und zoomte ins Bild.

Der Kindersitz war leer. Das Kind, das wie Riley ausgesehen hatte, war verschwunden.

22

Melissa wischte sich die Tränen aus den Augen. »Das bin ich nicht. Ich schwöre es bei meinem Leben.« Sie hörte sich selbst wie aus weiter Ferne, als würden ihr durch ihre Angst und ihr Entsetzen irgendwie die Ohren verstopft. Die Polizei musste ihr glauben, und sie musste Charlie finden. »Die Videos sind so unscharf, dass man das Kennzeichen kaum erkennen kann. Die Frau könnte jede x-beliebige Frau sein, die zufällig gelockte Haare hat und eine Sonnenbrille trägt – weil eben die Sonne scheint.«

»Aber nach nur einem kurzen Blick auf das kleine Mädchen im Kindersitz haben Sie sofort gesagt, es sei Riley«, erwiderte Hall. »Schon komisch, was? Wenn man jemanden durch und durch kennt, kann man ihn immer erkennen, selbst auf den verschwommensten Aufnahmen.«

»Gut, aber Sie kennen mich nicht *durch und durch*. Aber ich mich, und ich weiß, dass die Frau am Steuer dieses Wagens nicht ich war.«

»Gehen Sie nicht davon aus, dass wir die Einzigen sind, die diese Videos gesehen haben«, sagte Hall.

Unwillkürlich griff sich Melissa an den Bauch, als ihr die Bedeutung von Halls Worten klar wurde. Charlie. Sie mussten mit Charlie gesprochen haben. Deshalb hatte er sich nicht mehr auf ihre Anrufe gemeldet.

»Shelter Island wird im Moment von Suchteams durchkämmt«, sagte Marino. »Die Suche in der Bucht wird länger dauern. Sie wissen, wie ein Leichnam aussieht, wenn er längere Zeit im Wasser liegt? Außerdem soll heute Nacht ein Sturm über uns hinwegziehen. Man geht von schweren Regenfällen aus, eine Unwetterwarnung wurde ausgesprochen. Unter diesen Bedingungen werden wir die Suche einstellen müssen, bis der Sturm vorbei ist. Sie könnten sich einen großen Gefallen tun, wenn Sie uns sagen, wo wir sie finden. Nach allem, was wir wissen, würden Sie so etwas nur tun, wenn Sie einen gravierenden psychotischen Schub erleiden. Sie sind Anwältin. Sie wissen, was das im Bundesstaat New York bedeutet. Im Höchstfall werden Sie wegen Totschlags angeklagt, vielleicht sogar auch nur wegen fahrlässiger Tötung. Sie könnten sich auf Unzurechnungsfähigkeit berufen.«

»Nur dass ich keinen psychotischen Schub hatte!«, schrie sie. »Es muss die Frau aus dem Park gewesen sein. Sie hat gewusst, dass ich von dem Zeug, das sie mir in den Kaffee getan hat, ausgeknockt werde. Sie müssen mich sofort testen, solange das Mittel noch im Blut nachweisbar ist.«

»Sie haben uns selbst gesagt, dass die Cottage-Türen verschlossen waren, als Sie sich mit Riley hier aufgehalten haben.«

»Ich habe Ihnen auch gesagt, dass ich mir bei den Fenstern nicht sicher bin. Es gab nie einen Grund, sie zu überprüfen. Und wenn ich es wirklich getan hätte, warum hätte ich dann die Eingangstür absperren sollen? Hätte ich es dann nicht eher so aussehen lassen, als hätte jeder einfach reinspazieren können? Bitte, ich flehe Sie an, fragen Sie Charlie, ob er sich zu hundert Prozent sicher ist, dass Linda wirklich in Norwegen gestorben ist. Mein Gefühl sagt mir, dass ihr Leichnam nie gefunden wurde.«

»Es steht Ihnen nicht zu, uns zu sagen, wie wir unsere Ermittlungen zu leiten haben«, sagte Marino.

Das Handy in ihrer Hand summte, auf dem Display wurde eine neue Sprachnachricht von Patrick Higgins angezeigt, gefolgt von einer Textnachricht: *Ich hab eben die Nachrichten gesehen. Bitte ruf mich an.*

Hatte Marino den Namen auf ihrem Handy mitbekommen? Und wusste die Polizei von Patricks Rolle in ihrem früheren Leben? Wenn sie sie nicht von ihrer Unschuld überzeugen konnte, musste sie annehmen, dass sie früher oder später jede Nachricht auf ihrem Handy überprüfen würden. Sie verfasste eine schnelle Antwort an Patrick. *Ich vermute, du willst helfen. Aber bitte ruf nicht mehr an. Wir hatten seit fast zwei Jahren nichts mehr miteinander zu tun.*

Nachdem sie auf *Senden* getippt hatte, klingelte ihr Handy sofort erneut. Wieder war es Patrick.

»Sie wollen wirklich nicht rangehen?«, fragte Marino. »Jemand scheint Sie ja unbedingt erreichen zu wollen.«

»Das liegt an den Nachrichten«, sagte sie und lehnte den Anruf erneut ab. »Freunde machen sich eben Sorgen. Ich lasse das Handy nur an für den Fall, dass Charlie anruft.«

Wütend tippte sie auf ihr Handy ein. *Hör auf damit. Bitte.*

Fast gleichzeitig erschien die nächste Nachricht. *Ruf mich an. Es ist wichtig.*

Sie spürte Marinos Blick auf sich. Ihr hektischer Nachrichtenaustausch erregte zunehmend seine Neugier. Sie wollte schon das Handy ausschalten, konnte es aber nicht riskieren, einen Anruf von Charlie zu verpassen. Also tippte sie auf das Foto oberhalb von Patricks Namen – er war braun gebrannt, lächelte, hatte eine Baseballmütze der Cornell University auf; eine Aufnahme, als sie Mike auf Sint Maarten besucht hatten. Sie tippte auf *Blockieren* und schob das Gerät in die Hosentasche. »Hören Sie, ich kann den Kaffeebecher nirgends finden. Ich vermute mal, die Frau, die sich für mich ausgegeben und meinen Wagen genommen hat, hat auch den Becher entsorgt. Aber die Drogen, die man mir verabreicht hat, müssen noch in meinem Blut sein. Sie müssen mich sofort einem Test unterziehen, bevor es zu spät ist.«

»Noch einmal: Sie bestimmen hier nicht, was wir zu tun und zu lassen haben«, entgegnete Marino. »Außerdem haben wir keine Befugnis, Sie einem Drogentest zu unterziehen.«

»Sie brauchen keine richterliche Verfügung, um mich auf Drogen zu testen, wenn ich mich freiwillig dazu bereit erkläre. Und Ihre Weigerung, die einfachen Dinge zu tun, die ich Ihnen vorschlage, wird später nur beweisen, dass Sie nie daran interessiert waren, die Wahrheit herauszufinden. Ihre Vorurteile, die Sie aufgrund meiner beruflichen Tätigkeiten gegen mich hegen, machen Sie blind.«

»Okay, sind Sie jetzt mit Ihrer Tirade am Ende?«, fragte Marino.

»Das ist keine Tirade, ich stelle nur die Fakten klar. Noch ein Letztes: Wenn Sie mich nicht testen wollen, fahre ich in die Notaufnahme und lasse selbst einen Bluttest durchführen.«

»Apropos fahren: Wo ist Ihr Volvo? Wir haben ihn draußen nicht gesehen«, fragte Marino.

»Mein Bruder holt unsere Mutter vom Flughafen ab. Sie sollten jeden Moment hier sein.«

Die beiden Polizisten tauschten einen weiteren Blick aus. Hall nickte unmerklich, worauf Marino ein gefaltetes Dokument aus seiner Tasche zog und es Melissa reichte.

»Das ist ein Durchsuchungsbeschluss für Ihren Wagen. Und wenn Sie eine Einverständniserklärung unterschreiben, lasse ich einen Mitarbeiter kommen, der an Ihnen einen Drogentest durchführt.«

Als Melissa ihren eigenen Wagen hörte, der in die Einfahrt einbog, ging plötzlich alles ganz schnell: Ein Abschleppwagen hielt auf der Straße vor dem Cottage, und ein medizinisch ausgebildeter Polizist des Suffolk County kam und nahm ihr Blut ab. Sobald er damit fertig war, rannte sie zur Tür. Ihre Mutter und ihr Bruder standen auf der Veranda. In der Ferne war ein Donnern zu hören.

Bitte, dachte sie, *bitte lass den Sturm vorbeiziehen.* Zwischen ihren erfolglosen Anrufen bei Charlie und Mac hatte sie die Wetterberichte aufgerufen. Die schwersten Regenfälle und Windböen sollten über New York City nach Norden ziehen, aber Long Island war nicht ganz aus der Gefahrenzone. Hubschrauber, kleinere Wasserflugzeuge und Suchmannschaften am Boden waren nach wie vor unterwegs, sollte jedoch für die Gegend eine Sturmwarnung ausgerufen werden, würde die Suche in der Luft eingestellt, und die Freiwilligen am Boden würden Schutz suchen. Der Gedanke, dass Riley ganz allein im Unwetter dort draußen wäre, war einfach zu viel.

»Was ist hier los?«, fragte ihre Mutter, als sie die Polizisten sah.

Melissa kamen kaum die Worte über die Lippen. »Mom, sie glauben, ich hätte Riley umgebracht.«

23

Melissa wusste nicht, ob ihre Mutter sie fünf Sekunden oder fünf Minuten in den Armen hielt. In den zurückliegenden Jahren war Melissa aufgefallen, dass ihre Mutter mit dem Alter kleiner geworden war, in diesem Moment aber fühlte sich Nancy Eldredge so massiv an wie eine Eiche.

Erst gestern Morgen war sie noch so aufgeregt gewesen, ihre Mutter in deren neuem Haus willkommen heißen zu dürfen, war stolz gewesen, dass sie und Mike zusammen das Cottage so hergerichtet hatten, dass es sich wie ein Zuhause anfühlte. Jetzt ließ sie sich in die Umarmung ihrer Mutter fallen, genoss die Sicherheit und wusste, wenn sie losließ, würde sie sich wieder der schrecklichen Wahrheit stellen müssen.

Schließlich gab sie sich einen Ruck und kehrte in die Wirklichkeit zurück. Der Polizist, der ihr Blut abgenommen hatte, räusperte sich. Er hatte seine Sachen zusammengepackt und musste an ihnen vorbei, um das Cottage verlassen zu können.

Durch das Fenster sah sie, wie ihr SUV vom Abschleppwagen weggebracht wurde. Aus dem richterlichen Beschluss ging hervor, dass der Wagen auf der Polizeidienststelle kriminaltechnisch untersucht werden würde. Ihre Gedanken kehrten zu den im Schreiben aufgeführten Punkten zurück: Fingerabdrücke, Haar- und Blutproben, die auch im Kofferraum genommen würden. Allein der Gedanke war schrecklich.

»Wie um alles in der Welt können diese Leute annehmen,

dass du Riley etwas antun kannst?« Die sonst so sanfte Stimme ihrer Mutter bebte vor Zorn.

Besorgt sah Mike zu ihrer Mutter.

»Tut mir leid, dass ich dich aufgeregt habe, Mom«, sagte Melissa. »Ich hätte mich nicht so theatralisch benehmen dürfen. Ich werde bestimmt nicht verdächtigt. Die Polizei ist nur gründlich und zieht sämtliche Möglichkeiten in Betracht.«

Mike war in der Küche, setzte den Wasserkocher auf den Herd und zog den Kräutertee aus dem Schrank, den sie achtundvierzig Stunden zuvor eingekauft hatten. »Melissa hat recht«, sagte er. »Die beiden Polizisten haben mich letzten Abend observiert, bis ich ihnen klarmachen konnte, dass ich mir den gesamten Nachmittag mit zwei Einheimischen Charter-Unternehmen angesehen habe.« Er versuchte mit einem unterdrückten Glucksen ihrer Mutter die Sorgen zu nehmen, was ihm allerdings völlig misslang.

»Ihr beide behandelt mich, als wäre ich alt und gebrechlich, was, offen gesagt, beleidigend ist. Ich verzeihe mir nie, dass ich euch an jenem Tag im Garten allein gelassen habe, und ich weiß nur allzu gut, wie viel Schreckliches ihr als Folge davon durchmachen musstet. Aber ich glaube, ihr vergesst, was *ich* durchgemacht habe. Wisst ihr, dass ich in den eiskalten See gesprungen bin und völlig verzweifelt im Wasser nach euch gesucht habe? Als ich euch nicht finden konnte, war ich überzeugt, dass ihr ertrunken seid. Euer Vater hat mich auf dem eisigen Sand gefunden, die nassen Sachen klebten mir am Körper, und ich hielt mir deinen kleinen roten Handschuh an die Wange, Melissa. Anfangs hat die Polizei mich unterstützt. Alle waren sehr mitfühlend. Aber nachdem sie von meiner wahren Identität erfuhren – dass ich die berüchtigte Nancy Harmon bin –, war alles anders. Sie waren überzeugt, ich hätte, als ich damit rechnen musste, dass mein

Geheimnis enthüllt wird, einen psychotischen Schub erlitten und euch beiden das angetan, was ich angeblich schon Peter und Lisa angetan habe.«

Psychotischer Schub – der gleiche Ausdruck, den auch Marino benutzt hatte.

Nie hatte ihre Mutter so freimütig über ihre Erfahrungen während der Zeit ihrer Entführung gesprochen. »Es tut mir so leid«, sagte Melissa. »Uns ist klar, dass das für dich schrecklich traumatisch sein muss.«

»Hör auf damit!«, rief ihre Mutter. »Du bist eine intelligente Frau, Melissa. Aber du kapierst nicht, was ich sagen möchte. Wenn jemand verdammt genau gewusst hat, was sich hier abspielt, als wir ankamen, dann ich. Ich hab es sofort gespürt, so, wie die Detectives uns angesehen haben, als du die Tür geöffnet hast. Haben Sie sich vielleicht die Mühe gemacht, mich zu trösten, weil meine Enkelin vermisst wird? Nein. Sie konnten es doch kaum erwarten, von hier wegzukommen, wahrscheinlich, weil sie mich ebenfalls für eine gebrechliche alte Dame halten und nicht wollen, dass ich die Wahrheit erfahre. Also hört auf, eure Mutter zu schützen.«

»In Ordnung«, sagte Melissa.

Mike erschien mit einer Tasse samt Untertasse und noch eingetauchtem Teebeutel. »Darf ich dir einen Kräutertee geben, oder ist dir so was mittlerweile zu soft?«

Mit einem versöhnlichen Blick nahm ihre Mutter das Getränk entgegen. »So, jetzt setzt ihr euch bitte und erzählt mir alles.«

In der folgenden halben Stunde zwang sich Melissa dazu, sich völlig zurückzunehmen und die bloßen Tatsachen aufzuzählen, als würde sie als Anwältin einem Kollegen die Zusammenfassung eines Falls präsentieren. Erst als sie in ihren eigenen Worten hörte, welche Indizien vorlagen, wurde ihr bewusst, dass sie fast unvermeidlich als Tatverdächtige gelten musste.

Wie hatten die Detectives es genannt? *Ein Zufall jagt den nächsten.* Melissa war die Letzte, die Riley gesehen hatte, die Einzige, die an diesem Tag damit betraut war, sich um das Mädchen zu kümmern, dazu waren die Türen abgeschlossen gewesen, als Mike nach Hause kam und Riley verschwunden war. Sie war plötzlich von einem berufstätigen Single zu einer Frau geworden, die Karriere, Sozialleben, Ehemann und Kleinkind miteinander vereinbaren musste. Monatelang hatte sie in einem ungelösten Fall recherchiert, bei dem die Polizei eine unglückliche Frau verdächtigte, ihren Stiefsohn getötet zu haben, damit sie wieder frei sein konnte und sich nicht mehr um ihn kümmern musste. Sie hatte in ihrem Podcast sogar verlauten lassen, dass die Stiefmutter niemals verdächtigt worden wäre, wenn sie ihr Handy zu Hause gelassen hätte, als sie – wie von der Polizei vermutet – zu einer nahe gelegenen Insel fuhr, um den Leichnam loszuwerden.

Und dann der Hinweis, der wahrscheinlich den Durchsuchungsbeschluss für ihren Wagen und ihre vielen unbeantworteten Anrufe bei ihrem Mann erklärte – die Videoaufzeichnungen einer Frau, die in einem SUV wie ihrem mit einem Kind zu einer nahe gelegenen Insel fuhr und anschließend allein zur Südspitze zurückkehrte.

Irgendwann während ihres Monologs brach ihre emotionslose Anwaltsfassade in sich zusammen. Sie schlug die Hände vors Gesicht und presste die Daumen gegen die Schläfen, als könne sie buchstäblich die Richtung bestimmen, die ihre Gedanken nahmen. *Warum hatte sie das nicht früher gesehen?* Von ihrer Arbeit wusste sie, dass Menschen, die nie auch nur einen Strafzettel bekommen hatten, unter großem psychischem Druck schreckliche Taten begehen konnten. Viele waren von ihrem eigenen Verhalten anschließend so geschockt, dass sie ihre Verbrechen völlig aus dem Bewusstsein verdrängten und behaupteten, entweder einen Blackout oder einen Gedächtnisverlust erlitten zu haben.

Wie oft hatte Mike sie gewarnt, dass sie nicht ignorieren dürfe, was ihr angetan worden war? Er hatte sie gewarnt, dass ihr Trauma Wege und Möglichkeiten finden würde, an die Oberfläche zu kommen. Mithilfe ihrer fürchterlichen Albträume hatte ihr Unbewusstes ihr mitgeteilt, dass die Illusion der Normalität, die sie sich im Lauf der Jahre so mühselig aufgebaut hatte, einzustürzen drohte. Sie erinnerte sich an den sorgenvollen Blick – nein, dachte sie in der Rückschau, den *mitleidigen* Blick – von Charlie, als er sie mitten in der Nacht im Badezimmer vorfand, wo sie, eingewickelt in ein Handtuch, auf das in die Wanne fließende Wasser gestarrt hatte. Und erst zwei Tage zuvor hatte sie in der Morgendämmerung am Strand gelegen und wie ein kleines Kind nach ihrer Mutter gerufen, ohne sich erinnern zu können, wie sie dorthin gekommen war.

Was hatte sie noch alles verdrängt?

Endlich erkannte sie, wohin diese Gedanken sie führten. »Was, wenn …« Sie nahm die Hände vom Gesicht, konnte sich aber nicht dazu überwinden, ihre Mutter oder ihren Bruder anzusehen. Unwillkürlich begannen ihre Arme zu zittern, als wollte ihr Körper die Wahrheit über das erzählen, was sich am Tag zuvor in diesem Haus zugetragen hatte. »O mein Gott, was, wenn … sie recht haben? Das alles ist wegen mir geschehen. Ich war so besessen davon, die Vergangenheit auszublenden – als hätte es sie, *puff,* nie gegeben. *Du kannst dich fürs Glück entscheiden?* Wie arrogant und dumm ich war. Aber genau das hast du gesagt, Mike. Irgendwann wird das Trauma einen Weg finden, um sich bemerkbar zu machen.

Was, wenn, was, wenn … die arme kleine Riley. O lieber Gott, nein. Bitte lass es nicht so sein.«

Ihre Mutter stellte entschieden ihre Tasse auf den Tisch und ergriff Melissas Hände. »Schau mich an, Melissa.«

Melissa hatte nach wie vor den Blick auf ihren Schoß gerichtet, schüttelte nur den Kopf. Mit so schwacher Stimme, dass sie sie kaum als ihre erkannte, sagte sie: »Wenn ich nach Shelter Island fahren würde, erinnere ich mich vielleicht wieder. Vielleicht sehe ich etwas, das mir bekannt vorkommt. Ich muss mich nur wieder erinnern. Wenn ich es war, dann muss ich es ihnen sagen …«

Die Stimme ihrer Mutter wurde noch ernster. »Bitte, meine schöne, einfühlsame, großzügige, brillante und *sehr starrköpfige* Tochter – schau mich an.«

Melissa kam der Aufforderung nach.

»Ich war genau an dem Punkt, an dem du jetzt auch bist. Du und dein Bruder, ihr wolltet nicht, dass ich die Wahrheit erfahre, weil damit der Schmerz wieder hochkommt, dem ich vierzig Jahre zuvor ausgesetzt gewesen bin – dem *wir* ausgesetzt waren. Gut, ihr habt damit recht, und genau deswegen hört ihr mir jetzt zu. Alles, was du gerade gesagt hast, kenne ich von mir selbst. Damals in Kalifornien – bevor ihr überhaupt auf der Welt wart, bevor ich euren Vater kennengelernt habe –, als ich wegen Mordes an Peter und Lisa vor Gericht stand, habe ich jeden Morgen und jeden Abend in meiner Gefängniszelle gebetet. *Frieden … gib mir Frieden. Lehre mich, es zu akzeptieren.* Ich habe gewusst, ich hätte meinen Kindern nie etwas angetan. Sie waren ein Teil von mir. Als sie starben, war mir, als wäre ich selbst gestorben. Und dennoch habe ich zu Gott gebetet, damit ich akzeptieren konnte, dass sie nicht mehr lebten – und damit ich meine Strafe akzeptieren konnte, weil ich mir selbst die Schuld gegeben habe.

Habe ich euch jemals erzählt, dass ich mir die Tonbandaufnahmen mit Dr. Miles angehört habe?«

Dr. Lendon Miles war ein renommierter Psychiater, der in Nancys Mutter verliebt gewesen war, bevor sie bei einem tragischen Verkehrsunfall, wie die Polizei ursprünglich annahm, ums Leben gekommen war. Das war geschehen, kurz nachdem sie den neuen Verlobten ihrer Tochter kennengelernt hatte. Nach Mikes und Melissas Entführung war Dr. Miles entschlossen, der Familie der Frau zu helfen, die er nach wie vor liebte. Als ihre Mutter sagte, sie könne sich nicht erinnern, was der Entführung ihrer Kinder vorausging, befragte er sie unter Verabreichung von Natriumamytal, eines Barbiturats, das zu den sogenannten Wahrheitsseren zählt. Es sollte ihren aus psychologisch katastrophalen Erfahrungen resultierenden Gedächtnisverlust aufheben.

»Es war die reine Verzweiflung«, sagte ihre Mutter, »dass ich der Spritze zugestimmt habe. Ich hätte alles getan, damit ihr gefunden werdet. Mit dem Einsetzen des Wirkstoffs fiel ich in einen Zustand der Ruhe, zumindest verglichen mit dem Schockzustand, in dem ich mich bis dahin befunden hatte. Ist das nachvollziehbar? Mir kam es so vor, als wäre ich plötzlich aufgewacht.«

»Willst du mir sagen, dass ich mir einen Psychiater suchen soll, damit ich mich wieder erinnern kann, was gestern passiert ist?«

»Nein. Ich sage dir das, weil ich nicht glaube, dass du überhaupt etwas verdrängst. Als die Wirkung des von Lendon Miles injizierten Mittels nachließ, blieb bei mir jedoch ein neues Selbstbewusstsein zurück. Euer Vater sagte, er hätte mich nie so entschieden reden hören. Ich war absolut davon überzeugt, der Polizei helfen zu können, damit ihr wieder nach Hause kommt. Stundenlang hatte ich mich in meinem

Schmerz vergraben, aber jetzt schaffte ich es vom Sofa hoch. Ich hätte nie die Kraft gehabt, dich von Carl loszureißen, als er sich mit dir vom Balkon stürzen wollte, wenn ich nicht völlig von mir selbst überzeugt gewesen wäre. Diese kleine Stimme des Zweifels, die dir ins Ohr flüstert? *Was, wenn ich Schlimmes getan habe?* Die hörst du nicht, Melissa, weil du etwas Falsches getan hast, sondern weil du das kleine Mädchen über alles liebst.«

Melissa hatte in den vergangenen zwei Tagen eine wahre Gefühlsachterbahn durchlaufen: erst Angst, dann Wut, dann Hilflosigkeit. Ein überwältigendes Gefühl aber war immer da gewesen: Schuld. In ihrem tiefsten Inneren wusste sie, dass sie verantwortlich war für Rileys Verschwinden und alles, was ihr zugestoßen sein mochte. »Ich bin wie gelähmt von diesem bedrängenden Schuldgefühl. Was, wenn mein Unbewusstes mir einflüstert, ich hätte etwas Schlimmes getan, während ich wie weggetreten war?«

»Mit dir würde wirklich etwas nicht stimmen, wenn du *keine* Schuldgefühle hättest«, sagte ihre Mutter. »Ich denke, du fühlst dich genauso wie ich damals, als ich Peter und Lisa im Wagen zurückgelassen habe und in den Laden gegangen bin und sie bei meiner Rückkehr verschwunden waren. Und dann habe ich mir geschworen, dass ich nie, nie mehr auch nur das geringste Risiko eingehe. Aber das ist nicht möglich, versteht ihr? An diesem schrecklichen Tag habe ich euch, als ihr im Garten gespielt habt, nur für einen klitzekleinen Moment aus den Augen gelassen. Zum Teil werde ich mir das nie verzeihen, aber ich habe auch zu verstehen gelernt, dass ich deswegen nicht ins Gefängnis gehöre. Dahin gehört Carl Harmon, und er hat letztlich seinen Preis gezahlt. So, ihr wisst, ihr könnt mir alles erzählen, und ich werde euch trotzdem lieben und bedingungslos unterstützen. Melissa, hältst

du es wirklich für möglich, dass du Riley irgendetwas angetan hast?«

Melissa presste die Lippen zusammen und spürte, wie ihr
das Blut ins Gesicht stieg. Dankbar für das, was sie in diesem
Augenblick als grundlegende, nicht hinterfragbare Wahrheit
ansah, schüttelte sie den Kopf. »Nein«, sagte sie. »Das ist absolut unmöglich.«

»Gut. Betrachte das als etwas, das Dr. Miles' Wahrheits-
serum entspricht und dir Klarheit verleiht. So, jetzt müssen
wir uns daran machen, Riley zu finden.«

Melissa rief erneut dreimal hintereinander Charlie an. Eine
Stimme verkündete, dass die Mailbox voll sei.

Sie probierte es erneut bei Mac und war überrascht, dass
er sich tatsächlich meldete. »Hallo.«

Das ist alles?, hätte sie am liebsten geschrien. *Hallo?*

Stattdessen bedankte sie sich bei ihm, dass er den Anruf
entgegennahm. »Ich weiß nicht, was sie dir gesagt haben,
aber ich muss mit Charlie reden. Wo steckt ihr alle?«

»Ich jedenfalls stehe im Moment in der Einfahrt deiner
Mutter. Kann ich reinkommen?«

24

Mit jedem Schritt zur Cottage-Veranda wurde Grant Macintosh langsamer. Der Anruf gestern Abend hatte ihn völlig unvorbereitet getroffen. Seine Freundin Sarah hatte den »perfekten Sonntag in der City« geplant, beginnend mit einem Brunch im Meat Packing District, bevor sie sich den neuen schwimmenden Park im Hudson River ansahen, gefolgt von einem Spaziergang auf der High Line, um auf der Driving Range auf den Chelsea Piers einige Golfbälle zu schlagen. Nachdem sie dann noch einen Abstecher ins Metropolitan Museum an der Upper East Side unternahmen, strahlte Sarah über die 20 000 Schritte auf ihrer Smartwatch, die sie erst zum zweiten Mal in ihrem Leben geschafft hatte. Als sie sich schließlich an ihrem Lieblingstisch im Neary's zum Dinner niedergelassen hatten, wollte Mac nur noch ein saftiges Hüftsteak und ein Glas Rotwein und dann ausgiebig schlafen.

Aber dann hatte Melissa angerufen.

Hätte er Sarahs Rat befolgt und die Mailbox rangehen lassen, hätte er erst heute von Rileys Verschwinden erfahren. Die Neuigkeiten waren entsetzlich genug, dabei blieb es aber nicht. Nach Melissas Erläuterungen behandelte die Polizei Charlie und ihre Familie als Verdächtige. Polizisten waren ihrem Bruder zu einem Park gefolgt und hatten ihm Fragen zu Charlies erster Ehe gestellt. Als Melissa erklärte, dass Charlies ehemalige Schwiegereltern mutmaßten, beim Tod seiner ersten Frau sei es nicht mit rechten Dingen zugegangen, wusste er, worauf der Anruf eigentlich abzielte. Charlie brauchte einen Anwalt.

Ebenfalls wusste er, dass ihm keine andere Wahl blieb. Er hatte Melissa noch nie so aufgelöst erlebt. Ihre Stieftochter wurde vermisst, und die Polizei verschwendete wertvolle Zeit, indem sie sich mit Dingen beschäftigte, die nichts mit Rileys Verschwinden zu tun hatten. Natürlich musste er helfen. Dafür waren Freunde schließlich da.

Jetzt, nur einen Tag später, wünschte er sich, er wäre im Besitz einer Zeitmaschine und könnte die Uhr zurückdrehen, um sich anders zu entscheiden. Er hätte Melissa sagen können, dass er zu beschäftigt sei oder Charlie einen Anwalt bräuchte, zu dem er keine persönliche Beziehung hatte. Aber das wäre ihm herzlos erschienen. Einen Tag zuvor hatte er aber auch noch nicht gewusst, was er jetzt wusste.

Was er Melissa nun antun würde, war viel, viel schlimmer.

Beklommen drückte er auf die Klingel.

Macs Bedauern nahm noch zu, als Melissa die Cottagetür aufriss und ihn begrüßte. Die sonst so rosigen Wangen seiner Freundin waren eingefallen, die Augen rot und geschwollen. Sie wollte ihn wie immer umarmen, aber es gelang ihm, ihr auszuweichen, bevor er hinter sich die Tür schloss und eintrat. Mit Erleichterung nahm er wahr, dass die Vorhänge zugezogen waren. Falls die Polizei oder die Medien das Haus beobachteten, konnte selbst das geringste Anzeichen einer Gefälligkeit als geheime Absprache mit Rileys Stiefmutter missinterpretiert werden.

Als sie ihn im Wohnzimmer kurz umarmte, brachte er es jedoch nicht über sich, sie zurückzuweisen. »Ich danke dir, dass du hier bist«, sagte sie. »Ich laufe schon den ganzen Tag die Wände hoch und weiß nicht, wo du und Charlie stecken und warum keiner auf meine Anrufe reagiert. Die Detectives Hall und Marino waren da und haben mich beschuldigt, Riley nach Shelter Island gebracht und getötet zu haben. Mac, ich kann dir nicht sagen, wie ich mich gefühlt habe – es war … unvorstellbar. Bitte sag mir, dass Charlie nicht glaubt, ich hätte unserer Tochter irgendwas angetan.«

Unserer Tochter. Ihre Worte klangen so aufrichtig. Einen Tag zuvor hätte er noch geschworen, dass sie auch wirklich aufrichtig waren. Aber konnte er ihr trauen? Als Gastmoderator in ihrem Podcast verließ er sich selbst bei den kleinsten Details eines Verbrechens meist auf seinen spontanen Eindruck, jetzt aber, da er als Anwalt involviert war und die Tatverdächtige noch dazu persönlich kannte, stellte er erst einmal alles infrage.

Er hatte erwartet, dass das morgendliche Treffen mit Charlie und den Detectives eine Pro-forma-Angelegenheit sein würde. Charlie hatte sich am Vortag auf einem Auslandsflug befunden – ein besseres Alibi war nicht zu haben. Er war allen Berichten zufolge ein liebender Vater, der seine Tochter auf Händen trug. Die Spannungen mit seinen ehemaligen Schwiegereltern waren problematisch, aber Mac war zuversichtlich, die Polizei davon überzeugen zu können, dass Eltern es natürlich übel nahmen, wenn sie ihre einzige Tochter bei einem tragischen Unfall verloren und der Schwiegersohn daraufhin beschloss, mit dem Enkelkind ans andere Ende des Landes zu ziehen.

Als sich Mac vor dem Besuch der Polizeidienststelle mit Charlie beredete, hielt dieser jedoch eisern daran fest, dass die Polizei die Kontaktdaten von Lindas Eltern schon selbst recherchieren müsste, falls sie mit ihnen reden wollte. Wenn Mac als Mitarbeiter der Staatsanwaltschaft etwas gelernt hatte, dann, dass die Polizei immer daran interessiert war, so viele Informationen wie möglich zusammenzutragen. Stimmte ein Tatverdächtiger der Durchsuchung seines Autos mit Ausnahme des Handschuhfachs zu, konnte man darauf wetten, dass sich etwas in diesem Handschuhfach befand.

Mac war darauf vorbereitet, den Detectives Charlies Bedenken darzulegen, doch dann kamen deren Fragen. Stimmte es, dass er seine Frau nur zehn Monate gekannt hatte, bevor sie heirateten? Hatte sie Kinder gewollt, bevor sie ihn kennenlernte? Schien sie von dem Fall Judith Moore geradezu besessen, der Frau, die unter Verdacht stand, ihren Stiefsohn ermordet und dessen Leichnam auf einer nahe gelegenen Insel versteckt zu haben? Wie viel wusste er von ihrem Kindheitstrauma und welchen Einfluss das auf sie hatte?

Und dann zeigten sie ihm die Videos von der Fähre nach Shelter Island.

Am liebsten wäre Mac aufgesprungen und hätte mit der Faust auf den Tisch geschlagen, als würde er das unerbittlichste Schlussplädoyer seiner Laufbahn halten. Melissa Eldredge gehörte zu den wunderbarsten Menschen, die er jemals kennengelernt hatte. Wie hirnrissig, wenn sie wirklich glaubten, sie wäre zu einem Verbrechen fähig, ganz zu schweigen von einem heimtückischen Mord an einem Kind. So aber würde Melissas Freund reden – dank Melissa war er jetzt allerdings der Anwalt ihres Mannes.

»Mac?« Melissa starrte ihn erwartungsvoll an. »Was geht hier vor sich?«

Genau deshalb hatte er nicht hierherkommen wollen. Aber es gehörte zu seiner anwaltlichen Pflicht, seinen Mandanten zu schützen, nicht Melissa, seine Freundin. Er wusste, wie es aussehen würde, falls sich Charlie mehr für seine neue Ehefrau einsetzte als für die Sicherheit seiner Tochter. Und angesichts der Worte seiner Schwester Rachel, mit denen sie nach dem Betrachten der Videos Melissa bedacht hatte, schien ihm jeder zukünftige Kontakt zwischen den beiden Frauen besser in einer schlechten Reality-Show aufgehoben als im wirklichen Leben.

»Du sagst, die Detectives waren hier«, sagte er schließlich. »Was haben sie dir erzählt?« *Die Videos. Haben sie dir die Videos gezeigt? Bitte, Melissa, erklär mir die Videos.*

»Sie hatten grobkörnige Videos von der Fähranlegestelle. Ich nehme an, sie haben sie auch Charlie gezeigt, deshalb ruft er wohl nicht zurück. Hast du sie gesehen? Die Frau am Lenkrad könnte jede x-beliebige Frau sein, Mac. Du musst ihm das erklären.«

Er neigte den Kopf und sah sie unumwunden an. Sie müsste es besser wissen.

Bei ihrer letzten Begegnung, der Podcast-Aufzeichnung, hatte sie ihn noch auf einen Drink einladen wollen. Er hatte sie angelogen und ein Treffen mit seiner Schwester vorgeschoben. In Wirklichkeit hatte er sich mit den alten Kollegen aus dem Büro der Bezirksstaatsanwaltschaft zur Happy Hour getroffen. Es gab einen Grund, warum er und Katie die einzigen ehemaligen Mitarbeiter waren, mit denen Melissa noch zu tun hatte. Denn die Menschen neigten nun mal zum Neid. Während sich die anderen mit Kleinkriminalität und Drogendelikten herumschlagen mussten, war Melissa in einem Mordprozess die besondere Rolle der »dritten Vorsitzenden«, wie dieser Posten bei ihnen intern genannt wurde, vorbehalten gewesen – und einem prominenten Prozess noch dazu: Jennifer Duncan, das ehemalige Model, das angeklagt war, ihren älteren, reichen Ehemann umgebracht zu haben. Während des gesamten Prozesses war sie von den üblichen Routinearbeiten entbunden gewesen und hatte als rechte Hand für die beiden leitenden Staatsanwälte fungiert.

Dieser Neid entsprang ganz normalem Konkurrenzdenken innerhalb des Büros. Jeder Jurist, der vorhatte, bei der Bezirksstaatsanwaltschaft zu bleiben, würde irgendwann an einem Mordfall arbeiten. Katie war im gleichen Fall in nachrangiger Funktion eingesetzt gewesen und hatte sich um Anfragen seitens der Öffentlichkeit oder der Freunde oder Familienangehörigen des Opfers gekümmert. Mac selbst war zwei Monate später »dritter Vorsitzender« beim nächsten großen Mordprozess der Bezirksstaatsanwaltschaft geworden.

Aber dann, zwei Jahre zuvor, hatte Melissa das große Los gezogen, als sie gegen das Urteil ihres ersten Mordprozesses erfolgreich Revision einlegte. Dicke Schlagzeilen, Auftritte in den Nachrichten der Kabelsender, nachmittägliche Talkshows. Jetzt war sie nicht mehr nur irgendeine Anwältin. Jetzt war sie eine bekannte Persönlichkeit. Mac und Katie witzelten, wenn schon jemand außer ihnen selbst einen solchen Aufstieg hinlegte, dann waren sie froh, dass es Melissa passiert war. Ihre anderen ehemaligen Kollegen nahmen es weniger gelassen.

Aber wenn sie Melissa jetzt sehen könnten, wären sie nicht mehr neidisch.

Er atmete tief aus und wappnete sich für das, was gesagt werden musste. »Du weißt, wie sehr ich dich mag, okay? Wir waren vom ersten Tag an im Büro der Staatsanwaltschaft füreinander da.«

»Klar. Du, Katie und ich. Die drei Musketiere. Wie eine Familie.«

Jeder von ihnen hatte einen guten Grund, der sie zur Staatsanwaltschaft geführt hatte. Ein Staatsanwalt, der an einem sozialen Patenschaftsprogramm teilnahm, war im Grunde Macs Ersatzvater in dessen Kindheit gewesen. Katie hatte eine Cousine, die von einem Verkehrsunfall eine lebenslange

Behinderung davongetragen hatte – sie war von einem Auto erfasst worden, dessen Fahrer anschließend Fahrerflucht beging und nie ermittelt werden konnte. Und obwohl Melissa nie dezidiert darüber sprach, was ihr und ihrer Familie in ihrer Kindheit widerfahren war, hatte sie einmal zugegeben, dass sie wegen dieser Ereignisse Jura studiert hatte.

»Du bist die beste Anwältin, die ich kenne, Melissa. Du erklärst in deinem Buch, dass das System nur funktioniert, wenn wir nicht von den mit unseren Aufgaben einhergehenden ethischen Grundsätzen abweichen. Und meine Aufgabe ist es jetzt nun mal, Charlie zu vertreten, nicht dich. Du hast mich aus einem ganz bestimmten Grund angerufen, und jetzt mache ich die Arbeit, um die du mich gebeten hast.«

»Und das heißt, du kannst ihm nicht sagen, er möge bitte seine Frau anrufen, damit ich ihm erklären kann, dass ich es nicht war.«

»Ich weiß, es ist schrecklich für dich. Um es ganz unverhohlen zu sagen: Dass die Polizei dich als Tatverdächtige sieht und nicht Charlie, ist das Beste für meinen Mandanten. Wie würde es denn aussehen, wenn jetzt der Eindruck entstünde, dass er einen zu vertraulichen Umgang mit dir hat? Er hat ein felsenfestes Alibi. Im Gegensatz zu dir.«

Der Schmerz in ihrem Blick sagte ihm, dass sie sein Argument verstand. Charlie konnte Riley nicht selbst getötet haben. Aber es war durchaus möglich, dass er und seine neue Frau das Verbrechen gemeinsam geplant hatten, um sich eines Kindes zu entledigen, das keiner von ihnen wollte. Die einzige Möglichkeit, klarzustellen, dass er nicht ebenfalls tatverdächtig war, bestand für Charlie darin, sich von Melissa zu distanzieren.

»Aber er muss wissen, dass ich es nicht war, Mac. *Du*

musst es wissen. Wir müssen die Polizei auf die richtige Spur bringen, damit sie Riley findet.«

»Sie suchen doch nach ihr, Melissa. Hörst du nicht die Hubschrauber? Ob jetzt du am Steuer dieses SUV gesessen hast oder jemand anderes …«

»Soll das dein Ernst sein?«

»Du weißt, was ich meine. Tatsache ist, sie suchen überall auf Long Island.« Macs Handy in der Tasche klingelte. Er bemerkte die Uhrzeit auf dem Display. Er war schon länger hier, als er sollte. »Hör zu, das ist Charlie.«

Melissas Blick erhellte sich. »Bitte lass mich mit ihm reden. Ich flehe dich an.«

Es schmerzte ihn, sie so verletzlich zu sehen. Üblicherweise war sie die Person, die immer die richtige Antwort auf Lager hatte, die Powerfrau, die jedes Problem in den Griff bekam. Jetzt hatte sie nichts mehr unter Kontrolle.

Er nahm den Anruf entgegen und bat Charlie, dranzubleiben.

25

Endlich ein Rettungsanker, dachte Melissa. Charlie hatte Mac auf seinem Handy angerufen. Wenn sie mit ihm reden könnte, würde er einsehen, dass sie unschuldig war. Es konnte gar nicht anders sein. Davon war sie überzeugt. Und sie würden Riley finden, egal, wie lange es dauern würde. Zusammen würden sie diesen Albtraum überstehen.

Sie wollte schon nach dem Handy greifen, aber Mac zog die Hand zurück.

»Folgende Abmachung, Melissa. Charlie hat gegen meinen Rat darauf bestanden, mit dir zu reden. Ich sage dir viel mehr, als ich sollte, aber aus den Telefonaufzeichnungen darf nicht ersichtlich sein, dass ihr beide direkt miteinander Kontakt hattet. Also läuft dieses Telefonat über mich. Das war der Kompromiss.«

Sie nickte. Er reichte ihr das Gerät.

»Charlie, Gott sei Dank. Hör mich an: Ich bin das nicht auf den Videos. Es muss die Frau aus dem Park sein. Ich habe mich einem Bluttest unterzogen, damit wird hoffentlich bewiesen, dass mir Drogen untergeschoben wurden. Ich verwette mein Leben darauf.«

»Mac wird mich umbringen, wenn er hört, dass ich das sage – aber ich glaube dir, Melissa.«

Die Worte waren wie ein frischer Lufthauch, nachdem sie kurz vorher noch dachte, sie müsse ersticken. »Du weißt gar nicht, wie erleichtert ich bin, das zu hören.«

»Mein Gott, natürlich glaube ich dir. Wenn jemand stark genug ist, um alles durchzustehen, dann du.«

»Was meinst du damit? Was durchstehen?«

»Hat Mac es dir nicht gesagt? Die Polizei – wir gehen davon aus, dass du von ihr verdächtigt wirst, nicht ich.«

»Deshalb hab ich doch versucht, dich anzurufen. Wir müssen beweisen, dass …«

»Nein, Melissa. Nein.« Sie hörte den Schmerz in seiner Stimme, was aber keineswegs von Schwäche zeugte. Es war ihm anzuhören, dass er eine unumstößliche Entscheidung getroffen hatte. Und die der Grund für diesen Anruf war. »Ich liebe dich. Ich liebe dich mehr als jeden anderen – mit Ausnahme von Riley. Sie ist im Moment das Einzige, was für mich zählt, und ich weiß, dass du mir zustimmen wirst.«

»Natürlich. Mir geht es ebenso.«

»Das Einzige, was mich davon abhält, mich vor einen fahrenden Lastwagen zu werfen, ist die Hoffnung, dass ich sie zurückbekommen werde. Riley ist irgendwo da draußen – sie ist am Leben, sie ist unversehrt, und sie wartet darauf, dass ich sie finde. Das muss ich mir immer wieder sagen, und ich muss sie nach Hause zurückbringen, okay?« Sie wollte ihm erneut zustimmen, aber er schnitt ihr das Wort ab. »Falls das geschieht – *wenn* es geschieht –, dann weiß ich, was als Nächstes passiert. Lindas Eltern werden versuchen, sie mir wegzunehmen. Sie werden sagen, ich sei unfähig, mich um sie zu kümmern. Und obwohl ich im tiefsten Inneren weiß, dass dich keine Schuld trifft, werden sie die Tatsachen verdrehen und behaupten, ich hätte meine Tochter in Gefahr gebracht, indem ich sie bei dir gelassen habe, während ich beruflich im Ausland unterwegs gewesen bin. Ich liebe dich, Melissa, aber wenn du mich nur halb so sehr liebst, dann verstehst du meine Lage. Mac besteht darauf, dass wir uns erst wiedersehen, wenn alles vorbei ist.«

Ihr Verstand sagte ihr, dass sie Charlie wahrscheinlich das Gleiche geraten hätte, wäre sie seine Anwältin gewesen, aber die vielen unbeantworteten Fragen trieben sie schier in den Wahnsinn. »Hast du meine Nachrichten über Linda bekommen?«

Sie verstand Charlie kaum noch wegen des Stimmengewirrs auf der Polizeistation, das im Hintergrund zu hören war. Er murmelte etwas, dass er gleich so weit sei, bevor er sich wieder ihrem Gespräch widmete. »Ich konnte nicht alle Nachrichten abrufen, dafür war zu viel los. Ich verstehe nicht, warum du nach ihr fragst.«

»Ist jemals Lindas Leichnam geborgen worden? Vielleicht ist sie bei dem Sturz ja gar nicht ums Leben gekommen. Sie könnte herausgefunden haben, dass du wieder geheiratet hast, und vielleicht hat sie es sich mit Riley anders überlegt. Sie könnte die Frau im Park sein.«

»Melissa, Linda ist tot. Wie hätte ich von der einen zur anderen Küste ziehen und wieder heiraten können, wenn ich mir nicht absolut sicher wäre?«

»Sie haben den Leichnam also geborgen?«

Sie hörte im Hintergrund eine Frau. Rachel. Die einzigen Worte, die sie verstand, lauteten »Charlie« und »fast so weit«.

»Melissa, tut mir leid, ich muss los.«

»Nein, nein, eine Sekunde noch. Leg nicht auf.«

Weitere Stimmen im Hintergrund.

»Ich liebe dich«, sagte er schnell. »Egal was passiert, bitte vergiss das nicht.«

»Charlie, warte. Was meinst du? Das klingt so …«

Sie wollte *endgültig* sagen, bevor er sie erneut unterbrach. »Ich muss los. Mac hat etwas in die Wege geleitet. Er kann alles erklären. Es ist für Riley. Alles wird gut, wenn wir erst Riley wieder haben. Es tut mir so leid.«

Bei Macs mitfühlendem Blick, als sie ihm sein Handy zurückgab, kam sie sich klein und bemitleidenswert vor. »Er sagt, du hast etwas in die Wege geleitet?«

»Eine Pressekonferenz. So oder so, es ist jedenfalls genau das, was du auch tun würdest.« Er ging zum Beistelltisch, griff sich die Fernbedienung und schaltete die Lokalnachrichten ein. Das Textband am unteren Bildschirmrand verkündete, dass der Vater des vermissten Kindes Riley Miller vor die Presse treten werde.

»Ich sollte ebenfalls mit dabei sein«, sagte sie. »Und du auch.«

»Rachel ist bei ihm. Und Hall und Marino. Er kann sich nicht in Begleitung eines Strafverteidigers zeigen. Genau dieses Bild muss in dieser Phase vermittelt werden.«

Richtig. Als seine neue Frau, die ihn erst vor einem Jahr kennengelernt hatte, passte sie nicht so richtig ins *Bild*.

»Bist du deswegen gekommen?«, fragte sie. »Um mir noch ein letztes Telefonat zu ermöglichen, bevor ich den Wölfen zum Fraß vorgeworfen werde?«

Mac wandte sich ab. »Charlie braucht seinen Koffer. Er wird nicht zurückkommen, bis Riley gefunden ist. Tut mir leid. Wirklich.«

»Würdest du ihn bitte fragen, ob Lindas Leichnam geborgen wurde? Das ist das Wenigste, was du für mich tun kannst.«

Er besaß die Dreistigkeit, ihr die Schulter zu drücken, bevor er unaufgefordert nach oben ging.

26

Von Anfang an, als Nancy das Cottage zum ersten Mal sah, hatte sie gewusst, dass es das richtige Haus für sie war. Sie hatte während ihrer Fahrt nach Southampton nur drei Häuser besichtigt. Der örtliche Immobilienmakler war ihr von Taylor Summers, dem Makler, dem Ray sechs Jahre zuvor sein Unternehmen übergeben hatte, wärmstens empfohlen worden. Ihr gefielen der offene Grundriss und die großen Fenster, die viel Sonnenlicht in die Räume ließen, und sie erinnerte sich an ihr Gefühl, als Ray ihr damals das Haus auf dem Cape gezeigt hatte, das sie erst für sich mietete, bevor es zum Heim ihrer Familie wurde. Sie hatte einfach gewusst, dass sie bleiben würde.

Die Entscheidung, ein Angebot für das Cottage abzugeben, wurde durch den Ausblick besiegelt, den sie jetzt oben am Geländer der hohen Treppe vor sich hatte. Vom großen Fenster am Treppenabsatz konnte man über die Bucht blicken, die hinter dem Ende der Straße lag. Sie würde jeden Tag mit dem Blick aufs Wasser beginnen. Im Moment aber lauschte sie eher dem, was aus dem Wohnzimmer zu ihr in den ersten Stock hinaufdrang, wo sie mit ihrem Sohn stand.

»Ist das zu fassen?«, flüsterte sie. »Er hält Melissa davon ab, mit ihrem eigenen Mann zu reden, wobei *sie* ihn noch dazu als Anwalt engagiert hat. Ich habe Mac immer gemocht, aber das ist doch lächerlich.« Melissa hatte darum gebeten, mit Mac unter vier Augen zu reden, aber es war Nancys Haus.

Wenn er weiterhin so mit ihrer Tochter sprach, würde sie ihn bitten, zu gehen. Bevor er aufgetaucht war, hatte Melissa optimistisch und selbstbewusst geklungen. Nancy wollte ihre Tochter nicht wieder so verzweifelt und verletzlich sehen.

Statt ihr zu antworten, brachte ihr Sohn sie zum Verstummen. »Schhh, ich kann nichts verstehen.«

»Ich bin zweiundsiebzig, wie kann dein Gehör schlechter sein als meins?«

»Na, viele Jahre zu laut die teuflische Rock-'n'-Roll-Musik gehört. Trotzdem, Mom, schhhh.« Seinen trockenen Humor hatte er nie verloren.

Sie hörte Handyklingeln aus dem Wohnzimmer. *Charlie,* dachte sie. Vielleicht rief Charlie Melissa an, trotz des herzlosen Ratschlags seines Anwalts. Oder vielleicht die Polizei, die mitteilte, dass sie Riley gefunden hatte. Nancy erinnerte sich an jedes Klingeln des Telefons, an jedes Anklopfen an der Tür, als damals ihre Kinder vermisst wurden, und jedes Mal hatte es sich angefühlt, als würde der Albtraum ein Ende finden – oder als würden ihre schlimmsten Befürchtungen bestätigt.

Das Klingeln verstummte, gleich darauf war wieder Mac zu hören. *Hör zu, es ist Charlie.*

Sie und Mike lauschten gespannt, als Mac erklärte, warum Charlie ihn und nicht Melissa direkt anrief. Mike neben ihr zuckte mit den Schultern. Die Erklärung ergab aus anwaltlicher Sicht Sinn.

Aber dann hörte sie die Verzweiflung in der Stimme ihrer Tochter, als Melissa mit ihrem Mann sprach. *Charlie, Gott sei Dank. Hör mich an: Ich bin das nicht auf den Videos ... Was meinst du damit? Was durchstehen ...*

Nancy wusste, wie es sich anfühlte, einer solchen Tat verdächtigt zu werden. Oh, wie gut sie das kannte. Noch immer spürte sie die offene Feindseligkeit des Polizeichefs von Adamas Port, Jed Coffin, als er in ihr Haus gekommen war. Es war genau wie beim ersten Mal, nach dem Verschwinden von Peter und Lisa. Nachdem er ihre Geschichte erfahren hatte, glaubte er, den ganzen Fall schon gelöst zu haben, noch bevor er auch nur eine einzige Frage gestellt hatte. Sie hatte den Zeitungsartikel gesehen, der enthüllte, dass die hier ansässige Ehefrau und Mutter Nancy Eldredge in Wirklichkeit die berüchtigte Nancy Harmon war, der vorgeworfen wurde, in Kalifornien ihre Kinder ertränkt zu haben, und die straflos davongekommen war. Überzeugt, dass das neue Leben, das sie sich auf dem Cape aufgebaut hatte, durch diese Enthüllung zerstört werden würde, musste sie, so Coffins Worte, »Amok gelaufen« sein und Michael und Missy das Gleiche angetan haben, was sie schon ihren beiden ersten Kindern angetan hatte.

Trotz des Schocks hatte sie intuitiv gespürt, dass Ray zu ihr stand. Der Polizeichef hatte um ein persönliches Gespräch mit ihm gebeten, als würde sie überhaupt nicht zählen. Aber Ray hatte Coffin warten lassen, hatte erst ihr die Hände auf die Schultern gelegt, bis sie sich beruhigt hatte und nicht mehr zitterte. Er hatte sie umarmt, ihre Wange an seine gedrückt und ihr wieder ein wenig Zuversicht gegeben, bevor er den Polizeichef ins Zimmer nebenan führte. Allein durch seine Haltung – aufrecht, unnachgiebig, selbstbewusst – hatte er klargemacht, dass Coffin trotz seiner Autorität ihrer Familie ein Mindestmaß an Respekt schuldete. Selbst als Coffin Nancy über ihre Rechte aufklärte und die Wagen der Bostoner TV-Sender vor dem Haus parkten und Reporter, die eindeutig von Nancys Schuld ausgingen, ihnen Fragen zubrüllten, war Ray nie ins Wanken geraten.

Melissas Worten und ihrem Ton war zu entnehmen, dass

Charlie in diesem Moment, in dem seine Frau ihn gebraucht hätte, nicht wie Ray war. *Charlie, warte. Was meinst du? Das klingt so …*

Melissa brach mitten im Satz ab. So … *was?*, fragte sich Nancy. Kalt? Gleichgültig? Egoistisch?

Es folgten lange Sekunden der Stille, bis Melissa wieder zu hören war. *Er sagt, du hast etwas in die Wege geleitet?* Der Ton ihrer Tochter hatte sich verändert. Wieder sprach sie Mac an. *Um mir noch ein letztes Telefonat zu ermöglichen, bevor ich den Wölfen zum Fraß vorgeworfen werde?*

Mike hatte den Kiefer angespannt und die Hände zu Fäusten geballt, wie Nancy bemerkte. Schon immer hatte er seine kleine Schwester beschützen wollen.

Charlie braucht seinen Koffer, sagte Mac. *Er wird nicht zurückgekommen, bis Riley gefunden ist. Tut mir leid. Wirklich.*

Sie hörten Schritte in ihre Richtung kommen. Mike richtete sich auf, bereit, Mac gewaltsam den Zutritt zu verwehren.

»Nein, nicht«, sagte sie entschieden. »Wenn Charlie seine Sachen mitnehmen will, dann sind wir ihn los.« Bis Mac die Treppe erreichte, war sie schon im Gästezimmer. Ein Rollkoffer mit Männerkleidung, noch unausgepackt, lag offen auf der Kommode. Sie zog den Reißverschluss zu und stellte ihn in den Gang.

Mac war es sichtlich peinlich, als er vor sie trat. »Es tut mir leid. Ich erwarte nicht, dass du es verstehst, Nancy.«

»Dann ist es ja gut. Dann muss ich mir keine Sorgen machen, dass ich deinen Erwartungen nicht entspreche.«

Mike tauchte aus dem Badezimmer auf und drückte Mac einen Rasierbeutel aus Leder gegen die Brust, sehr viel fester, als es eigentlich nötig gewesen wäre. »Kumpel, du solltest jetzt verschwinden.«

Sofort, nachdem die Eingangstür zufiel, wurde die Lautstärke des Fernsehers unten aufgedreht. Eine Frauenstimme war zu hören, der professionelle Tonfall einer erfahrenen Reporterin. »Wir warten hier in Southampton, Long Island, auf den Vater des vermissten Mädchens Riley Miller, der hoffentlich bald Neues zu berichten weiß.«

27

Wir warten hier in Southampton, Long Island, auf den Va-
ter des vermissten Mädchens Riley Miller, der hoffentlich
bald Neues zu berichten weiß.

Melissa, die Fernbedienung in der Hand, stand vor dem
Fernseher, als ihre Mutter und ihr Bruder zu ihr ins Wohnzimmer kamen. Ein Blick, und sie wusste, dass die beiden jedes
Wort ihres Gesprächs mit Mac belauscht hatten. Kurz stellte
sie sich vor, was sich oben abgespielt haben musste, bevor Mac
mit Charlies Koffer fluchtartig das Haus verlassen hatte.

Macs Verrat tat weh, dennoch hatte sie noch seine Worte
im Ohr, während sie auf den Fernseher starrte. Mikrofone standen um ein behelfsmäßiges Pult, das für die geplante Pressekonferenz auf dem Parkplatz der Polizeidienststelle aufgebaut war. *So oder so, es ist jedenfalls genau das, was du auch*
tun würdest.

Er hatte nicht unrecht. Mehr als 600 000 Menschen wurden jedes Jahr in den Vereinigten Staaten als vermisst gemeldet. Viele von ihnen wurden nie gefunden, nur von sehr
wenigen wurden die Namen bekannt. Sie wusste so gut wie
Mac, dass ein Vermisstenfall nie zu einer landesweiten Suche
ausgeweitet werden konnte ohne eine obligatorische Pressekonferenz, auf der untröstliche Familienmitglieder um die
sichere Rückkehr ihrer geliebten Angehörigen flehten.

Während die News-12-Reporterin die gleichen Informa-
tionsbrocken abspulte, die schon den ganzen Tag berichtet

wurden, entdeckte Melissa inmitten einer Menschengruppe hinter dem Pult Detective Hall. Die Polizistin flüsterte einem anderen Detective etwas zu, der erst erstaunt aufblickte, bevor er aus dem Bild trat.

Die Kamera zoomte auf die Reporterin vor Ort. »Margot, wir hören soeben von der Polizei, dass der angekündigte Zeitplan möglicherweise nicht eingehalten werden kann. Wir geben an Sie ab, wenn es dann so weit ist.«

»Was war das denn jetzt?«, fragte Mike.

»Keine Ahnung«, sagte sie und stellte den Fernseher stumm. »Mac hat eine Pressekonferenz für Charlie und seine Schwester anberaumt. Vielleicht sind neue Indizien aufgetaucht. Oder sie haben Riley gefunden.« *Bitte,* flehte sie im Stillen, *lass sie am Leben sein – und unverletzt.*

Wieder rief sie Charlie an. Der Anruf wurde sofort zur Mailbox durchgestellt. Hatte er vor der Pressekonferenz sein Handy abgeschaltet oder gar ihre Nummer geblockt? Ebenfalls unbeantwortet blieb ein Anruf bei Mac, also schickte sie ihm eine Textnachricht: *Charlie muss vor die Kameras treten. Über mich kann er sagen, was er will, aber er muss dafür sorgen, dass die Suche fortgesetzt wird. Auch der aufziehende Sturm ist eine große Gefahr.*

Als Nächstes wählte sie Rachels Nummer. Nach dem dritten Klingeln wollte sie schon eine Textnachricht verfassen, aber zu ihrer Überraschung meldete sich schließlich ihre Schwägerin. »Hallo.« Sie sprach leise, im Hintergrund war Stimmengewirr zu hören.

»O Gott, Rachel, ich danke dir, dass du rangehst.«

»Hör zu, ich will ehrlich sein. Im Moment weiß ich wirklich nicht, was ich über dich denken soll, Melissa.«

»Mich interessiert nur, dass deine Nichte gefunden wird. Was ist mit der Pressekonferenz? Was ist passiert? Ist Riley gefunden worden?« Sie machte sich auf das Schlimmste gefasst.

»Nein. Natürlich geben wir dir Bescheid, wenn das passiert – *falls* es passiert.« Sie hielt inne, als überlegte sie sich, ob sie noch mehr sagen sollte. »Es geht um Charlie. Er hatte, als er rausgehen sollte, eine Panikattacke. Ich versuche ihn zu beruhigen, aber im Moment geht es ihm sehr schlecht. Erst Lindas Tod. Jetzt Riley, die verschwunden ist. Ich fürchte, das ist alles zu viel für ihn. Er packt das alles nicht mehr. Es geht ihm noch schlechter als nach seiner Rückkehr aus Norwegen.«

»Lass mich mit ihm reden …«

»Warte. Mac ist gerade hier. Mal sehen …«

Sie verstand nicht, was im Hintergrund gesprochen wurde. Aber danach war nicht mehr Rachel in der Leitung, sondern Mac. »Melissa, bitte, komm nicht hierher. Wenn die Reporter dich sehen, wollen sie wissen, warum du nicht von Anfang an hier und an Charlies Seite warst – wenn ich ihn endlich hier rauskriege. Damit wirst du aber niemandem helfen. Bitte, lass mich die Sache regeln.«

»Aber, Mac …«

»Ich muss los.«

»Vergiss nicht, Charlie auf Lin…«

Die Leitung war stumm.

»Hat dieser Mistkerl einfach aufgelegt?«, fragte Mike. »Ich dachte, der Typ wäre dein Freund.«

Das dachte ich auch, ging es Melissa durch den Kopf. Sie fühlte sich völlig leer, als sie auf das dunkle Display starrte und sich fragte, ob sie nun sowohl einen Freund als auch ihren Ehemann verloren hatte.

28

Melissa saß allein im Gästezimmer und stieß eine weitere Suche auf ihrem Laptop an. *Linda Mutter Oregon Wasserfall Norwegen.* Die Begriffe waren eine Variation ihrer früheren Versuche.

Erneut nichts Brauchbares.

Ihr wurde bewusst, wie wenig sie eigentlich über Charlies erste Frau wusste. Zumindest hieß sie nicht Miller, da war sie sich sicher, denn als sie sich mit Charlie darüber unterhalten hatte, dass sie ihren Namen behalten wollte, hatte er sich sofort einverstanden erklärt und erwähnt, dass Linda dies ebenfalls so gehandhabt hatte. Charlie musste ihr irgendwann Lindas Nachnamen genannt haben, aber sie konnte sich einfach nicht erinnern.

Sie wusste noch, dass sich Charlie und Linda in ihrem ersten Studienjahr an der University of Washington kennengelernt hatten. Sie suchte nach *Charlie Miller Hochzeit Linda Washington.* Wieder nichts.

Sie rief die Website der Uni auf und suchte nach der Rubrik für die Ehemaligen. An der Westküste war es noch nicht so spät. Beim dritten Klingeln meldete sich eine junge, freundliche Frau. »Ehemaligenvereinigung. Sie sprechen mit Kelsey.«

Melissa wollte sich bereits für die Fragen, die sie zu stellen hatte, eine komplizierte Geschichte zurechtlegen, beschloss dann aber, dass nichts überzeugender klang als die Wahrheit. Sie war noch nicht weit gekommen, als sie von der jungen

Frau unterbrochen wurde. »Moment, Sie sind die Melissa Eldredge vom *Justice Club?*«

»Ach, Sie kennen den Podcast?«

»Ähm … ja. Meine Zimmergenossin und mich lässt der Fall von dem verschwundenen Jungen, Evan Moore, nicht los. Wir waren in der Mittelstufe, als es passiert ist. Erst gestern Abend haben wir diese Folge gehört. Dann arbeiten Sie an einem neuen Fall, in dem es um ein verschwundenes Kind geht? Wie lange wird das Mädchen schon vermisst? Sie sagen, es heißt Riley Miller?«

Melissa hatte noch nicht erklärt, dass das vermisste Kind ihre eigene Stieftochter war und der ehemalige Student, dessentwegen sie anrief, ihr Mann, aber sie spürte, dass Kelsey bereit war, ihr zu helfen. Sie erläuterte, dass die Entführung erst am Vortag stattgefunden habe und sie nun Informationen über die leibliche Mutter des Mädchens zusammenzutragen versuche. »Ich weiß nur, dass sie mit Vornamen Linda hieß und einen Mitstudenten namens Charles Miller geheiratet hat. Oh, und sie stammt ursprünglich aus Portland, Oregon.« Dazu gab sie noch das Jahr ihres Uni-Abschlusses an.

»Oh, ich hab keine Ahnung, wie ich Ihnen da helfen kann. Ich bin bloß eine studentische Aushilfe. Vielleicht sollten Sie im Unisekretariat anrufen.«

»Haben Sie ein Archiv mit öffentlichen Verlautbarungen seitens der Studierenden?«, fragte sie. Melissas College verschickte vierteljährlich einen Bericht, in dem sie jedes Mal nach ihr bekannten Namen aus ihrem Jahrgang Ausschau hielt. »Vielleicht haben die beiden ja ihre Hochzeit bekannt gegeben.«

»Oh, klar, das kann ich machen.« Melissa hörte das Klappern der Tastatur am anderen Ende der Leitung. »Hm, bislang finde ich nichts.«

»Was ist mit Spenden?«, schlug Melissa vor. »Ihr Büro muss doch Aufzeichnungen darüber haben.«

»Oh, klar, die haben wir«, sagte Kelsey mit einem Glucksen. »Das macht richtig Spaß. Als würde ich Ihnen beim Schnüffeln helfen. Okay, dann suche ich also nach … Charles … Miller. Hey, das hat funktioniert, ich hab ihn! Seine erste Spende kam schon ein Jahr nach seinem Abschluss. Nur fünfzig Dollar, aber die meisten geben da noch gar nichts. Und es scheint, als hätte er regelmäßig, Jahr für Jahr, etwas gespendet und dabei jedes Mal die Summe erhöht …«

»Er und Linda haben drei Jahre nach ihrem Abschluss geheiratet. Sie sollte ebenfalls aufgeführt sein.«

»Nein, ich sehe keine Linda. Es gibt immer nur einen Charles Miller. Aber, oh, das ist komisch.«

»Was?«

»Naja, er hat jährlich zweihundert Dollar gespendet, aber vor zwölf Jahren blieben die Spenden mit einem Mal aus. Seitdem kam nichts mehr.«

Charlie hatte ihr gegenüber keinen Grund erwähnt, warum er seine Universität finanziell nicht mehr unterstützen sollte. Es war denkbar, dass an seiner Stelle Linda die Spenden eingezahlt hatte, aber ohne ihren Nachnamen war das schwer herauszufinden. Außerdem wurden nach Melissas Erfahrung Spenden von verheirateten Absolventen immer unter beider Namen aufgeführt. So oder so, sie war in einer Sackgasse gelandet.

»Kelsey, ich danke Ihnen für Ihre Hilfe. Wenn es Ihnen irgendwie möglich wäre, diese Recherchen auf dem Campus fortzusetzen, wäre das sehr hilfreich, um das kleine Mädchen zu retten. Vielleicht erinnern sich ja noch ältere Dozenten oder Angestellte an ihn. Charlie Miller hat seinen Abschluss in Umweltwissenschaften gemacht, falls das weiterhilft.«

»Ich werde mich mal umhören«, sagte Kelsey, nachdem sie ihre Handynummern ausgetauscht hatten. »Versprochen.«

Da Melissa sonst nichts anderes übrig blieb, fuhr sie mit ihrer Internetsuche fort.

Charlie Miller Linda Norwegen tödlicher Sturz

Amerikanerin Charlie Linda Wasserfall tödlich verunglückt

Charlie Linda Amerikanerin Mutter Selfie Tod

Frau aus Oregon stirbt Wasserfall Europa Linda

Immer noch nichts.

Als Melissa den Blick ihrer Mutter spürte, die im Flur vor der Tür stand, sah sie vom Computer auf.

»Ich will dich nicht stören«, sagte ihre Mutter. »Als ich dich hier sah, musste ich daran denken, wie du bei den Hausaufgaben immer genau so im Schneidersitz auf dem Bett gesessen hast und in deiner ganz eigenen Welt versunken warst.«

Melissa lächelte verhalten. »Dad hat mir immer gesagt, ich würde mir noch den Rücken ruinieren. Und Jahre später hab ich euch dann dazu gedrängt, euch bei Pilates anzumelden.« Und nun war ein Jahr seit seinem Tod vergangen, und sie kämpfte immer noch mit ihrer Trauer.

»Darf ich fragen, was du hier oben vor deinem Computer machst?« Ihre Mutter wirkte besorgt. »Du kannst doch jetzt nicht versuchen zu arbeiten.«

»Ich komme mir so hilflos vor«, sagte sie. »Ich werde dieses Gefühl nicht los, dass mit Lindas Sturz in Norwegen was nicht stimmt. Ich suche nach Infos zu dem Unfall, damit ich sicher sein kann, dass sie wirklich ums Leben gekommen ist. Bislang finde ich aber überhaupt nichts darüber.«

Während der Trauertherapie war aus Charlie, *dem Typen, der neben der Kaffeemaschine sitzt,* für Melissa schnell ein Vertrauter geworden. Obwohl er seine Ehefrau verloren hatte und sie mit dem Tod eines Elternteils zurechtkommen musste, entwickelte sich zwischen ihnen über ihre Trauerarbeit bald ein tiefes gegenseitiges Verständnis.

»Es ist so frustrierend. Ich kenne noch nicht mal den genauen Ort in Norwegen, wo Linda ums Leben gekommen ist.«

Das Handy neben ihr auf der Decke summte. Eine neue Textnachricht von Mac. *Ich hab Charlie auf Linda angesprochen.*

Sie sah aufs Display, auf dem die Punkte anzeigten, dass er noch am Tippen war. Dann verschwanden die Punkte. Sie wartete.

Mac ... komm schon, schrieb sie. *Was hat er gesagt?*

Weitere Punkte. *Linda wurde in Norwegen eingeäschert.*

Sofort verfasste sie eine Antwort. Hatte Charlie den Leichnam gesehen? War es irgendwie möglich, dass Linda Hilfe von Beamten vor Ort hatte, damit sie den eigenen Tod vortäuschen konnte?

Eine weitere Nachricht von Mac erschien. *Bevor du mich mit weiteren Fragen löcherst: Charlie musste den Leichnam identifizieren, nachdem sie aus dem Wasser gezogen wurde. Er hat zusammen mit Lindas Eltern die Asche im Pazifik auf der Höhe des Cannon Beach verstreut – danach ist es mit den Schwiegerleuten zum Zerwürfnis gekommen. Also, wer immer Riley hat, es ist definitiv nicht Linda.*

Entmutigt ließ sie die Schultern hängen. Sie war so überzeugt gewesen, auf der richtigen Spur zu sein.

Hält er die Pressekonferenz ab?, fragte sie.

Ich hab dir mitgeteilt, was du wissen wolltest. Ich muss jetzt los.

»Gibt es was Neues?«, fragte ihre Mutter hoffnungsvoll, als Melissa das Handy weglegte.

Sie klappte den Laptop zu und schob ihn weg. »Naja, ich kann mir meine endlose Google-Suche sparen. Das war Mac. Charlie hat Lindas Leichnam nach dem Unfall identifizieren müssen. So viel also zu meiner Theorie.« Erst jetzt wurde ihr bewusst, wie verzweifelt sie gehofft hatte, dass sie richtiglag. Denn dann wäre es die eigene Mutter gewesen, die Riley entführt hätte, und die hätte es nur getan, um wieder mit ihrer Tochter zusammen sein zu können – und Riley wäre zumindest in Sicherheit gewesen.

»Komm mit nach unten. Dein Bruder köchelt irgendein Abendessen zusammen. Du musst wenigstens einen Happen essen.«

»Hast du was gegessen, als Mike und ich vermisst wurden?«

Ihre Mutter spitzte die Lippen. »Da hast du auch wieder recht.«

»Kannst du mir bitte Bescheid geben, wenn die Pressekonferenz beginnt? Charlies Schwester macht sich Sorgen, dass er dem Druck nicht gewachsen ist.«

Ihre Mutter schüttelte bekümmert den Kopf, sagte aber nur: »Natürlich.«

Als Melissa wieder allein war, klappte sie erneut den Laptop auf und gab eine neue Suchanfrage ein. *Melissa Eldredge Stieftochter vermisst.* Sie drückte die Eingabetaste, obwohl sie wusste, dass es ein Fehler war. Der erste Treffer verwies auf NetSleuth, ein True-Crime-Forum, das sie regelmäßig nach potenziellen ungelösten und zu den Akten gelegten Fällen für ihren Podcast durchsuchte. Es überraschte sie nicht, dass viele der NetSleuth-User sie und den *Justice Club* kannten. In den meisten Kommentaren wurde Mitgefühl für Melissa und der Hoffnung Ausdruck verliehen, dass Riley bald gefunden würde, eine Minderheit aber hielt Melissa für die oberste Tatverdächtige.

Sie war auf der dritten Kommentarseite, als ihr Handy mit einer neuen Textnachricht summte. *Jennifer Duncan.*

Es hatte mal eine Zeit gegeben, in der der Name mehrmals am Tag auf ihrem Handy aufgeploppt war. Allerdings war es mehr als ein Jahr her, dass sie sich das letzte Mal unterhalten hatten.

Melissa, es tut mir so leid. Ich hatte keine Ahnung von deiner Verbindung zu dem armen vermissten Mädchen, bis mich eben eine Freundin angerufen hat. Ich wusste nicht, dass du geheiratet und jetzt eine Stieftochter hast. Sonst hätte ich mich schon früher bei dir gemeldet. Du weißt, wie sehr ich mir immer ein Kind gewünscht habe. Ich kann noch nicht mal erahnen, was du und dein Mann jetzt durchmacht. Ich weiß, wir sind nicht unbedingt im Frieden auseinandergegangen, aber ich bin dir trotzdem dankbar für alles, was du für mich getan hast. Bitte sag mir, ob ich irgendwas für dich tun kann, und sei es nur, dass ich dir zuhöre. Ich bin den Großteil des Sommers in Sag Harbor. Alles Gute, Jen.

Melissa rief auf ihrem Laptop Instagram auf und suchte Jennifer Duncans Account. Der neueste Eintrag stammte vom frühen Nachmittag und zeigte sie lächelnd mit einer Fliegersonnenbrille auf einem Boot, ihre langen, honigblonden Haare flatterten im Wind. *Selbst Montag kann ein Sonnentag sein. #SagHarbor #Boatlife #Beachlife #Bestlife #benutzsonnencreme.*

Jennifer war im nahe gelegenen Sag Harbor?

Sie las die Nachricht noch dreimal, und mit jedem Durchgang erschienen ihr die Worte doppeldeutiger. Auf den ersten Blick war es eine einfühlsame, unterstützende Nachricht von einer ehemaligen Freundin und Mandantin. Wenn Jennifer allerdings immer noch einen Zorn auf Melissa hatte – und das so sehr, dass sie hinter den Posts von TruthTeller steckte –, dann konnten die Zeilen auch als subtiler Versuch gelesen werden, Salz in die Wunde zu streuen. *Ich wusste nicht* war dann die passiv-aggressive Erinnerung daran, dass sie jegliche Kommunikation eingestellt hatten. Und *alles Gute:* War das aufrichtig gemeint oder nur der twitterhafte, sarkastische Kommentar zu Personen, die man missbilligt und von denen man weiß, dass sie eine unerfreuliche Erfahrung durchmachen?

Und dann, am unheilvollsten: *Du weißt, wie sehr ich mir immer ein Kind gewünscht habe.*

Bevor Melissa es sich anders überlegen konnte, verfasste sie die Antwort. *Ich könnte jetzt wirklich eine Freundin gebrauchen. Ich muss hier raus, aber ich will auch nicht von den Leuten angestarrt werden.* Sie sprang vom Bett, schlüpfte in die Sandalen und ging die Treppe hinunter, noch bevor die Antwort eintraf. Sie wollte sich schon ihren Autoschlüssel von der Kücheninsel nehmen, bis ihr einfiel, dass ja die Polizei den Wagen hatte.

Auf dem Display erschien eine neue Nachricht. *Versteh ich total. Komm doch einfach zu mir.*

Melissa klickte auf die Adresse, die folgte. »Mike, ich brauch die Schlüssel für den U-Haul.« Sie hätten den Wagen längst abgeben sollen, was sie aber auch in nächster Zeit nicht tun würden.

»Klar, die sind, glaube ich, in meinem Zimmer.« Er drehte

die Herdplatte runter, auf der er was auch immer zubereitete, und ging die Treppe hinauf.

Ihre Mutter erhob sich aus dem Sessel in der Ecke des Wohnzimmers. »Fährst du zur Polizei? Dann will ich mitkommen. Vielleicht hört Charlie ja auf mich. Ich kann ihm erzählen, wie es sich anfühlt, in einer so schrecklichen Sache von allen beschuldigt zu werden.«

Melissa schüttelte den Kopf. »Nein, Mac hat schon recht. Wenn ich dort auftauche, gibt das einen Riesenwirbel. Ich will nur frische Luft schnappen.«

»Die bekommst du nicht in einem Umzugstransporter«, erwiderte ihre Mutter. »Gehen wir doch alle zusammen spazieren – nur eine Runde um den Block.«

»Nach den Nachrichten will ich nicht, dass die Leute mich sehen.«

»Dann setzen wir uns auf die Terrasse vor meinem Schlafzimmer. Da sieht dich niemand, und es sollte eine nette Brise von der Bucht hereinwehen.«

Mike räusperte sich, als er wieder ins Wohnzimmer kam. »Ich weiß, wie es ist, wenn man allein sein will«, sagte er. »Ist schon gut, Mom.«

Nichts würde Melissa davon abbringen können, herauszufinden, wo sich Jennifer das Wochenende über aufgehalten hatte.

29

Laut Navi auf ihrem Handy waren es mit dem Auto neunzehn Minuten zu Jennifers Haus.

Melissa log nicht gern – schon gar nicht gegenüber ihrer Familie –, aber hätten Mike und ihre Mutter gewusst, wohin sie wollte und, wichtiger noch, warum sie dorthin wollte, hätten sie versucht, sie aufzuhalten.

Melissa hielt Jennifer für diejenige hinter den Posts von TruthTeller, bislang hatte sie aber nicht geglaubt, dass sie irgendetwas mit Rileys Verschwinden zu tun hatte. Das alles hatte sich mit einem Satz in Jennifers Nachricht geändert: *Du weißt, wie sehr ich mir immer ein Kind gewünscht habe.*

Als Jennifer nach der erfolgreichen Revision des Urteils unnachgiebig darauf bestanden hatte, das gesamte Vermögen zu erben, hatte Melissa deren Motive für das Erschießen ihres Mannes im Nachhinein angezweifelt. Geld war jedoch nur eines der von der Staatsanwaltschaft während des ursprünglichen Mordprozesses untersuchten Motive. Recherchen zum Eheleben des Paars hatten ergeben, dass Jennifer jahrelang versucht hatte, ein Kind zu bekommen. Dann wurde bei der Autopsie von Doug Hanovers Leichnam festgestellt, dass er sich einer Vasektomie unterzogen hatte – laut den vorliegenden medizinischen Aufzeichnungen war der Eingriff bereits kurz nach seinem Uni-Abschluss erfolgt, zwei Jahrzehnte, bevor er Jennifer kennengelernt hatte.

Alles in allem deutete das darauf hin, dass Hanover, was

seine Fähigkeit und Bereitschaft anbelangte, weitere Kinder zu bekommen, seine Frau nicht nur nur belogen, sondern sie auch starken emotionalen Belastungen ausgesetzt hatte, die unweigerlich in Enttäuschung enden mussten. Allerdings konnte die Staatsanwaltschaft nicht beweisen, dass Jennifer nicht erst durch die Autopsie von der Vasektomie ihres Mannes erfahren hatte. Sämtliche Indizien deuteten daneben darauf hin, dass Hanover ein grausamer und egoistischer Mensch gewesen war. Melissa überraschte es nicht, dass die beiden Staatsanwälte, denen der Fall übertragen war, entschieden, diese Indizien vor Gericht nicht zu verwenden – das war das letzte Mal gewesen, dass sie sich über das Thema Gedanken gemacht hatte. Bis jetzt.

Sie war von der Water Mill auf die Scuttle Hole Road abgebogen, von jetzt an kamen keine weiteren Abzweigungen mehr, bis sie den Golfklub und das Weingut an der Straße passiert hatte. Mit einer Hand am Steuer rief sie Katies Nummer auf ihrem Handy auf.

Katie meldete sich sofort. »Oh, Gott sei Dank, dass du anrufst. Ich wollte dich nicht stören, du musst dich bestimmt auf die Pressekonferenz vorbereiten, aber was ist denn los? Erst klang es so, als würde es jeden Moment losgehen, jetzt bringen die Sender nur wieder andere Dinge.«

»Es liegt an Charlie. Er hatte eine Panikattacke. Seine Schwester meint, es sei alles zu viel für ihn, nachdem zu Lindas Tod jetzt auch noch dieses Trauma dazugekommen ist.«

»Was soll das heißen, Panikattacke? Er muss vor die Presse. Könntest du nicht Neil anrufen, vielleicht kann er was für ihn tun? Ihm irgendwas verschreiben, damit er sich beruhigt. Oder Rachel und du bestreitet zusammen die Pressekonferenz, und er steht nur dabei? Was meint Mac dazu?«

201

Katies Fragen machten Melissa bewusst, wie dringend sie bei Charlie sein wollte, damit sie mit eigenen Augen sehen konnte, was wirklich los war. Sie war überzeugt, dass sie ihm helfen könnte – so wie ihre Mutter sie dazu gebracht hatte, sich von ihren Schuldgefühlen zu lösen, damit sie sich wieder ganz auf die Suche nach Riley konzentrieren konnte.

»Ich weiß es nicht«, sagte sie. Ihr Gesicht glühte vor Scham, als sie Katie erklärte, dass die Polizei ihr nicht glaubte und Charlie sich auf Macs Anraten von ihr distanziert hatte.

»Das ist jetzt nicht dein Ernst, oder? Melissa, es tut mir so leid. Immerhin hab ich dir ja dazu geraten, ihm einen Anwalt zu besorgen.«

»Hör auf, es ist nicht deine Schuld. Außerdem rufe ich aus einem anderen Grund an.« Sie erzählte ihr von Jennifer Duncans Nachricht und was sie möglicherweise zu bedeuten hatte.

»Moment. Jennifer ist auf Long Island? Hast du das der Polizei gesagt?«

»Nein, es würde doch bloß wie der verzweifelte Versuch aussehen, von mir abzulenken. Ich hab doch mitbekommen, wie sie mich ansehen. Sie glauben allen Ernstes, ich wäre es gewesen. Und ich hab noch nicht mal mehr mein Auto, deswegen bin ich jetzt in diesem dämlichen U-Haul-Wagen unterwegs. Ich bin gerade auf dem Weg zu Jennifer.«

»Allein?«

»Anders funktioniert es nicht. Ich hab ihr gesagt, ich brauche eine Freundin, mit der ich reden kann.«

»*Ich* bin die Freundin, mit der du reden kannst, jederzeit, wenn es nötig ist«, erwiderte Katie. »Aber doch nicht eine Frau, die vielleicht eine Mörderin und Kidnapperin ist.«

»Ich sehe, du hast deinen Sinn für Humor nicht verloren.«

»Im Ernst, es klingt gefährlich, Melissa. Immerhin wissen

wir, dass sie unter den richtigen Umständen eine Waffe abfeuern kann.«

»Wenn sie mich umbringen wollte, hätte sie es längst tun können. Wenn sie sich wirklich Riley geschnappt hat, dann, weil sie das Mädchen als ihres aufziehen möchte. Sie wollte unbedingt Kinder haben, aber das hat Doug ihr verweigert. Sie könnte sich irgendeine Adoptionsgeschichte ausdenken und Anwälte anheuern, die alles wasserdicht machen. Sie könnte sogar ins Ausland gehen und abtauchen. Möglicherweise hat sie sich bei mir gemeldet, weil sie jeden Verdacht von sich ablenken möchte – ähnlich wie Mörder, die auf die Beerdigung ihrer Opfer gehen. Vielleicht hasst sie mich aber auch nur so sehr, dass sie mich leiden sehen will. So oder so, solange ich ihr nicht zu verstehen gebe, dass ich sie verdächtige, hat sie keinen Grund, mir was anzutun.«

Das Schweigen am anderen Ende der Leitung verriet ihr, dass Katie ihre Aktion dennoch missbilligte. »Und trotzdem rufst du mich an und sagst mir, dass du diese Frau besuchen willst. Dir ist schon klar, was das bedeutet? Du weißt selbst, dass es gefährlich ist.«

»Nur für den unwahrscheinlichen Fall, dass etwas schiefgeht: Wenn du in einer Stunde nichts von mir gehört hast, rufst du die Polizei.«

»Mir gefällt das nicht.«

»Dir bleibt nichts anderes übrig.« Sie gab ihr die Adresse durch. Sie war fast da.

30

Durch den schmalen Spalt der zugezogenen Wohnzimmer-vorhänge sah Nancy den Rücklichtern des Umzugswagens hinterher, bis er um die Ecke verschwand.

»Sie sollte nicht allein sein«, sagte sie. »Ich hätte sie aufhalten sollen.«

Aus der Küche kam der Duft von Knoblauch und Toma-ten, als Mike den Topfdeckel hob und kurz die Soße um-rührte. Sie hatte nicht gewusst, dass ihr Sohn kochen konnte. »Melissa ist hart im Nehmen, Mom. Sie hat zugegeben, Alb-träume über unsere Kindheitserlebnisse zu haben. Sie erin-nert sich an mehr, als sie uns weiszumachen versucht hat. Und jetzt Riley. Damit muss man erst mal zurechtkommen. Gesteh ihr etwas Freiraum zu.«

»Wie, Albträume? Als mir aufgefallen ist, wie müde sie aussieht, hat sie mir was von Schlaflosigkeit erzählt. Ich hab es auf Stress in der Arbeit geschoben und auf Charlies und Rileys Einzug bei ihr.«

Er schüttelte den Kopf. »Es ist mehr als das. Du erinnerst dich, am Freitagmorgen, als sie unten am Strand war? An-geblich, um sich zu verabschieden? Sie ist dorthin geschlaf-wandelt. Riley hat mir erzählt, sie hat nach ihrer Mommy ge-rufen und gesagt, dass sie nicht baden will. Sie erlebt in ihren Träumen alles wieder, was wir durchgemacht haben.«

Aus den Befragungen der Polizei wusste Nancy, dass Carl Harmon Missy unter anderem in einer Badewanne missbraucht hatte. Als Nancy noch mit Carl Harmon verheiratet gewesen war, hatte er darauf bestanden, sie in der Badewanne zu waschen – wie er sie dabei berührt, wie er sie angefasst hatte! Damals war sie zu jung und zu unerfahren gewesen, um zu erkennen, dass das alles andere als normal war. Es war nur eine der vielen Arten, durch die er in ihrer Ehe Macht über sie ausgeübt hatte.

Es tat ihr in der Seele weh, dass ihre wunderbare Tochter zu leiden hatte und im Schlaf wieder die schrecklichen Erinnerungen durchleben musste. Nancy selbst hatte jahrelang unter Albträumen gelitten. Wie oft war sie mitten in der Nacht aufgeschreckt und hatte Peter und Lisa vor sich gesehen, so, wie sie gefunden worden waren: die Gesichter und Haare mit Seegras und Plastikabfällen bedeckt, die kleinen Körper aufgedunsen. Diese Albträume begannen immer auf die gleiche Weise. Sie wurde auf einer Polizeidienststelle befragt und anschließend durch einen langen Gang ins Leichenschauhaus geführt, wo sie ihre Kinder identifizieren musste.

Wenn sie dann aufwachte, schlüpfte sie aus dem Bett, sah sofort nach Missy und Michael und deckte sie, wenn nötig, wieder zu. Erst dann konnte sie sich wieder hinlegen, versuchte dabei leise zu sein, um Ray nicht zu wecken und ihn in der Dunkelheit, der sie nie entkommen konnte, aufzuschrecken. Aber selbst im Schlaf spürte er sie, streckte die Arme aus und zog sie an sich. In seinem warmen Geruch beruhigte sie sich immer und fand wieder in den Schlaf.

Vor ihrer Ehe mit Ray war ihr gar nicht bewusst gewesen, welche Verbundenheit zwischen Ehepartnern bestehen konnte. Carl war immer so kalt gewesen. Sosehr er es kaum erwarten konnte, sie als noch ganz junge Frau zu heiraten, so wenig hatte er sie noch angefasst, nachdem die Kinder auf der Welt waren. Stattdessen hatte er ihre sogenannten »Krankheiten«

mit allerlei Mitteln zu »behandeln« versucht. Erst als Dr. Miles sie unter dem Einfluss von Natriumamytal befragt hatte, konnte sie sich ihren schlimmsten Ängsten stellen und sie sich bewusst machen. Ihr wurde klar, dass Carl sie durch seine »Medizin« müde und willfährig gemacht hatte … und sie erkannte die Gründe dafür. Indem er sie unter Drogen setzte und schwach machte, sie in einen kindhaften Zustand versetzte, konnte er sie abschotten, sodass er ungestört Zeit mit Peter und Lisa verbringen konnte.

Außerdem erkannte sie, nachdem ihre verdrängten Erinnerungen wachgerufen waren, dass Carl den tödlichen Autounfall ihrer Mutter herbeigeführt hatte. Streng genommen war Nancy noch eine Teenagerin gewesen, als Carl in ihr Leben trat, eine junge Frau ohne Freunde. Und er hatte sie ganz für sich gewollt, weshalb er einen Weg gesucht hatte, ihr auch noch die Mutter zu nehmen.

»Weiß Charlie von den Albträumen?«, fragte sie. »Was hat er getan, um ihr zu helfen? Hat sie mit Katie darüber gesprochen? Sie sollte so eine Last nicht allein tragen müssen.«

»Wie ich Melissa kenne, hat sie wahrscheinlich geglaubt, sie würde damit allein zurechtkommen. Mittlerweile sollte doch jeder mitbekommen haben, dass Charlie nicht viel tut, um irgendjemandem zu helfen – außer sich selbst. Es sieht so aus, als hätte er von Anfang an über Melissas Leben bestimmt. Jahrelang war sie mit Patrick zusammen, und mit einem Mal, nach nur wenigen Monaten, heiratet sie diesen Typen? Tut mir leid, aber ich werde den Verdacht nicht los, dass Rileys Verschwinden etwas mit ihrem Vater zu tun hat. Im Grunde wissen wir doch überhaupt nichts über ihn.«

Während Mike weiter das Essen zubereitete, ging Nancy nach oben in ihr Schlafzimmer und versuchte sich mit dem Einräumen ihrer Kleidung abzulenken. Beim ersten Rundgang durch das Haus war sie überzeugt gewesen, dass sie hier ihren nächsten Lebensabschnitt verbringen wollte. Jetzt allerdings, noch bevor sie überhaupt richtig eingezogen war, war ihre Familie erneut von einer Tragödie heimgesucht worden. Halb war sie versucht, alles wieder einzupacken. Aber dann ließ sie sich auf ihr neues Bett sinken und merkte, wie müde sie war. Sie wollte sich kurz ausruhen, wollte die Augen schließen, aber ihr ging Mikes Bemerkung über Charlie und seinen Einfluss auf Melissas Leben im vergangenen Jahr nicht aus dem Kopf.

Melissa hatte sich abgeschottet, nachdem Patrick so plötzlich mit ihr Schluss gemacht hatte, hatte sich nur noch auf ihre Arbeit und einige wenige, enge Freunde konzentriert. Bis sie Charlie kennengelernt hatte. Beide hatten jemanden zum Anlehnen gebraucht, außerdem war er der Vater dieses süßen kleinen Mädchens, das eine Mutter brauchte. Nancy war so glücklich über Melissas neue Liebe, dass sie nicht bemerkt hatte, wie sich in Melissas Leben alles nur noch um die neue Beziehung drehte.

Nie hatte sie ihre Tochter so verzweifelt erlebt, als diese Charlie angefleht hatte, mit ihr zu reden. Hätte sich Ray damals während Mikes und Melissas Entführung auch nur einen Augenblick lang so von ihr distanziert, hätte sie das nicht überlebt. Dessen war sie sich absolut sicher.

Von unten rief Mike, dass das Essen fertig sei. Sie wollte gerade nach unten gehen, als aus ihrer Handtasche ein leiser Klingelton zu hören war. Sie zog das Smartphone, das ihr die Kinder letztes Weihnachten geschenkt hatten, aus der Außentasche. Eine neue Textnachricht war eingetroffen. Es dauerte etwas, bis ihr klar wurde, von wem sie kam.

Liebe Nancy, es tut mir leid, dass ich dich unter diesen schrecklichen Umständen kontaktiere. Ich muss mit Melissa reden, aber sie scheint fest entschlossen, von mir nichts hören zu wollen. Auch auf die Gefahr hin, dass ich dich damit in Verlegenheit bringe, kannst du mir bitte sagen, wo ich sie finde? Es ist dringend.

Ihre erfolgreiche, selbstbewusste, fürsorgliche Tochter hatte sich heute selbst so klein gemacht, dass sie allen Ernstes ihre geistige Gesundheit infrage stellte und annahm, sie hätte dem Kind, das sie von ganzem Herzen liebte, etwas antun können. Sie brauchte jetzt Unterstützung – Unterstützung, die sie von ihrem Mann nicht bekam.

Bevor Nancy ihre Entscheidung noch mal überdenken konnte, wählte sie Patricks Nummer.

31

Melissas Navi verkündete, dass sie ihr Ziel erreicht hatte. Kies knirschte unter den Reifen, als sie in die u-förmige Einfahrt einbog. Jennifer würde ihren Umzugswagen vor dem Haus kommen hören. Jetzt gab es kein Zurück mehr. Sie ging zum Eingang, wo das Verandalicht bereits brannte, und verfasste eine Textnachricht an Katie: *Ich geh jetzt rein.*

Als sie zum Messingklopfer greifen wollte, wurde bereits die Tür aufgerissen. Jennifer schloss sie in die Arme, und Melissa erkannte sofort den vertrauten Duft ihres immer gegenwärtigen Parfüms – kein süßer, aber ein frischer, heiterer Blütenduft. Hätte sie ihn bemerkt, wenn sich Jennifer am Vortag hinter der Parkbank versteckt gehalten hätte?

Während Jennifer sie durch den Flur und durchs Wohnzimmer in das Arbeitszimmer hinten im Haus führte, sah sich Melissa nach irgendwelchen Anzeichen auf Rileys Anwesenheit um. Eine Schnabeltasse oder ein Plüschtier oder ein Cheerio oder Goldfisch-Cracker, die die Kleine überall zurückließ, wohin sie auch ging. Nichts.

Jennifer zeigte auf zwei weiße Polstersessel. Melissa ließ sich in einem nieder, Jennifer schenkte aus einer Karaffe Eistee ein.

»Ich wusste nicht, dass du hier draußen ein Haus hast«, sagte Melissa, während sie das Glas in Empfang nahm. Sie wartete, bis Jennifer einen Schluck genommen hatte, bevor sie selbst trank.

»Hab ich auch nicht – zumindest noch nicht. Das Haus hier ist gemietet. Ich werde mich mit einem Makler diese Woche noch mal umsehen, aber Häusersuche ist wohl das Letzte, wovon du im Moment hören willst. Wie geht es dir? Wie geht es deinem Mann?«

»Wir sind beide sehr mitgenommen.« Melissa überlegte, wie sie von Jennifer erfahren konnte, wo sie sich am Nachmittag des Vortags aufgehalten hatte, ohne sie direkt danach zu fragen. »Wie lange wohnst du hier schon? Es ist schön.«

»Ich hab es für den ganzen Sommer gemietet, die letzten zwei Wochen war ich allerdings in der Stadt. Ich bin erst heute Morgen zurückgekommen. Es freut mich, dass du meine Einladung angenommen hast. Es hätte nicht erst so ein Unglück geschehen müssen, damit wir wieder miteinander reden. Jedenfalls fand ich es schrecklich, dass der Kontakt abgerissen ist. Ich weiß, ich war nicht sehr nett zu dir, als du mich in der Nachlasssache nicht vertreten wolltest. Es war meine Schuld, ich war nun mal überzeugt, dass ich ohne dich gar nichts bekommen würde – falls das irgendetwas zur Sache tut. So wichtig warst du nämlich in meinem Leben, Melissa. Und es tut mir in der Seele weh, wenn ich sehe, dass du das jetzt alles durchmachen musst.«

Die Entschuldigung klang aufrichtig, mehr aber interessierte Melissa, was Jennifer über ihre Ankunft am Strandhaus gesagt hatte. »Du bist heute erst angekommen? Du hast nicht das Wochenende hier genutzt?«

»Hätte ich, aber ich wollte das Fundraising für das ›Projekt Fehlurteil und Wiederaufnahme‹ nicht verpassen, das hat gestern Abend stattgefunden. Ich bin dann gleich in aller Früh in die Stadt aufgebrochen, damit ich es noch zur Bootsparty eines Freundes schaffe. Er macht so etwas immer am Montag, damit er die Gewässer für sich hat. Ich bräuchte schon einen Klon, damit ich an zwei Orten gleichzeitig sein könnte.«

»Stimmt, das Fundraising …« Melissa verstummte.

»Insgeheim hatte ich gehofft, dich dort zu treffen«, sagte Jennifer. »Um dir möglicherweise ein Friedensangebot zu machen, nach allem, was zwischen uns vorgefallen ist. Aber jetzt sind wir ja hier, nur leider unter so fürchterlichen Umständen.«

»Ich konnte nicht teilnehmen, mein Bruder und ich haben meiner Mutter beim Umzug geholfen.« Sie musste unbedingt herausfinden, ob Jennifer über ihren gestrigen Aufenthaltsort die Wahrheit sagte. »Entschuldigung, kannst du mir zeigen, wo die Toilette ist?«

Nachdem Melissa allein war, zog sie ihr Handy hervor, rief Instagram auf und suchte nach dem New Yorker »Projekt Fehlurteil und Wiederaufnahme«. Die jüngsten Fotos stammten vom Fundraising-Dinner des vergangenen Abends. Bereits das vierte Bild zeigte Jennifer in einem marineblauen Kleid – sie stand an einem Pult, während ein Bild von ihr in Handschellen und Gefängniskluft hinter ihr an die große Leinwand projiziert war. Definitiver Beweis dafür, dass sich Jennifer nicht auf Long Island aufgehalten hatte, als Riley verschwunden war.

Jennifer lächelte, als Melissa ins Arbeitszimmer zurückkehrte. »Ich würde gern von deinem Mann und deiner Stieftochter hören. Wie gern hätte ich es miterlebt, dass du dich wieder verliebt hast.«

Unerwarteterweise wünschte sich auch Melissa, Jennifer wäre mit dabei gewesen. Sie waren sich im Lauf der Jahre doch sehr viel näher gekommen, als es der üblichen Beziehung zwischen Anwältin und Mandantin entsprach. Eines Abends, nach etwas zu viel Wein beim Essen, hatte Melissa Jennifer gestanden, dass sie sich nach der schmerzhaften

Trennung von Patrick wahrscheinlich nie wieder für eine neue Beziehung öffnen könne. Sie und Jennifer waren tatsächlich eng befreundet gewesen – was dann mit einem Mal in die Brüche ging. Jennifer hatte ihr gefehlt. »Charlie habe ich in einer Gruppentherapie für Trauerarbeit kennengelernt. Damit hab ich vor ungefähr einem Jahr angefangen, nach dem Tod meines Vaters.«

Jennifer fasste sich an den Hals. »Oh, Melissa, das tut mir leid. Das wusste ich nicht. Ich hab so vieles nicht mitbekommen.«

Melissa winkte ab. »Charlie und ich, wir haben uns beide gutgetan. Ich hab einfach gewusst, das ist der Mensch, mit dem ich für den Rest meines Lebens zusammen sein möchte. Und dann hab ich seine kleine Tochter kennengelernt, und ich war in sie beide total verliebt.« Ihr drohte die Stimme zu versagen, was sie mit einem Schluck Eistee kaschierte. »Ist es schlimm, wenn ich dich bitte, dass wir über was anderes reden? Mein Kopf braucht eine Pause, sonst kann ich überhaupt keinen klaren Gedanken mehr fassen.«

»Gut, reden wir über was anderes – egal, was du willst.«

»Gut … ich werde laufend im Internet bedroht, jemand bezeichnet mich als Lügnerin und Heuchlerin. Mittlerweile habe ich den Troll blockiert. Ich weiß, die sozialen Medien gehören zu meiner Arbeit, aber manchmal habe ich das Gefühl, dass ich zu dünnhäutig dafür bin.«

»Ich hab ein paar von diesen Posts gesehen«, erwiderte Jennifer. »Auch das war so ein Moment, an dem ich mich als Freundin bei dir hätte melden sollen. Ich weiß, wie es ist, wenn man verleumdet wird. Es kratzt an der Seele und bringt einen um die Selbstachtung. Auch wenn alles falsch ist, was die anderen behaupten, man nimmt sich doch vieles zu Herzen, und was dann bleibt, sind Scham und Demütigung.«

Melissa musste gerade daran denken, dass ihre Mutter Ähnliches gesagt hatte, als ihr Handy summte. Eine Textnachricht von Katie. *Will mich nur vergewissern, dass du noch lebst. Ich kann es nach wie vor nicht fassen, dass du allein dorthin gehst.*

Als sie rasch eine Antwort tippte – *alles in Ordnung* –, spürte sie Jennifers Blick. Als sie von ihrem Handy aufblickte, war ihr klar, dass Jennifer die Nachricht ebenfalls gelesen hatte.

»Sorry«, brach Jennifer das verlegene Schweigen. »Ich wollte nicht mitlesen. Es war mehr ein Reflex, weil ich gehofft habe, es gäbe Neuigkeiten zu deiner Stieftochter.«

»Nein. Nur Katie.«

»Gibt es einen Grund, warum sie nicht wollte, dass du zu mir kommst?«

»Okay, dann bin jetzt ich an der Reihe, reinen Tisch zu machen. Was die Posts in den sozialen Medien betrifft, die ich bekomme? Nach allem, was sich zwischen uns abgespielt hat, musste ich annehmen, dass du dahintersteckst.«

Jennifer riss die Augen auf. Melissa machte sich bereits auf einen weiteren Wutausbruch gefasst. Stattdessen begann Jennifer zu kichern.

»O mein Gott, entschuldige. Das war … definitiv unangebracht. Aber nein, ich bin nicht dein Troll, und du bist doch sicherlich nicht nur zu mir gekommen, um mich auf anonyme Internet-Kommentare anzusprechen? Glaubst du womöglich, ich hätte was mit dem Verschwinden deiner Stieftochter zu tun? Hast du mich deshalb gefragt, wie lange ich schon hier bin?«

»Jennifer, ich weiß nicht, was ich sagen soll. Du hast keine Ahnung, was ich für eine emotionale Achterbahnfahrt hinter mir habe. Ich hatte hundert unterschiedliche Theorien. Einen

Tag lang war ich überzeugt, die erste Frau meines Mannes hätte ihren eigenen Tod vorgetäuscht, wäre gestern wieder aufgetaucht und hätte Riley gekidnappt. Mit meiner geistigen Verfassung ist es im Moment nicht weit her, fürchte ich.«

»Du musst dich bei niemandem entschuldigen für das, was du durchmachst.« Jennifer sah sie mitfühlend an. »Nun, ich war jedenfalls ziemlich nervös, dich wiederzusehen, nachdem ich mich bei unserer letzten Begegnung so mies aufgeführt habe. Aber mit dem hier habe ich jedenfalls nicht gerechnet.«

»Ich kann dir nicht sagen, wie sehr ich mich schäme«, sagte Melissa.

»Dann sollten wir uns gegenseitig verzeihen. Ich schäme mich nach wie vor dafür, wie ich dich behandelt habe nach allem, was du für mich getan hast. Wahrscheinlich muss ich dir als geldgieriges Ungeheuer erschienen sein. Ich war so wütend wegen der Jahre, die mir gestohlen wurden, dass ich dir nie gesagt habe, warum ich von Dougs Nachlass so besessen war.«

»Ich hab aus den Nachrichten erfahren, dass du den Prozess gewonnen hast. Ich darf dir gratulieren, oder?«

»Sein Vermögen ist zum größten Teil in Immobilien gebunden, es dauert wahrscheinlich noch Jahre, bis wirklich irgendwelche Gelder ausgezahlt werden. Hast du es ernst gemeint mit der Pause, die dein Kopf braucht? Weil ich gern meine Seite der Geschichte erklären würde.«

Melissa nickte aufrichtig, sie wollte es wirklich hören.

»Mach dich auf einiges gefasst, es klingt so, als käme es direkt aus deinem Podcast. Um es ganz unverhohlen zu sagen: Dougs Kinder können von Glück reden, dass sie nicht im Gefängnis sitzen.«

32

Jennifer schenkte sich vom Barwagen in der Ecke des Arbeitszimmers einen Whiskey ein. Melissa lehnte das Angebot ab.

»Doug hat mir alles erzählt, kurz nachdem wir uns kennengelernt haben. Rebecca und Brian – so heißen seine Kinder – haben nicht mehr mit ihm geredet, nachdem er sich von ihrer Mom trennte. Ihm war schon klar, dass er durch sein eigenes Verhalten die Beziehung zu ihnen vergiftet hatte, aber als er anfing, richtig Geld zu verdienen, tat er alles, um ihnen finanziell zu helfen, ohne im Gegenzug irgendetwas dafür zu verlangen. Sie nahmen das Geld an, wollten aber jedes Mal mehr, und er schrieb ihnen klaglos die Schecks aus, weil er meinte, er wäre es ihnen schuldig. Dann, eines Tages, verkündeten sie, sie wären jetzt so weit, sie wären bereit, ihn wieder in ihr Leben zu lassen. Es begann mit einigen gemeinsamen Essen, dann wurde ein Familientrip nach Maui organisiert. Doug freute sich wahnsinnig, er hoffte wirklich, die Beziehung zu seinen Kindern in Ordnung bringen zu können. Dann fuhren sie mit einem gecharterten Motorboot aufs Meer hinaus, und irgendwann nickte Doug ein. Er schob es auf die Sonne, vielleicht auch auf seine Seekrankheit. Als er wieder so halb bei sich war, hörte er aber seine Tochter fragen, ob es schon an der Zeit sei. Darauf antwortete sein Sohn, sie sollten eine Stelle suchen, wo das Riff seichter sei. Er nahm an, sie sprachen vom Schnorcheln, weil es in den Riffen von Fischen nur so wimmelt. Als er sich aber aufsetzte, sahen sie ihn an, als wäre er von den Toten auferstanden. Sofort erkundigten sie sich, wie es ihm gehe, und sagten, er hätte bestimmt zu viel getrunken, obwohl er doch nur ein Glas Wein gehabt hatte, weil er nichts tun wollte, um ihnen die Reise zu verderben.«

Melissa war klar, worauf es hinauslaufen würde. »Als ob sie nicht erwarten haben, dass er aufwacht?«

Zur Bestätigung zeigte Jennifer mit dem Finger auf Melissa. »Ich kann mich noch gut erinnern, wie Doug die Panik beschrieben hat, die ihn in diesem Augenblick befiel – draußen auf dem Meer, allein mit den beiden, und absolut davon überzeugt, dass seine eigenen Kinder ihn ermorden und es als Badeunfall aussehen lassen wollten. Er spielte das Spiel mit und sagte, es wäre ihm eine Lehre gewesen: Wein und Boote sollte man tunlichst getrennt halten. Bei der Rückkehr zum Hotel tat er so, als wäre er sehr erschöpft, und ließ sich das Essen aufs Zimmer bringen. Natürlich fürchtete er, sie würden es wieder versuchen. Deshalb gab er am nächsten Tag vor, ihm sei geschäftlich etwas dazwischengekommen, sodass er sich den ganzen Tag in sein Hotelzimmer einschließen konnte, bis sie am nächsten Morgen zurückflogen. Er konnte nicht beweisen, was sie vorhatten, er wusste nur, er wollte ihnen keine zweite Chance geben. Am Tag nach seiner Rückkehr nach New York rief er einen Anwalt an und nahm seine Kinder komplett aus dem Testament, dann schickte er beiden jeweils einen Scheck über 250 000 Dollar und erklärte ihnen, dass er sie enterbt habe. Beide behaupteten, das alles nicht zu verstehen und verletzt zu sein, aber er meinte, wenn, dann sei ihm ihre Reaktion nur Bestätigung dafür, wie gefährlich sie seien.«

»Dann hast du ihn also gar nicht dazu überredet, das Testament zu ändern?«, sagte Melissa.

Jennifer schüttelte den Kopf. »Nein, das alles war lange vor meiner Zeit. Nach unserer Hochzeit hat er das Testament umgeschrieben, aber seine Ex und die Kinder waren schon lange zuvor daraus gestrichen worden. Er hatte jeweils eine gewisse Summe der Haushälterin, seinem Friseur und einigen wenigen langjährigen Freunden und Angestellten vermacht, der Rest war für eine Wohltätigkeitsorganisation vorgesehen.«

»Du weißt hoffentlich, dass es kein Urteil über dich war, als ich es ablehnte, dich vor dem Nachlassgericht zu vertreten. Es ist nicht mein Gebiet, und vielleicht hätte ich den Fall verloren.«

»Zu der Zeit erschien es mir so, als würde mich eine der wenigen Freundinnen, die ich in meinem Leben hatte, im Stich lassen. Deshalb war ich zutiefst verletzt. Heute verstehe ich es. Du warst eine gute Anwältin und mir damit auch eine gute Freundin.«

Mac, wurde Melissa bewusst, befand sich jetzt in der gleichen Lage. Sie fühlte sich von ihm verraten, dabei versuchte er lediglich, für Charlie der beste Anwalt zu sein, genau das, worum sie ihn gebeten hatte.

Jennifer sprach immer noch über das Testament ihres Mannes. »Bei dem Streit um seinen Nachlass ging es nie ums Geld. Wie du weißt, könnte ich, wenn nötig, mit einem Buchvertrag Millionen verdienen. Aber die Wahrheit ist, Dougs Kinder sind Soziopathen. Sie hatten vor, ihren eigenen Vater zu ermorden, und ich bin überzeugt, ihre Mutter wollte wegen der Misshandlungsvorwürfe nicht gegen Doug aussagen, weil sie mich im Gefängnis verrotten sehen wollte, während ihre Kinder das Geld bekamen. Wenn ich erst das Geld aus den Immobilien habe, werde ich an alle, die Doug gemocht hat und die in seinem früheren Testament erwähnt wurden, großzügige Geschenke verteilen. Ich weiß, es klingt komisch, aber trotz allem, was passiert ist, wollte ich nie, dass die Menschen, die Doug nahegestanden haben, ihn in schlechter Erinnerung behalten.«

Nicht zum ersten Mal fiel Melissa die Traurigkeit in Jennifers Stimme auf, wenn sie von ihrem verstorbenen Mann sprach. »Du liebst ihn immer noch, oder?«

Jennifer zuckte mit den Schultern. »Hängt davon ab, von welchem Doug wir reden. Dem, der mir jeden Morgen Kaffee gemacht hat, egal, wie viel er zu tun hatte, und der mich seinen Engel nannte. Dem, der zu unserem fünften Hochzeitstag in einer Pianobar aufstand und aus Leibeskräften *We've Only Just Begun* schmetterte, obwohl er ein so schrecklicher Sänger war.« Sie lächelte bei der Erinnerung. »Ja, er fehlt mir sehr. Er war die Liebe meines Lebens. Oder reden wir von dem Mann, vor dem ich mich im Wäscheschrank verstecken musste? Nein, den liebe ich nicht mehr.«

Melissa war mit diesem Vorfall mehr als vertraut. Während des Revisionsprozesses hatte sie vorgebracht, dass Dougs Gewalttätigkeit bestimmten Mustern folgte und Jennifer daher recht gut vorhersagen konnte, wann er zur Gewalt gegen sie neigen würde, noch bevor er die Hand gegen sie erhoben hatte. Einer der vielen von ihr beschriebenen Vorfälle handelte von dem Tag, an dem sie anhand eines von ihm geführten Telefonats mitbekam, dass ein großer Immobiliendeal zu platzen drohte. Um dem Unvermeidlichen zu entgehen, versteckte sie sich vor ihm in einem Wäscheschrank. Wegen der Prellungen, die sie davontrug, nachdem er sie gefunden hatte, konnte sie drei Tage lang das Haus nicht verlassen.

Obwohl Jennifer die schlimmsten Seiten ihres Mannes erlebt hatte, war es nie ihr Wunsch gewesen, dass ihm Schaden zugefügt wurde. Am letzten Abend seines Lebens hatte sie nur seine Waffe auf ihn gerichtet, um ihm Angst einzujagen, es sollte ein Weckruf sein, dass er sich Hilfe besorgte. Aber dann ging er in seinem Zorn auf sie los. Es gab unstrittige Beweise, dass sie verzweifelte Wiederbelebungsmaßnahmen unternommen hatte, nachdem er von der Kugel getroffen worden war.

Unweigerlich musste Melissa an ihre Eltern denken. Als sie sich kennenlernten, hatte sich ihre Mutter unter falschem Namen vor der Öffentlichkeit verborgen gehalten, nach deren Dafürhalten sie ihre eigenen Kinder getötet hatte und dafür nicht belangt worden war. Trotzdem hatte sich ihr Vater in sie verliebt, hatte mit ihr eine neue Familie gegründet und hätte das Geheimnis seiner Frau mit ins Grab genommen. Als Mike und Melissa verschwanden und die wahre Identität ihrer Mutter aufgedeckt wurde, war sie natürlich die Haupttatverdächtige. Aber kein einziges Mal hatte ihr Vater an ihrer Unschuld gezweifelt. Stattdessen hatte er den Zorn der gesamten Gemeinde riskiert, weil er zu ihr gestanden, weil er sie leidenschaftlich verteidigt und beschützt hatte.

Charlie hingegen? Einige unscharfe Videos einer Frau auf einer Fähranlegestelle, und er behandelte Melissa wie eine völlig Fremde – oder schlimmer.

Sie hatte noch die Stimme ihres Bruders im Ohr, der fragte, warum Charlie nach dem Tod seiner Frau so erpicht darauf war, sie zu heiraten, und ob sie ihn wirklich kenne. Sie hatte Charlie kennengelernt, als sie todunglücklich gewesen war, nachdem Patrick abrupt ihre Beziehung beendet hatte. Das war der einzige Abschnitt in ihrem Leben, in dem ihr Motto *Du kannst dich fürs Glück entscheiden* sie komplett im Stich gelassen hatte. Sie hatte sich eingeredet, sie wolle es nie mehr zulassen, wieder so verletzlich zu sein, aber dann war Charlie in ihr Leben getreten. Vielleicht hatte ihr tiefes Bedürfnis nach Glück ihr eingeflüstert, dass dieser Mann die Lösung sei.

Charlie behauptete, er wolle sie auf Abstand halten, weil jetzt ausschließlich Riley zählte, dennoch war er bislang nicht vor die Kameras getreten, was nötig wäre, um die Suche nach seiner Tochter in die überregionalen Medien zu bringen. Keine seiner Entscheidungen ergab für sie einen Sinn.

Sie hatte den ganzen Tag damit zugebracht, mehr über Rileys Mutter herauszufinden. Aber Riley hatte ja noch einen anderen Elternteil.

»Alles in Ordnung mit dir?« Jennifer sah sie fragend an. »Du warst in Gedanken weit weg. Ich kenne das Gefühl. Es kommt einfach so über einen, und man kann nicht fassen, dass es wirklich passiert. Wenn jemand weiß, dass dein schlimmster Albtraum Wirklichkeit werden kann, dann ich.«

»Ja, genau so ist es«, sagte Melissa. War es wirklich so? Wie Jennifer sagte, der schlimmste Albtraum konnte Wirklichkeit werden. »Ich bin völlig ausgelaugt. Ich sollte nach Hause fahren. Aber ich danke dir. Es hat gutgetan. Wirklich. Du hast mir gefehlt.«

Jennifer umarmte sie ein letztes Mal und begleitete sie zur Tür.

Sobald Melissa im Umzugswagen saß, rief sie Katie an. »Hast du die Nachrichten verfolgt? Hat die Pressekonferenz schon stattgefunden?«

»Ich lasse den Bildschirm nicht aus den Augen. Es wird ständig eine angekündigt, bislang ist aber nichts passiert. Was hat Jennifer gesagt?«

»Das ist eine lange Geschichte. Jedenfalls hat sie nichts mit der Sache zu tun. Sie war gestern in der Stadt.«

»Woher willst du das wissen?«

»Ich habe Fotos der Veranstaltung gesehen. Auf Instagram. Katie, du musst mir einen großen Gefallen tun. Kannst du in meine Wohnung gehen?«

»Klar. Was brauchst du? Ich bin im Moment in New Jersey und liefere die Riesen-Cupcakebestellung aus, danach kann ich direkt zu dir fahren.«

Melissa konnte sich nicht erinnern, dass Katie die Lieferung erwähnt hatte, aber die letzten beiden Tage hatte sie ja in einer Art Halbdämmer verbracht. »Wo in Jersey?«

»Der Ort nennt sich Saddle River. Ich bin nur noch ein paar Kilometer von meinem Ziel entfernt.«

Saddle River lag fünfzig Kilometer außerhalb der City. Von ihrem jetzigen Standort würde Katie fast zwei Stunden bis zu Melissas Wohnung brauchen.

»Ich kann auch Neil und Amanda anrufen und fragen«, sagte Melissa.

»Was ist los?«, fragte Katie besorgt. »Du klingst so panisch.«

»Es geht um Charlie. Ich frage mich langsam, ob er mir die Wahrheit gesagt hat.«

33

Jayden Kennedy schreckte in der Metro-North aus dem Halb-
schlaf hoch, als der Zug langsamer wurde. Seine Haltestelle
näherte sich. Ein Blick aufs Handy sagte ihm, dass der Zug
trotz des heftigen Regens, den der aufziehende Sturm mit
sich brachte, es geschafft hatte, zwei Minuten früher anzu-
kommen. Aber selbst bei einer kurzen Wartezeit im Freien
wäre er bis auf die Knochen durchnässt. Als er sich am Ausgang hinter einem jungen, mit Einkaufstüten aus New York
beladenen Paar in die Schlange stellte, spähte er zwischen
ihnen hindurch und ließ den Blick über den kleinen Parkplatz
hinter dem Bahnsteig schweifen.

Er entdeckte ihren Mini, der auf dem nächstgelegenen Platz
am Straßenrand parkte. Hinter der Windschutzscheibe war
schwach der Schimmer eines elektronischen Geräts auszuma-
chen. Natürlich war Julie schon da. Solange er sie kannte, hatte
sie ihn nicht ein einziges Mal im Stich gelassen. Und würde es
auch nie tun, wie er vermutete. Sein Handy in der Innenta-
sche summte – der Tasche im Jackett seines neuen Anzugs,
den er heute Morgen tatsächlich noch gekauft und hatte um-
ändern lassen. Es war Julie. *Du bist da! Ich steh gleich drüben. Willkommen zu Hause! Da haben wir ja was zu feiern.*

Das Feiern musste warten, bis er sich umgezogen hatte, nachdem seine Hosenbeine patschnass geworden waren. Er legte
die Hose über den Duschvorhang in Julies Badezimmer. Auch

wenn der Anzug völlig ruiniert sein sollte, hatte sich der Ausflug in die Stadt gelohnt. Der potenzielle neue Kunde hatte ihm an Ort und Stelle, noch bevor die Rechnung kam, einen Consultingvertrag angeboten. Dabei handelte es sich nicht, wie sonst immer, nur um eine einmalige Personalschulung, sondern um eine auf ein Jahr befristete Beratungstätigkeit über globale Strategien. Auftraggeber war ein mehrere Milliarden schwerer Fonds, der sich auf ethisch nachhaltige Geldanlagen konzentrierte. Das würde Jayden mehr einbringen, als er an der Wall Street je verdient hatte – und war den Preis eines neuen Anzugs allemal wert.

Er fand Julie in der Küche, die mehr eine Kitchenette war. Sie schüttete Eiswasser aus einem Martini-Glas, schenkte anschließend aus einem gefrosteten Shaker ein und gab eine der vorbereiteten Oliven dazu, in denen jeweils ein Zahnstocher steckte. Ein perfekter Gin Martini, der sich zu dem gesellte, den sie bereits für sich selbst gemixt hatte. Sie hob ihr Glas.

»Ich bin so stolz auf dich«, sagte sie. »Du glaubst an deine Überzeugungen – und an dich. Und es zahlt sich aus. Herzlichen Glückwunsch.«

Er nahm einen Schluck, der sofort das klamme Gefühl vertrieb, das ihm noch in den Knochen steckte. »Es riecht hier so gut.«

»Coq au vin«, verkündete sie. »Mache ich normalerweise nur im Winter, aber der heutige Abend verlangt nach Seelenfutter. Es muss aber noch etwas vor sich hin köcheln.«

»Ich kann ewig warten – mit dir und dem Cocktail.«

Er war gerade dabei, ausführlich über das Treffen zu berichten, als sein Handy laut lospiepte. Er erkannte die Tonfolge als Alarm des Smart-Home-Systems seines Hauses. »Oh, das sieht nicht gut aus.«

»Was ist? Doch nicht dein neuer Kunde, oder?«

»Nein, vom Haus. Eine Warnung, dass im Keller zu viel Feuchtigkeit ist. Es muss irgendwo Wasser eindringen, das hat den Alarm ausgelöst. Und dieser Regen wird so schnell nicht nachlassen.«

Er zog sich die Schuhe an.

»Wo willst du hin?«, fragte Julie.

»Im Haus nachsehen.« Er wollte keine gravierenden Schäden am Haus riskieren, nur um den Vorschriften eines Start-ups für Ferienimmobilien nachzukommen. »Die Mieterin wird überhaupt nicht gestört werden. Ich kann über das Ausstiegsfenster in den Keller. Sie wird mich gar nicht hören. Aber ich schreib ihr trotzdem für alle Fälle über die Domiluxe-App, damit sie weiß, dass ich unterwegs bin.«

»Ich begleite dich«, sagte sie und schaltete den Herd ab.

»Aber damit ist das wunderbare Abendessen ruiniert.«

»Kein Problem, außerdem hast du doch gesagt, dass du ewig warten kannst. Wenn du zufällig deine Mieterin störst – und sie tatsächlich eine Frau ist, die ganz allein dort lebt –, dann ist es besser, wenn ich dabei bin.«

Die Mieterin hatte sich noch immer nicht auf seine Nachricht über die Domiluxe-App gemeldet, als sie am Haus eintrafen. Er hatte gehofft, das Haus verlassen vorzufinden, aber der weiße Wagen stand in der Einfahrt, und im Erdgeschoss brannte Licht. Als er im Wohnzimmerfenster die Silhouette einer sich bewegenden Gestalt erkannte, wusste er, dass sie zu Hause war.

»Wenigstens sind die Vorhänge vorn zu«, sagte Julie. »Wo ist dieses Ausstiegsfenster?«

»Hinten. Ich kann links herum gehen, solange sie im Wohnzimmer ist.« Er zog die Kapuze seiner Regenjacke hoch und schlüpfte hinaus in den strömenden Regen. Erst als er bereits am Fenster war und es aufschob, merkte er, dass Julie direkt hinter ihm stand. Wasser tropfte von ihr auf seine Schulter, während sie sich vorbeugte. Missbilligend schüttelte er den Kopf, bevor er in den Keller stieg und ihr Platz machte, damit sie nachfolgen konnte. Er hielt sein Handy hoch, um die Umgebung zu beleuchten.

»Was, wenn sie uns hört?«, fragte Julie.

»Der gesamte Keller ist aus Beton«, flüsterte er. »Und wir werden nicht lange brauchen.«

Im Handy-Lichtschein fand er schnell den Grund für das eingedrungene Wasser, ein kleines Kellerfenster, das der Wind aufgedrückt hatte. Er schloss das Fenster und wischte mit einem Mopp und Putzlappen, die er unterhalb der Kellertreppe verstaut hatte, den größten Teil des eingedrungenen Wassers auf. Das musste vorerst reichen.

Sie wollten schon wieder hinaus, als sie über sich Schritte hörten. Die Mieterin bewegte sich vom Wohnzimmer in die Küche. Auf die Schritte folgten Geräusche von fließendem Wasser und klirrendem Geschirr. Leise schlüpften sie durch das Fenster nach draußen, und er gab ihr wortlos zu verstehen, dass sie auf der anderen Seite um das Haus herumgehen würden.

Als sie an den Fenstern an der Rückseite des Hauses vorbeikamen, bemerkte er, dass die Vorhänge offen waren – und der Fernseher lief. Nie mehr werde ich mein Haus vermieten, dachte er, während er durch den Wolkenbruch rannte und sich nach trockener Kleidung und vielleicht einem weiteren Martini sehnte.

Auf dem Rückweg zu Julies Haus, in der Sicherheit des Mini, sagte er mit einem Lächeln: »Spionagemission erfolgreich durchgeführt.«

»Das war ein großer Spaß – ist es verrückt, wenn ich so was denke? Und ist dir aufgefallen, was im Fernsehen lief?«

»Nein. Ich wollte bloß weg.«

»Ein Zeichentrickfilm«, sagte sie immer noch ganz aufgeregt.

»Dann hat Helen vielleicht doch ihre Kinder mitgebracht.«

Sie riss die Augen auf. Die Antwort lag ihr bereits auf der Zunge. »Nur dass ›Helen‹« – sie malte die Anführungszeichen in die Luft – »doch geschrieben hat, sie hätte zwei Teenager.«

Ja, das hatte sie. Es war ihm glatt entfallen. »Vielleicht sieht sie zur Entspannung gern Zeichentrickfilme«, schlug Jayden vor.

»Wer Ferienimmobilien mit Apps mietet, die nicht nachverfolgbar sind, und in Kryptowährung bezahlt, sieht sich doch keine Kinderserien an.« Es war ihr anzumerken, was in ihr vorging. »Ich wette, sie führt ein Doppelleben. Ich hab mal von einem Typen gehört, der nicht eine, nicht zwei, sondern *drei* Frauen hatte. Er war Pilot und hatte an drei verschiedenen Orten unterschiedliche Familien. Deine Mieterin ist bestimmt ein Mann mit mehreren Familien, und sein Kind hat sich vor dem Zubettgehen noch *Peppa Wutz* angesehen.«

»*Peppa Wutz*«, wiederholte er. Aus irgendeinem Grund klingelte es bei ihm, als er den Namen der Zeichentrickserie hörte, aber er kam nicht drauf. »Mir ist völlig schleierhaft, wie sich jemand ein Leben voller Lügen einrichten kann.« Ebenso schleierhaft war es ihm, wie man sein Leben mit mehr als einem Partner verbringen wollte. In dem kleinen Zeitfenster zwischen seinem Geschäftstreffen und dem Zug nach Hause hatte er noch bei Tiffany vorbeigeschaut und einen Verlobungsring ausgewählt.

Wenn diese grässliche Vermietungssache endlich ausgestanden war, würde er den perfekten Zeitpunkt finden, um sie zu fragen.

Sein Handy meldete das Eintreffen einer neuen Nachricht. Sie kam über die Domiluxe-App von Helen.

KOMMEN SIE AUF KEINEN FALL HIERHER!!!

»Ich hab's dir doch gesagt, eine heimliche Familie.« In ihrem Blick lag ein wissendes Glitzern.

Gleich darauf folgte eine zweite Nachricht. *Ich hab im Keller nachgesehen und keine undichte Stelle gefunden. Muss falscher Alarm gewesen sein. Bitte halten Sie sich an die Vereinbarungen des Mietvertrags.*

Am Morgen wollte er seinen College-Freund, der Domiluxe gegründet hatte, davon überzeugen, dass sein Geschäftsmodell ziemlicher Mist war.

34

Zur gleichen Zeit schaltete eine Frau namens Wendy Keller in Southampton unermüdlich zwischen News 12, dem Weather Channel und einer Wetter-App auf ihrem Handy hin und her, um die Neuigkeiten zum angekündigten Sturm zu verfolgen. Übereinstimmend war man der Meinung, dass das Schlimmste vor allem die Gebiete nördlich von New York City treffen würde. Auf Long Island regnete es bisher noch nicht einmal, aber die roten Flaggen auf den Bildschirmen, die für Sturm standen, machten ihr Sorgen. Windgeschwindigkeiten bis achtzig Stundenkilometer. Sie war keine Meteorologin, aber das alles klang nicht gut.

Ein freundlicher Moderator auf News 12 riet allen Anwohnern westlich von Amagansett, sämtliche Gegenstände im Freien besonders zu sichern, um Personen- und Sachschäden zu vermeiden. Sie sah durch die Schiebetür zur hinteren Terrasse. Der Grill. Ein Tisch mit Glasplatte und vier Stühlen. Zwei Keramikpflanzgefäße. Jetzt wünschte sie sich, sie hätte das alles Tom mitnehmen lassen, als er sich auf und davon gemacht hatte. Im schlimmsten Fall könnte das alles durch die Glastüren oder die Fenster geweht werden.

Um solche Dinge hatte sich immer Tom gekümmert. Die Sandsäcke und Seile, die sie im Fernsehen empfahlen? Er wäre gestern schon zum entsprechenden Laden gefahren, um sich vorzubereiten. Wendy dagegen gehörte zu jenen, die selten Nachrichten sahen, und wenn, dann war sie der Meinung, dass immer alles unnötig aufgebauscht wurde, um die Einschaltquoten nach oben zu treiben.

Doch dann beschloss sie, auf Nummer sicher zu gehen, und zerrte den Tisch und die Stühle nach drinnen und stapelte sie in der Ecke neben der Schiebetür. Sie rollte den Grill zur anderen Gartenseite, wo er keinen Schaden anrichten konnte, falls der Wind ihn tatsächlich umwerfen sollte. Eigentlich wollte sie auch die großen Pflanzgefäße umstellen, aber das war aussichtslos. Wenn der Wind diese Ungetüme wirklich erfassen und herumwirbeln sollte, wäre alles noch viel schlimmer, als sie in den Nachrichten vorhersagten.

Nachdem das getan war, zog es sie wieder zum Computer. Vor einem halben Jahr, an einem stürmischen Abend wie diesem, hätte sie ein tolles Abendessen zubereitet, Anna vor dem Zubettgehen etwas vorgelesen und sich dann auf dem Sofa an Tom gekuschelt, um zu lesen oder gemeinsam einen Film zu sehen. Damals waren sie glücklich. Sie jedenfalls war es gewesen.

Jetzt war alles anders. Sie musste Dampf ablassen, und dafür war der Computer da. Auf dem Sofa klappte sie den Laptop auf. Im Browser war bereits Poppit geöffnet, ein Forum, auf dem User alles posten konnten, was sie wollten, ohne sich dafür registrieren zu müssen. Es war völlig anonym. Sie klickte auf den Link, der sie in die einzige Community brachte, die sie dort besuchte: den Club der Erstfrauen.

Wendy war von einer Arbeitskollegin auf die Online-Gruppe aufmerksam gemacht worden, als sie schließlich zugegeben hatte, dass sie ihre Stelle in der Verkaufsabteilung nicht aus dem Grund wieder aufgenommen habe, weil sie das Hausfrau- und Mutterdasein satthatte, sondern weil sie von Tom verlassen worden war und das Geld für zwei Haushalte nicht reichte. Die Hälfte ihres Lohns ging für Annas Tagesstätte drauf, bis sie im September in die erste Klasse kam – daran ließ sich nun mal nichts ändern.

Wendy klickte auf das Kästchen, um unter ihrem üblichen Namen, Annas Mom, eine neue Nachricht zu verfassen. *Wie lange dauert es, bis sich das Alleinsein ganz normal anfühlt? Manchmal denke ich, ich habe alles im Griff, aber dann passiert irgendwas, wie aus dem Nichts, und macht alles wieder kaputt. Heute Abend war es die Sturmwarnung in den Nachrichten. Meine erste Reaktion war, meinen Ex zu fragen, was ich tun soll. Jetzt hab ich verdreckte Terrassenmöbel in der Ecke meines Wohnzimmers stehen, und mir tut der Rücken weh, wegen der Pflanzgefäße, die ich umstellen wollte und die anscheinend ganze Dörfer plattmachen können. Vor allem aber wurde ich wieder daran erinnert, dass er fort ist und nie mehr zurückkommt.*

Es tat gut, diese negativen Gefühle loszuwerden, größeres Suchtpotenzial aber hatte das unmittelbare Feedback der anderen Gruppenmitglieder.

Langfristig gesehen hätte er dein Leben mit viel mehr als nur verdreckten Möbeln zugestellt. Es wird besser werden.

Das wird nicht so bleiben, AM. Halte durch. Irgendwann wirst du wieder glücklich sein. Versprochen. Kopf hoch, und sei es nur für deine kleine Tochter.

Das tut mir leid, AM. Ich weiß, wie sehr dich das Wochenende stresst. Anna wird morgen heimkommen (hab ich das richtig in Erinnerung?), und du bist immer noch ihre Mommy, egal, wer kommt oder geht.

Das war Wendys eigentliches Problem. Nicht das Wetter. Nicht die hintere Terrasse. Das Problem war, dass Tom angekündigt hatte, an diesem Wochenende *ihr* Anna vorstellen zu wollen. Wendy weigerte sich, den Namen auszusprechen. Den Namen dieser anderen Frau. Der Grund, warum Wendy die

Hälfte ihrer Zeit nun allein war und sich stundenlang mit anonymen Leuten in ähnlicher Lage unterhielt. Sie hatte ihn zu überzeugen versucht, dass es für Anna zu früh sei, sie kennenzulernen. Anna war doch erst fünf. Es würde sie verwirren. Tom erwiderte, dass sie »bei der Entscheidung nichts zu sagen« habe und er es ihr nur mitteile, weil es im Interesse einer »gesunden gemeinsamen Elternschaft« sei.

Sie wusste nicht, wie sie die vergangenen Monate ohne die Unterstützung des Erstfrauen-Klubs hätte überstehen sollen. Die meisten Userinnen waren nur sporadisch aktiv, Wendy allerdings gehörte zu den etwa dreißig »Super-Userinnen«, die täglich meist mehrfach posteten. Sie kannte die anderen Frauen nicht, aber sie fühlten sich wie eine einzige große Familie an.

Die meisten Messages bestanden aus kurzen Tiraden, auf die aufmunternder Zuspruch folgte, die Erstfrauen waren aber auch dafür bekannt, sich gegenseitig zu helfen, was manchmal auch sehr konkret geschah.

Erst am Tag zuvor hatte sich Wendy zu einer kleinen schmutzigen Aufgabe bereit erklärt.

Sie hatte ein schlechtes Gewissen deswegen – oder schämte sich sogar dafür –, wenn sie an die verängstigte und schockierte Miene der Frau dachte, die Wendy angegangen war. Das war ein Schritt zu viel gewesen. Wendy hätte sich nie darauf eingelassen, wäre sie nicht so wütend gewesen wegen ihrer Situation mit Tom.

Von jetzt an wollte sie sich ausschließlich an das Forum halten.

Im Fernsehen, bei News 12, waren die Unwetterwarnungen inzwischen von einer Meldung zu einem vermissten Kleinkind abgelöst worden, nach dem trotz der unsicheren Wetterlage nach wie vor gesucht wurde. *Na,* dachte sich Wendy, *so sind die Nachrichten eben. Eine Katastrophe jagt die nächste.* Wenn sie raten müsste, würde sie sagen, das Kind war, als es draußen spielte, einfach drauflosmarschiert, worauf die Eltern überreagiert hatten.

Sie nahm den Blick vom Laptopbildschirm und sah kurz zum Fernseher. Der Lauftext verkündete FORTGESETZTE SUCHE NACH VERMISSTEM KLEINKIND IM COUNTY SUFFOLK. Auf dem Bildschirm waren weitere Informationen aufgeführt. Der Name des Kindes lautete Riley Miller. Vermutlich hatte es ein *Peppa-Wutz*-Stofftier bei sich. Als sie am Tag zuvor das letzte Mal gesehen worden war, hatte sie einen blauen *Eiskönigin*-Pyjama getragen.

Am Tag zuvor. Also doch nicht nur ein Kind, das ausgebüxt war. Wendy wollte sich noch nicht einmal vorstellen, welche Ängste sie ausstehen würde, sollte Anna irgendetwas zustoßen. Sie musste sich immer mal wieder sagen, dass es Schlimmeres gab, als den Ehemann zu verlieren.

Der Infokasten wurde durch das Foto eines lächelnden Mädchens mit herzförmigem Gesicht ersetzt, das zur Kamera aufblickte. Sie hatte blonde Haare und erdbeerrote Lippen. Was für ein süßes kleines Mädchen.

Wendy setzte bereits zu einem neuen Forumseintrag an, als ihr Blick unwillkürlich erneut zum Fernsehbildschirm ging, aber statt des vermissten Kinds wurde nun die Meldung über einen Lagerhausbrand in Islip eingeblendet.

Sie gab in ihrem Browser die Suchbegriffe *vermisstes Mädchen Long Island* ein und drückte auf die *Eingabe*-Taste.

»O nein«, sagte sie laut. »Nein, nein, nein, nein, nein.«

Es war das Mädchen aus dem Park gestern. Auf was hatte sie sich hier eingelassen?

35

Auf dem Laptop-Bildschirm hielt der siebenjährige Ricky Kinney bei einem FaceTime-Anruf eine Kreuz-Zehn in die Kamera. »Onkel Neil, Tante Amanda, ist das die Karte, die ich euch vorher gezeigt habe?«, fragte er mit einem breiten Grinsen.

Neil und Amanda Kinney in ihrem New Yorker Wohnzimmer applaudierten begeistert und gaben sich beeindruckt. »Wie um alles in der Welt hast du das gemacht?«, fragte Amanda. Natürlich taten sie so, als hätten sie es nicht bemerkt, dass sich Rickys Hände kurz außerhalb des Blickfelds der Laptop-Kamera seiner Mutter zu schaffen gemacht hatten.

»Ein Zauberer verrät nie seine Geheimnisse«, erklärte Ricky stolz.

Von den vier Kinney-Geschwistern war nur Neils Schwester Kit in Hyannis Port geblieben, wo sie aufgewachsen waren. Dierdre war Professorin an der Brown University in Providence, und Jimmy – der mittlerweile James hieß – war nun Lehrer in Boston. Ricky war Dierdres Sohn. Sie war mit ihrer Familie übers Wochenende aufs Cape gekommen, damit Ricky seine Großeltern und Cousins und Cousinen besuchen konnte.

Ricky wollte gleich noch einen Zaubertrick vorführen, aber Neils Mutter bat ihn, ihn doch seinem Grandpa im Wohnzimmer zu zeigen, weil sie sich noch mit Onkel Neil und Tante

Amanda unterhalten wolle. Er raste schon davon. Ricky, nach Neils Vater Patrick benannt, war absolut vernarrt in seinen Großvater und Namensvetter.

Obwohl Neils Mutter jetzt allein am Küchentisch saß, erhob sie die Stimme kaum mehr als zu einem Flüstern. »Ich habe gerade mit Nancy Eldredge telefoniert. Ist dir klar, was da unten los ist? Bis jetzt hatte ich ja keine Ahnung. Gestern waren wir noch zusammen mit deinen Schwestern und den Kindern in der Austernbar. Es ist mir schleierhaft, wie Nancy das alles durchsteht. Manchmal denke ich mir, auf der armen Frau lastet ein Fluch.«

Amanda sah zu Neil, der antwortete. »Melissa hat uns gleich angerufen, nachdem es passiert ist. Die Polizei war sofort vor Ort. Auf Long Island sind umfangreiche Suchmaßnahmen eingeleitet worden.«

»Im Fernsehen heißt es immer, bei Ermittlungen sind die ersten achtundvierzig Stunden die entscheidenden«, sagte sie ängstlich. »Stimmt das, Amanda?«

»Das trifft nicht immer zu, aber ja, Zeit spielt eine wesentliche Rolle.«

»Und Riley ist doch gerade erst drei geworden. Sie kann doch nicht die ganze Zeit allein sein. Nancy hat mir erzählt, dass Charlie Missy im Stich gelassen hat und ihr nicht erzählt, was die Polizei vorhat. Kannst du nicht irgendwas tun, um ihr zu helfen?« Selbst auf dem Laptop-Bildschirm war klar zu sehen, dass sie es hier mit ihrer Schwiegertochter, der Polizistin, zu tun hatte.

Das Unbehagen, das sich den ganzen Tag über zwischen ihm und Amanda aufgebaut hatte, war buchstäblich mit Händen zu greifen. Aus Respekt vor den Wünschen seiner Frau hatte er davon abgesehen, sich allzu sehr in die Ereignisse in Southampton einbeziehen zu lassen. Wenn die Polizei glaubte, er und seine Frau von der New Yorker Polizei würden sich in ihre Ermittlungen einmischen, würde er Amanda nur in eine unangenehme Situation bringen. Das hatte er sich eingeredet, denn schließlich konnten sie ja nicht viel tun, um zu helfen – außerdem war Melissas Familie vor Ort, deren Mitglieder sich gegenseitig unterstützten.

»Was meinst du damit, Charlie hätte sie im Stich gelassen?«, fragte er.

»Ich denke mir, Missy hat einen ihrer tollen Anwaltskollegen engagiert, der jetzt aber nur Charlie vertritt, und Charlie hat den Anwalt zu Nancy geschickt, damit er dort dessen Sachen abholt. Nancy macht sich große Sorgen um Missys psychische Verfassung. Und das Ganze, vermute ich, weckt einige sehr schwerwiegende Erinnerungen bei Nancy. Wie sagt man dazu heutzutage – *triggern?* Nancys alte Traumata werden getriggert. Und vielleicht auch die von Missy. Was für eine arme Familie.«

»Das von Charlie wusste ich nicht. Ich werde Melissa anrufen, mal sehen, was wir für sie tun können«, sagte Neil.

»Und ich gehe in die Kirche.« Neils Mutter besuchte täglich die Kirche St. Francis Xavier, die nur eine Straße weiter vom Haus der Familie entfernt lag. Als Gläubige war sie fest davon überzeugt, dass Missys und Mikes Rettung vierzig Jahre zuvor nur durch ihre Gebete möglich gemacht wurde. Sie sagte ihnen noch, wie sehr sie sie beide liebe, dann beendete sie das Gespräch.

Er wollte schon Melissas Nummer aufrufen, als ihr Name auf dem Display aufblinkte. Vielleicht hatte der Glaube seiner Mutter ja bereits etwas bewirkt.

»Melissa, ich wollte dich gerade anrufen.« Amanda neben ihm nickte zustimmend. Von ihrer Zurückhaltung war nichts

mehr zu spüren. Er tippte aufs Display und stellte auf Lautsprecher.

»Ihr müsst mir einen Gefallen tun«, sagte Melissa. »Könn-
tet ihr zu meiner Wohnung fahren?«

36

Detective Guy Marino hatte früher einmal davon geträumt, Sänger oder Comedian oder Starkoch zu werden. Als sich keiner dieser Wünsche verwirklichen ließ, schaffte er es kurzzeitig in den Sicherheitsdienst einer populären Boy-Band. Jetzt, eineinhalb Jahrzehnte später, war er Detective bei der Polizei auf Long Island.

Es war lange her, dass er die PR-Kampagnen der großen Stars aus der Nähe erlebt hatte, aber er wusste, dass mit Charlie Miller etwas nicht stimmte. Sein Topanwalt hatte eine prestigeträchtige Pressekonferenz organisiert, jetzt aber versteckte sich Miller mit seiner Schwester und seinem Anwalt im Kaffeeraum der Polizeidienststelle.

Seine Partnerin Heather Hall telefonierte, und sobald sie damit fertig war, wollte er vorschlagen, dass der Polizeichef die Pressekonferenz eben ohne die Familie abhielt. Reporter hatten sich bereits beschwert, sie würden draußen hingehalten, während ein Sturm angekündigt wurde. Sehr viel länger würden sie nicht mehr warten wollen.

Hall war blass und wirkte beunruhigt, als sie das Telefonat beendete.

»Alles in Ordnung?«, fragte er.

»Das war der Sergeant der Suchteams auf Shelter Island. Sie haben am Strand ein Oberteil gefunden. Von einem *Eiskönigin*-Pyjama. Das ist ihrer, Guy. Der Pyjama von Riley.«

Das war keine gute Nachricht. »Wo am Strand?«

»Er wurde aus dem Sund an die Küste getrieben. Kam definitiv aus dem Wasser.« Für einen Tatverdächtigen gab es keinen Grund, die Kleidung des Mädchens in den Sund zu werfen. Wahrscheinlicher war es, dass sich ein loses Kleidungsstück an einem mit Gewichten beschwerten Körper gelöst hatte und mit der Flut davongetrieben worden war. »Ich will ehrlich sein, Guy. Ich weiß nicht, ob ich das alles verkrafte. Jedes Mal, wenn ich an das arme Mädchen denke, möchte ich am liebsten sofort nach Hause und Milo in die Arme schließen.«

»Hey, wir wissen beide, dass du taffer bist als ich. Wenn dir das hier also zu viel wird, was soll dann aus mir werden? Okay? Aber es ist nach wie vor möglich, dass wir sie finden. Ich bin noch nicht bereit aufzugeben.«

»Wir müssen es aber dem Vater sagen.«

»Dann wird er überhaupt nicht mehr in der Lage sein, vor die Kameras zu treten.«

»Der Chef will die Pressekonferenz sowieso abblasen«, sagte sie. »Mit dem Pyjamateil am Strand ändert sich alles. Nur können wir das noch nicht veröffentlichen. Reden wir also erst mit dem Chef. Dann geben wir dem Vater Bescheid. Und bevor wir die Presse auf den neuesten Stand bringen, können wir ihn auch nach den Medikamenten fragen.«

Der toxikologische Befund zu Melissa Eldredges Blutprobe war eingetroffen. Die einzige Substanz, die gefunden wurde, war ein Wirkstoff einer verschreibungspflichtigen Schlaftablette, von der beide Detectives bislang nie etwas gehört hatten.

Nach dem Treffen mit dem Polizeichef klopfte Guy zweimal an die Tür, bevor er in den Kaffeeraum trat. Dem Anwalt war anzusehen, dass er mit seinem Mandanten allmählich die Geduld verlor. »Wir sind immer noch nicht so weit«, sagte Mac. »Vielleicht sollten Sie ohne uns anfangen …«

»Klar, darüber lässt sich reden«, sagte Guy. »Vorher könnten Sie uns aber noch bei einer Sache behilflich sein. Sie haben gestern erwähnt, dass Ihre Frau Schlafprobleme hat. Hat sie irgendwas dagegen genommen?«

»Ja, sie hat dafür ein Rezept.« Der Name des Mittels, das er erwähnte, passte zu dem in Eldredges Blut gefundenen Wirkstoff. Es war möglich, dass sich noch Spuren des Mittels von früheren Einnahmen im Blut befanden, vielleicht hatte sie die Tablette auch genommen, als sie von Shelter Island zurückgekehrt war, entweder um sich zu beruhigen, nachdem sie Riley etwas angetan hatte, oder damit ihr Bruder sie schlafend vorfand. Jedenfalls ließ sich der einzige Wirkstoff in ihrem Blut direkt auf sie zurückführen.

Halls Blick gab ihm zu verstehen, dass es an der Zeit war, Charlie von Rileys Pyjama zu erzählen. Zu seiner Überraschung war sie es dann, die ihm die Neuigkeiten mitteilte.

Charlie starrte sie nur mit leerer Miene an, hatte sichtlich Probleme, die Informationen zu verarbeiten, seine Schwester allerdings schlug sofort die Hand vor den Mund und unterdrückte ein Schluchzen. Als Charlie das sah, wich ihm jede Farbe aus dem Gesicht. Guy fürchtete schon, er könnte sich übergeben.

»Dann war das also meine Tochter auf den Videos der Fähre«, sagte Charlie mit tonloser Stimme. »Und Melissa muss am Steuer gesessen haben.«

Rachel griff über den Tisch zur Hand ihres Bruders. »Es tut mir so leid, Charlie.«

Mac hob beschwichtigend die Hände. »Keine voreiligen Schlussfolgerungen, ja? Wie sehen die nächsten Schritte der Polizei aus?«, fragte er an die Detectives gewandt.

»Machen Sie sich keine Sorgen mehr wegen der Pressekonferenz heute Abend«, sagte Hall. »Wir werden Taucher den

Sund absuchen lassen, aber das wird warten müssen, bis es morgen wieder hell ist. Haben Sie etwas, wo Sie die Nacht verbringen können? Ich nehme an, Sie wollen nicht mehr zurück ins Haus Ihrer Schwiegermutter.«

Charlie legte den Kopf in die Hände. »Ich weiß nicht. Ein Hotel, nehme ich an. Wir werden was finden.«

Es klopfte an der Tür, gleich darauf erschien der diensthabende Sergeant. »Hall, Marino, ich habe hier jemanden, der mit euch reden möchte.« Ein schneller Blick zu ihm bestätigte, dass die Sache dringlich war. Guy nickte.

»Versuchen Sie, etwas zur Ruhe zu kommen und sich auf den nächsten Morgen vorzubereiten«, sagte Hall.

»Und geben Sie die Hoffnung nicht auf«, fügte Guy an. »Wir jedenfalls tun es nicht, das kann ich Ihnen versprechen.«

Nachdem sie die Millers und ihren Anwalt zum Hintereingang der Polizeidienststelle begleitet hatten, damit sie den auf dem Parkplatz wartenden Kameras entkamen, fragte Hall ihn, ob er wirklich daran glaube, dass Riley Miller noch am Leben war.

Guy gab ihr keine Antwort. »Sarge, wer ist das, der mit uns sprechen will?«

»Ich hab nur einen Namen – Wendy Keller«, antwortete der diensthabende Sergeant und sah auf seinen Notizblock. »Sie sagt, sie hätte mit Riley Miller gesprochen, kurz bevor diese verschwunden ist.«

Die Frau wartete im nächsten Befragungsraum. Als Hall und Marino eintraten, hörte sie abrupt auf, auf ihrem linken Daumennagel herumzukauen. Guy schätzte sie ungefähr auf sein Alter, das hieß, sie war um die vierzig.

»Sie haben Informationen über Riley Miller?«, fragte Guy.

»Ja. Nur sind mir die Zusammenhänge nicht klar. Ich hab

wirklich Angst, dass ich mich da auf was Schreckliches ein-gelassen habe.« Ihre Stimme bebte, ihre Hände zitterten.

»Gut, nehmen Sie bitte Platz«, sagte Hall und zog einen Stuhl unter dem Tisch heraus. »Atmen Sie tief durch. Sie sind auf eigene Veranlassung hier. Alle Informationen, die Sie uns mitteilen, können wichtig sein. Sie haben dem diensthaben-den Sergeant erzählt, dass Sie gestern noch mit Riley Miller gesprochen haben?«

Die Frau atmete hörbar aus und nickte.

»Dann fangen Sie doch damit an«, sagte Hall.

»Ich muss davor aber noch was anderes erklären, sonst er-gibt das alles keinen Sinn«, sagte Wendy. »Ich gehöre einer Chat-Gruppe an. Es ist mir etwas peinlich.«

»Ein kleines Mädchen wird vermisst«, entgegnete Hall ent-schieden.

Wendy nickte. »Deswegen bin ich doch hier, auch wenn es mir schwerfällt. Also, die Gruppe nennt sich Club der Erst-frauen. Sie ist völlig anonym und besteht aus Frauen, die von ihren Ehemännern verlassen wurden. Im Grunde geht es in dem Forum darum, sich gegenseitig zu unterstützen, es geht darum, Dampf abzulassen und sich zu trösten.«

»Daran ist nichts peinlich«, sagte Guy und hoffte, er würde sie damit ermutigen, die Wahrheit zu erzählen.

»Ja, aber manchmal machen Mitglieder der Gruppe mehr, als nur Nachrichten zu posten. Wenn dich also die neue Freundin deines Ex-Manns auf Instagram blockt, loggt sich vielleicht ein anderes Mitglied dort ein und macht dir einen Screenshot davon.«

»Was im Grunde harmlos ist«, sagte Guy.

»Manchmal geht es auch darüber hinaus. Vor zwei Wo-chen hat ein passives Mitglied, das bis dahin nur mitgelesen, aber nichts gepostet hat, geschrieben, dass sich ihr Mann, mit dem sie gerade in Scheidung lebt, bei einer angeblichen Geschäftsreise nach Washington, D.C., in Wirklichkeit mit einer alten Freundin aus der Highschool treffen will. Ein Mitglied, das in Arlington wohnt, hat sich daraufhin bereit erklärt, das Hotel aufzusuchen, in dem er abgestiegen ist. Sie verstehen?«

Beide nickten. Guy sah, dass Hall trotzdem allmählich die Geduld verlor.

»Und was hat das nun alles mit Riley zu tun?«, fragte die Detective.

»Vergangenen Montag hat eine Userin, die sich *Laufpass* nennt, gepostet, dass ihr Ex gegen ihren Wunsch die gemeinsame dreijährige Tochter zu einem Urlaub mit seiner neuen Frau auf den Hamptons mitnehmen möchte. Sie hat ein Mitglied in der Gegend gesucht, das bereit wäre, sie im Auge zu behalten und sich zu vergewissern, dass die Frau wenigstens nett zu ihrer Tochter ist. Ich habe sie daraufhin direkt angeschrieben und ihr meine Hilfe angeboten. Es ging dann einige Male hin und her, dann hat sich das Ganze aber etwas zugespitzt, und sie hat mich gebeten, die andere Frau zur Rede zu stellen. Es war ziemlich gemein. Ich kann immer noch nicht glauben, dass ich so was wirklich gemacht habe.«

Guy wusste nach wie vor nicht, worauf das hinauslaufen sollte. »Inwiefern zur Rede gestellt?«, fragte er.

»Das Gespräch begann ganz unschuldig. Ich hab ihr gesagt, dass ihre Tochter sehr süß wäre und genau wie sie aussieht. Die Frau war auch ganz nett und hat sich gefreut, aber gesagt, dass das Mädchen ihre Stieftochter ist. Und da bin ich auf sie losgegangen. Am liebsten wäre ich einfach abgehauen, hab mir aber dann gesagt, dass die Frau doch eine glückliche Familie mit einem kleinen Mädchen zerstört hat. Also hab ich ihr an den Kopf geworfen, was *Laufpass* mir aufgetragen hatte – dass sie sich um das Mädchen nicht kümmern würde, weil es nur ihre Stieftochter ist. Und dann hab ich gesagt, *ich weiß alles über Sie,* und hab sie eine Schwindlerin und Heuchlerin genannt. Sie war so entsetzt, dass ich aus dem Park gerannt bin und mich schrecklich mies gefühlt habe.«

»Moment, das war in dem Park an der Pond Lane? Beim Spielplatz?«, fragte Guy.

»Ja. Und ich bin mir beinahe hundertprozentig sicher, dass es das Mädchen war, nach dem Sie suchen.«

»Die Frau im Park gibt es also wirklich«, sagte Hall, als sie wieder allein waren. Sie rieb sich die Augen. Noch nie hatte Guy seine Partnerin so erschöpft gesehen. »Mein Gott, kann es sein, dass Melissa die Wahrheit sagt? Jemand spricht die arme, traurige Frau an, damit sie Melissa im Park ablenkt und jemand anderes ihr heimlich Schlaftabletten in den Kaffee geben kann?«

»Du meinst damit die seltenen Schlaftabletten, die sie zu Hause auf ihrem Nachttisch liegen hat? Nein. Unmöglich. Ich gehe eher davon aus, dass die Person, die sich *Laufpass* nennt, niemand anderes ist als Melissa Eldredge selbst. Verdammt, wahrscheinlich postet sie diese Drohungen in den sozialen Medien auch selbst. Alles nur, um von sich abzulenken. Sie lässt uns die Lady im Park jagen, setzt uns unter Druck, sie einem Bluttest zu unterziehen. Das alles könnte lediglich ein Täuschungsmanöver sein.«

»Das wäre aber ziemlich kompliziert und aufwendig.«

»Na, wie hast du von Anfang an deutlich gemacht? Die Frau ist Anwältin. Sie erzählt in ihrem Podcast davon, wie Verbrechen besser zu begehen wären. Denk doch mal. Jedes Mal, wenn wir mit ihr gesprochen haben, hat sie uns auf die

Frau im Park hingewiesen. Und dann haben wir sie auf Video, wie sie nach Shelter Island fährt.«

»Dazu kommt das Pyjamaoberteil«, sagte Hall niedergeschlagen.

»Warten wir also ab, was die kriminaltechnische Untersuchung ihres Wagens ergibt. Und morgen werden die Taucher den Sund absuchen. Also fahr nach Hause und nimm endlich deinen kleinen Milo in den Arm.«

37

Melissa sah zur Uhrzeit auf ihrem Laptop-Bildschirm. Die zwanzig Minuten, die vergangen waren, seitdem sich Neil und Amanda zu ihrer Wohnung auf den Weg gemacht hatten, fühlten sich wie eine Ewigkeit an. Sie befand sich wieder im Gästezimmer ihrer Mutter und versuchte, mehr über Charlies Kundenkreis herauszufinden. Im Internet konnte sie nichts über seine Arbeit finden, was sie aber nicht überraschte. Er arbeitete freiberuflich und bekam die meisten seiner Berateraufträge durch Empfehlungen von zwei ehemaligen Kollegen, die in einem der größeren Geologieunternehmen an der Westküste angestellt waren, in dem er nach der Uni gearbeitet hatte. Wenn sie sich an den Namen der Firma erinnern könnte, könnte man ihr dort vielleicht Näheres mitteilen.

Sie meldete sich sofort, als das klingelnde Handy einen Anruf von Neil anzeigte. »Hallo. Ihr seid problemlos reingekommen?« Sie hatte Louie, den Portier, angerufen und ihn darauf vorbereitet, dass Freunde kämen und von ihm den Wohnungsschlüssel benötigen würden.

»Ja, wir sind hier«, sagte er. »Ich hab dich auf Lautsprecher, damit Amanda mithören kann. Was genau suchen wir?«

»Das weiß ich nicht genau. Ich weiß nur, dass irgendwas nicht stimmt. Vielleicht ist er in irgendeine riskante Sache verwickelt. Vielleicht hat jemand Riley entführt, um ihn unter Druck zu setzen. Vielleicht schuldet er den falschen Leuten Geld. Oder er hat sich in seiner Arbeit auf zwielichtige

Leute eingelassen. Jemand könnte ihn erpressen oder bedrohen.« Würde Charlie glauben, Riley sei entführt worden, um ihn in Bedrängnis zu bringen, würde er sich vielleicht zu ihrem, Melissas, eigenen Schutz von ihr distanzieren. Das würde auch erklären, warum er zögerte, die Pressekonferenz abzuhalten.

»Dann fangen wir mit seinem Schreibtisch an?«, fragte Amanda.

»Wir haben ihm einen Arbeitsplatz in der Ecke des Familienzimmers eingerichtet«, sagte Melissa. Ihr wurde bewusst, dass die Kinneys seit Charlies Einzug nicht mehr bei ihr gewesen waren. Überhaupt hatte sie viele ihrer Freunde nicht mehr gesehen, seitdem sie Charlie kennengelernt hatte.

»Sein letzter Job war auf Antigua, es ging dort um den Bau eines neuen Ferienresorts. Ich wollte es mir online ansehen, konnte aber nur die Website für ein Projekt finden, das bereits vor drei Jahren fast fertiggestellt war. Vielleicht seht ihr euch nach Informationen dazu um.«

Sie hörte, wie Schubladen aufgezogen wurden. »Ist das der richtige Schreibtisch?«, fragte Neil. »Der mit der Glasplatte? Im Familienzimmer?«

»Ja. Das ist Charlies Schreibtisch.«

»Da ist nichts«, sagte Neil.

»Nichts über Antigua?«

»Nein, ich meine, überhaupt nichts.«

»Die Schubladen sind alle leer«, kam es von Amanda. »Als wären sie komplett ausgeräumt worden.«

»O mein Gott. Ist er ausgezogen? Könnt ihr im Schlafzimmer nachsehen?«

Sie wartete, während sie Schritte hörte, gefolgt von Geräuschen im Hintergrund.

»Im Schlafzimmerschrank ist Männerkleidung«, sagte Amanda.

»Und auch in der Kommode«, sagte Neil. »Aber nicht viel. In den Schubladen ist jedenfalls noch eine Menge Platz.«

»Er ist noch nicht ganz eingezogen«, sagte Melissa. »Der Großteil seiner Sachen aus dem Haus in Oregon ist nach wie vor eingelagert. Seht euch um, vielleicht findet ihr ja irgendwas. Ich werde den Portier anrufen. Wenn es irgendwie mit Charlies Arbeit zusammenhängt, dann hat sich vielleicht jemand Zugang zu unserer Wohnung verschafft und alles aus seinem Schreibtisch mitgenommen.«

Louie meldete sich beim zweiten Klingeln, hielt sich aber nicht mit Höflichkeitsfloskeln auf. »Ms. Eldredge, ich hab es gerade von einem der Hausbewohner gehört. Stimmt es, dass Riley vermisst wird?«

»Ja, das stimmt.« Sie konnte immer noch nicht glauben, dass das wirklich alles geschah. »Aber ich habe eine etwas seltsame Frage, Louie. War irgendjemand in den letzten Tagen in unserer Wohnung? Charlie und ich waren beide nicht in der Stadt.« Im Gebäude wurde jede Schlüsselausgabe im Computersystem verzeichnet.

»Nein. Die einzige Schlüsselausgabe, die ich hier sehe, ist für Ihre beiden Freunde. Die sind noch oben.«

»Wissen Sie vielleicht von anderen Besuchern, die mein Mann in der Wohnung empfangen haben könnte?« Als ihr klar wurde, dass sich Louie vielleicht fragte, warum sie Charlie nicht direkt darauf ansprach, erklärte sie, dass er sich gerade auf der Polizeidienststelle die Fotos möglicher Tatverdächtiger ansah. »Wir versuchen eine Liste mit Personen zu erstellen, die Riley entführt haben könnten, und dazu gehören alle, die in die Wohnung gekommen sind – seien es Handwerker oder auch jemand, der sich mit Charlie getroffen hat.«

»Nicht, dass ich wüsste«, antwortete er. »Gut, seine Schwester natürlich.«

»Ja, das ist Rileys Tante Rachel. Sie wohnt in Brooklyn und ist ein paarmal gekommen, um Riley zu sich zu holen.«

»Ein paarmal?« fragte er überrascht.

Melissa versuchte, sich an deren Besuche zu erinnern. Rachel hatte Riley abgeholt und wieder abgeliefert, als sie und Charlie in den Flitterwochen gewesen waren. Dann, als sie Rileys Geburtstag nachgefeiert hatten, und dann noch das eine Mal im vergangenen Monat, als sie und Mac die Evan-Moore-Episode für ihren Podcast aufgezeichnet hatten. »Ich glaube, es war genau dreimal«, sagte sie. »Warum fragen Sie, Louie?«

»Ähm, vielleicht täusche ich mich ja. Es steht mir nicht zu, das zu sagen. Meine Frau zieht mich immer auf, dass ich in letzter Zeit etwas schusselig werde.«

»Bitte, Louie, es ist sehr wichtig.«

»Naja, nach allem, was ich sehe, ist Miss Rachel ständig in Ihrer Wohnung. Sie hat einen eigenen Schlüssel, und wir winken sie nur durch. Aber wenn ich so darüber nachdenke, kann es sein, dass sie nur kommt, wenn Sie nicht da sind. Davon wissen Sie nichts?«

38

Melissas Bruder lief mit geballten Fäusten hinter dem Wohnzimmersofa auf und ab. »Mir war immer klar, ich hätte mehr tun sollen, um dich zur Vernunft zu bringen«, sagte er. »Aber ich wusste, du würdest mir nicht zuhören und wegen der Hochzeit nur noch bockiger werden. Wenn ich ihn in die Finger bekomme, werde ich ein paar Antworten aus ihm herauskitzeln, egal wie.«

Mike hatte schon immer ein hitziges Temperament, das sich nur schwer zügeln ließ. Allerdings hatte sie ihn nicht mehr so wütend erlebt, seitdem sie ihm von ihrem Homecoming-Date in der zehnten Klasse erzählt hatte, bei dem der Typ auf dem Nachhauseweg so getan hatte, als hätte der Motor seines Wagens den Geist aufgegeben. Als sie am folgenden Morgen ihrem Date begegnete, hatte der ein Veilchen und entschuldigte sich bei ihr überschwänglich.

»Ziehen wir keine voreiligen Schlüsse«, sagte ihre Mutter. »Ein leerer Schreibtisch kurz nach dem Einzug ist noch keine Sünde. Du hast gesagt, Charlie arbeitet hauptsächlich von seinem Büro aus, und die meisten seiner persönlichen Sachen sind noch eingelagert.«

»Aber er hat ganz offensichtlich die Tatsache verschwiegen, dass seine Schwester so viel Zeit in der Wohnung verbringt – *Melissas* Wohnung«, sagte Mike. »Was hat der Typ noch zu verbergen?«

»Rachel hat kein Geheimnis daraus gemacht, dass ihr alles

zu schnell ging. Die Frau war ja noch nicht mal auf der Hochzeit. Aber sie ist immer noch Charlies Schwester. Man wendet der Familie nicht den Rücken zu, nur weil man in manchen Dingen anderer Meinung ist.« Damit spielte ihre Mutter nicht nur auf Charlie und seine Schwester an, sondern auch auf Mike und Melissa. »Rachel war die Einzige, die Charlie geholfen hat, nachdem Riley ihre Mutter verlor – bis Melissa aufgetaucht ist. Damit will ich ihn keineswegs verteidigen. Nachdem ich mich in euren Vater verliebt habe, hatte ich nie ein Geheimnis vor ihm. Aber vielleicht hat er versucht, Rachel zu einem festen Bestandteil in Rileys Leben zu machen, ohne es zur Konfrontation zwischen seiner Frau und seiner Schwester kommen zu lassen. Natürlich hätte er dir das sagen sollen, aber ehrlich, ich verstehe nicht, warum ihr euch so aufregt, nur weil seine einzige andere Familienangehörige in die Wohnung kommt, wenn sie ihm nur mit ihrer Nichte helfen will.«

Während ihre Mutter und ihr Bruder weiter über die Schwere von Charlies Verrat diskutierten, ging Melissa in Gedanken alles durch, was sie über ihren Mann wusste. Die Distanz, die er zwischen ihnen geschaffen hatte. Sein eisiger Ton bei ihrem letzten Gespräch am Telefon. Das erste Mal, als er ihr die Hand auf den Rücken gelegt hatte, während er sie nach der Therapiestunde zu ihrem Wagen begleitete. Wie er sich zu ihr gebeugt und ihr zugeflüstert hatte »du siehst fantastisch aus«, bevor sie bei der Trauung ihre Gelübde sprachen.

Verzweifelt versuchte sie eine rationale Erklärung für alles zu finden, was sie über ihn wusste – jeden Augenblick, den sie zusammen verbracht hatten –, aber sie kam immer wieder zu der einen grundlegenden, schrecklichen Frage zurück: Wenn er sie liebte, wie um alles in der Welt konnte er sie dann mit ihrem Kummer und ihrer Verwirrung alleinlassen? Sie spürte regelrecht, wie ihr Verstand einander entgegenstehende

Informationen zu verbinden suchte, aber irgendetwas blockierte sie mental.

Beim Klingeln an der Tür zuckte sie zusammen. Vielleicht war es Charlie, der nach Hause kam und ihr alle Antworten geben würde, die er ihr schuldete.

Kurz stockte ihr der Atem, als sie das Gesicht vor der Tür erkannte. Selbst durch den kleinen Türspion traf sein Blick aus haselnussbraunen Augen den ihren. Sein Gesicht war schmaler und sonnengebräunter, als sie es in Erinnerung hatte – damals, als er ihre Verlobung aufgelöst hatte –, aber er war es, eindeutig.

Sie öffnete die Tür einen schmalen Spalt breit. »Du kannst dich hier nicht blicken lassen, Patrick. Bitte, ich hab dir geschrieben, keinen Kontakt. Erst lässt du mich fallen, und jetzt, wenn ein Kind vermisst wird, tauchst du einfach so wieder auf?«

Ein weißer Tesla stand in der Einfahrt. Er hatte davon geträumt, sich einen anzuschaffen, bevor er ihre Beziehung beendet hatte. Vielleicht hatte der Wagen ihn glücklicher gemacht, als sie es jemals vermocht hätte. »Woher weißt du eigentlich, wo ich zu finden bin?«

Kurz warf er einen Blick ins Haus, bevor er einen Arm an die Tür lehnte. Ein Blick zu ihrer Mutter bestätigte Melissas Vermutungen.

»Ich werde nicht gehen«, sagte er. »Ich bin absolut überzeugt davon, dass das wichtig ist.«

»*Das?* Das hier hat nichts mit dir zu tun.«

»Ich muss mit dir über deinen Mann reden.«

39

Wie oft hatte sie sich vorgestellt, was sie ihm sagen würde, wenn sie sich zufällig auf einer Party oder in einem ihrer Lieblingsrestaurants begegnen sollten? *In letzter Zeit mal wieder ein Herz gebrochen?* Vielleicht würde sie ihn auch fragen, mit wie vielen Frauen er sich in letzter Zeit verlobt hatte. Oder, am besten, sie würde sich in seiner Gegenwart liebenswürdig und glücklich geben, damit er erkennen würde, welchen Fehler er begangen hatte, als er das Leben, das er mit ihr hätte haben können, kurzerhand drangegeben hatte.

Aber jetzt war Patrick hier, im Wohnzimmer ihrer Mutter, und das alles zählte nicht mehr. Er saß im Sessel neben ihrer Mutter und hatte ihre volle Aufmerksamkeit.

»Okay, das alles ist mir ziemlich peinlich, es klingt auch ziemlich schrecklich, aber ich will nicht lange drum herumreden. Ich konnte dich nach unserer Trennung nicht loslassen. Bei jedem Aufwachen hab ich mich gefragt, wo du gerade bist und was du machst und ob es dir gutgeht.«

Mike, dessen höhnisches Auflachen sehr gut ihre eigenen Gefühle zum Ausdruck brachte, war kurz davor, vom Sofa aufzuspringen.

»Warte«, sagte Patrick. »Ich verspreche, ich bin nicht wegen irgendeiner großartigen Versöhnung hier. Ich will nur klarstellen, dass ich versucht habe, dich nicht aus den Augen zu verlieren, auch wenn wir nicht mehr zusammen waren.

Ich habe jede Folge deines *Justice Club* gehört und, naja, täglich deine sozialen Medien gecheckt.«

»Stalker«, murmelte Mike vor sich hin.

»Genau.« Patrick zuckte nur mit den Schultern. »Gut, mir ist dein Posting mit den Lockenwicklern in den Haaren untergekommen. Du hast übrigens fantastisch ausgesehen. Glücklich. Und in der Bildunterschrift stand was von *den Sprung wagen*. Da dachte ich mir, wenn es darum ging, was ich mir zusammenreimte, dann würde bestimmt auch Katie mit dabei sein, und dann sah ich, dass sie ein Foto von einer Hochzeitstorte gepostet hat, in einem Weingut an der Straße zu eurem Haus auf dem Cape. Ich zählte also zwei und zwei zusammen, aber ich wollte auf Nummer sicher gehen. Also rief ich bei der Stadtverwaltung an, wo man mir alles bestätigte. Und dann wurde ich neugierig auf deinen Mann, nur stellte sich heraus, dass es im Internet eine ganze Menge Charles Millers gibt. Oje, ist mir das peinlich. Letztlich hab ich nämlich im Weingut angerufen, wo du geheiratet hast, und ich hab die Hochzeitsplanerin dazu überredet, mit den Informationen auf der Visitenkarte herauszurücken, die Charlie ihr gegeben hatte.«

»Das ist nicht dein Ernst!« Sie war fassungslos.

»Wie gesagt, es ist mir furchtbar peinlich, da siehst du, wie wichtig es mir ist, dass du alles erfährst.«

»Und, was hast du herausgefunden?«, fragte Mike.

»Dass es *nichts* herauszufinden gibt«, antwortete Patrick. »Die Website für sein Unternehmen? Die Domain wurde erst ein Jahr zuvor gekauft, sein Online-Geschäftsprofil behauptet aber, dass es die Firma schon seit sechs Jahren gibt. Und der Mietvertrag für sein Büro wurde eine Woche später unterzeichnet.«

Patrick war ein erfahrener Programmierer, der vor allem

für Privatunternehmen Web-Applikationen erstellte. Es überraschte Melissa nicht, dass er die Entstehung von Charlies Website nachverfolgen konnte. »Du hast den Mietvertrag für sein Büro eingesehen?«

»Ich weiß, es klingt verrückt, aber ich hab mal was für die entsprechende Immobilienverwaltung gemacht. Ich hab nur nachgefragt, weil die Infos der Website nicht zusammenpassten. Sein Büro ist ein winziges Loch in einem heruntergekommenen Gebäude ohne Fahrstuhl in Hell's Kitchen. Warst du jemals dort, Melissa?«

Das einzige Mal, als sie in der Gegend war und ihn zum Mittagessen im Chez Napoléon abholen wollte, hatte er bereits an der Straßenecke auf sie gewartet, obwohl sie sich eigentlich sein Büro hatte ansehen wollen. Er hatte erklärt, er sei am Verhungern und brauche unbedingt sofort was zu essen. Und danach bestand er darauf, allein ins Büro zurückzukehren, weil unmittelbar danach eine Konferenzschaltung anstand und er sich über dem flambierten Crêpe, das sie sich zum Dessert geteilt hatten, sowieso schon verspätet habe.

Da sie die Blicke ihrer Familie auf sich spürte, bat sie darum, mit Patrick allein zu reden. Sie gingen ins Esszimmer, wo sie sich noch nicht einmal die Mühe machte, sich zu setzen.

»Du hattest kein Recht, so in meinem Leben herumzuschnüffeln, schon gar nicht, nachdem du alles kaputtgemacht hast. Wolltest du, dass ich für immer allein bleibe und dir hinterhertrauere? Ich war am Boden zerstört, Patrick. Völlig am Ende. Und als mein Vater gestorben ist, ist dir nicht mehr eingefallen, als mir Blumen zu schicken. Du konntest noch nicht mal anrufen. Ich war völlig fix und fertig. Dann hab ich Charlie kennengelernt. Und ich habe mich fürs Glück entschieden.«

»Deshalb habe ich meine Befürchtungen auch für mich behalten. Wie oft hab ich zum Telefon gegriffen, um dich anzurufen, nur um es mir in letzter Sekunde anders zu überlegen. Ich habe mir eingeredet, dass es eine Erklärung geben muss und ich nur einen Vorwand suche, um mich wieder in dein Leben einzumischen.«

»Bei allen Schnüffeleien hattest du doch überhaupt keine Ahnung, worum es geht. Charlie ist verwitwet. Er musste nach dem Tod seiner Frau von der Westküste nach New York umziehen und sich noch dazu um ein kleines Kind kümmern. Er hat in dieser Phase den Großteil seiner Arbeit auf Eis gelegt. Dass der Mietvertrag zu diesem Zeitpunkt unterschrieben wurde und er mit bescheidenen Räumlichkeiten anfängt, überrascht daher überhaupt nicht.«

»Okay, aber du musst mir vertrauen, Melissa. Den Domain-Namen hätte er unter keinen Umständen aufgegeben. Das Unternehmen, das er angeblich betreibt? Ich verwette meinen rechten Arm darauf, dass es das Geschäft vor dem letzten Jahr nicht gegeben hat – wenn es denn überhaupt jemals existiert hat.«

Sie fragte, wann die Website online gestellt worden war. Das geschah zwei Wochen, bevor sie Charlie in der Therapiegruppe kennengelernt hatte.

»Und jetzt wird dieses Kind vermisst«, sagte Patrick. »Deine Mutter wollte mir nicht alles erzählen, aber es klingt nicht so, als würde sich dieser Charlie angemessen verhalten.«

Melissa rieb sich die Augen. Sie war fest entschlossen, in seiner Gegenwart nicht in Tränen auszubrechen. »Du hast mir jetzt deine Erkenntnisse mitgeteilt«, sagte sie kühl. »Hast du sonst noch was herausgefunden?«

»Nein, aber ist das alles, was du dazu zu sagen hast? Was sollen wir damit machen?«

»Es gibt kein *wir*, Patrick. Du wolltest nicht mehr der Mensch sein, an den ich mich mit wichtigen Dingen wenden würde.« Sie sah den Schmerz in seinem Blick und milderte ihren Ton. »Ich weiß es zu schätzen, dass du hierhergekommen bist, um mir das alles zu sagen, aber du musst jetzt gehen.«

»Missy ...«

Sie schüttelte den Kopf. Er konnte sie so nicht mehr nennen. »Ich meine es ernst. Du musst gehen.« Sie wollte ihn schon zur Tür begleiten, aber er weigerte sich. »Du kannst wirklich nicht mehr bleiben. Es geht ja nicht nur um die vermisste Riley. Die Polizei geht offensichtlich davon aus, dass sie tot ist. Und ich soll sie ermordet haben.«

In seiner Miene spiegelte sich Verwirrung. »Lass mich dir helfen. Bitte.« Er wollte ihre Hand fassen, aber sie wich einen Schritt zurück.

»Patrick«, sagte sie scharf, »hast du irgendeine Vorstellung, wie es aussieht, falls die Polizei herausfindet, dass mein Ex-Verlobter hier ist? Du hast mir gesagt, ich soll dir zuhören, als es um die Website ging. Jetzt musst du mir zuhören. Du musst gehen. *Sofort.*«

Er sah ihr in die Augen, nickte und murmelte noch eine Entschuldigung, als er ging.

Melissas Mutter kam aus dem anderen Zimmer herein. »Oh, Melissa, es tut mir so leid. Es war meine Schuld, ich hab ihm gesagt, er soll kommen. Ich wollte doch bloß helfen.«

»Mom, schon gut.«

»Aber du hast recht, wenn du ihn wegschickst«, sagte ihre Mutter. »Was, wenn die Polizei das Haus observiert und seinen Besuch gegen dich verwendet?«

»Dann werde ich mich darum kümmern, wenn es so weit ist.«

»Können wir uns wieder mit dem beschäftigen, was jetzt am wichtigsten ist?«, fragte Mike, der ebenfalls ins Esszimmer gekommen war. »Es ist nicht schön, dass Patrick dich mehr oder minder gestalkt hat, aber das, was er über die Website und den Mietvertrag herausgefunden hat, ist seltsam. Meiner Meinung nach geht es hier nicht mit rechten Dingen zu.«

»Ich weiß«, sagte sie, während sie versuchte, sich endlich auf die Wahrheit einzulassen. Es war durchaus möglich, dass Charlie ihr von Anfang an nichts als Lügen erzählt hatte. Sie musste alles infrage stellen. Was wusste sie wirklich, und was hatte sie nur glauben wollen?

Riley. Beim Gedanken an sie wurde ihr schwer ums Herz. Riley gab es wirklich. Das zumindest war klar.

Linda. Als sie nach Beweisen gesucht hatte, dass Linda tatsächlich tot war, hatte sie nichts gefunden – nichts über eine Amerikanerin, die in Norwegen an einem Wasserfall in den Tod gestürzt war. Sie hatte noch nicht einmal ein Foto von Charlies erster Frau gesehen. Immer hatte er sie vertröstet, dass er erst seine eingelagerten Sachen durchgehen müsse. Aber würde nicht ein Vater wenigstens ein Bild von der Mutter seiner Tochter bei sich haben, damit Riley sie in Erinnerung behielt?

»Vielleicht kannst du versuchen, seine Schwester zu erreichen«, sagte ihre Mutter. »Als du Rachel das letzte Mal angerufen hast, ist sie doch drangegangen.«

Der Vorschlag ihrer Mutter – genau zu diesem Zeitpunkt – ließ sie mit einem Mal erkennen, was sie bislang so hartnäckig ausgeblendet hatte. Sie hatte Louie wieder im Ohr, als er sagte, Rachel halte sich ständig in ihrer Wohnung auf – der Portier hatte dabei geklungen, als hätte er Mitleid mit ihr.

Sie hörte Rileys süße Kleinkinderstimme am Morgen ihrer

Hochzeit, als sie fragte, ob sie zu ihrem Daddy raus dürfe, und sich wünschte, ihre Mommy wäre hier. Und die vielen Male, als Neil ihr versicherte, es sei völlig normal, dass Riley die ganze Zeit mit ihrer Mommy rede.

Jetzt war alles so klar. »Was, wenn Rachel gar nicht seine Schwester ist?«

40

Die Worte kamen Melissa völlig überraschend über die Lippen. Sie zwang sich, tief ein- und auszuatmen. Dann legte sie Mike und ihrer Mutter ruhig und methodisch ihre Verdachtsmomente dar, ganz so, als würde sie den Geschworenen oder den Zuhörern einer Folge ihres Podcast die relevanten Fakten eines Falls aufzählen.

»Ich war so darauf fixiert, herauszufinden, ob Linda wirklich gestorben ist, dass ich mir die grundlegende Frage – nämlich, ob es sie überhaupt jemals gegeben hat – nie gestellt habe. Deshalb hat sich Charlie geweigert, der Polizei die Kontaktdaten von Lindas Eltern zu nennen. Die ganze Familie ist eine Erfindung.« Angefangen mit dem tödlichen Sturz, der vielleicht ein Selbstmord gewesen war, vielleicht auch nicht, über den Sorgerechtsstreit mit den ehemaligen Schwiegereltern bis zu deren Verdacht, er habe ihre Tochter in den Tod gestoßen, hatte er sie so mit Einzelheiten überschüttet, dass sie nie dazu gekommen war, an der verworrenen Oberfläche auch nur zu kratzen. »Es hätte mir schon klar werden können, als ich Charlies Universität angerufen habe. Hätten beide dort ihren Abschluss gemacht, wären die Spenden unter ihrer beider Namen verzeichnet worden, falls sie verheiratet gewesen wären. Aber seine Frau ist nie erwähnt worden.«

Ihre Mutter und ihr Bruder hatten immer noch damit zu tun, sich die Folgen ihrer Erläuterungen zu vergegenwärtigen.

»Wenn es also keine Linda gibt, wer ist dann Rileys Mutter?«, fragte Nancy.

»Rachel«, erklärte Mike. »Deswegen wollte Rachel auch nie etwas mit Melissa zu tun haben. Sie ist Rileys Mutter.«

Nancy schnappte nach Luft. »Ah, jetzt verstehe ich. O mein Gott! Ist das denn möglich?«

Melissa aber war immer noch zu sehr mit ihren eigenen Gedanken beschäftigt, um ihrer Mutter zu antworten. Nach wie vor gingen ihr Charlies Spenden an die Universität durch den Kopf. Kelsey, die studentische Aushilfe in der Verwaltung, hatte gesagt, dass die regelmäßigen Spenden vor zwölf Jahren eingestellt worden waren.

Sie wollte gerade Kelseys Nummer aufrufen, als ihr Handy klingelte. Es war Katie.

»Na, wenigstens weiß ich jetzt, dass du noch am Leben bist«, sagte Katie, nachdem Melissa abgehoben hatte. »Hast du meine Nachrichten nicht gesehen?«

»Tut mir leid«, sagte Melissa. »Hier geht es ziemlich rund. Ich hab doch gesagt, Jennifer hat ein bombensicheres Alibi. Du musst dir keine Sorgen machen.«

»Naja, bei unserem letzten Telefonat wolltest du doch, dass ich in deiner Wohnung nachsehe, weil Charlie dich wegen irgendwas angelogen hat. Ich war so perplex, ich könnte mir in den Hintern treten, dass ich die Cupcakes nicht aus dem Wagen geworfen habe und auf der Stelle umgedreht bin.«

»Neil und Amanda sind schon zu meiner Wohnung gefahren.« Ihre Theorie über Charlie und Rachel klang noch seltsamer, wenn sie laut ausgesprochen wurde. »Ich habe versucht, mehr über Charlies Vergangenheit herauszufinden, und bin auf einige Ungereimtheiten gestoßen. Kurz und gut: Er hatte nie eine Frau, die ums Leben gekommen ist. Linda hat es womöglich nie gegeben. Und Rachel könnte in Wahrheit Rileys Mutter sein. Die ganze Sache ist ein einziger Betrug.«

»*Was?*«, rief Katie. »Aber warum sollten sie so etwas machen?«

»Des Geldes wegen, vermute ich. Du weißt, ich habe nie auf einem Ehevertrag bestanden.«

»Soll ich zu dir kommen? Ich bin immer für dich da«, sagte sie.

»Nein, danke. Aber ich muss los. Ich muss noch an seinem College an der Westküste anrufen, bevor es zu spät ist. Ich geb dir Bescheid, wenn ich irgendwas brauche.«

»Versprochen?«

»Ja«, antwortete Melissa.

Dann rief sie Kelsey an, die sich augenblicklich meldete. »Melissa! Ich hab gerade einige Seiten aus alten Jahrbüchern gescannt, um sie Ihnen zu schicken.«

Melissa fühlte sich etwas überrumpelt. »Ich wollte nur nachfragen, ob Sie irgendwas über Charlie Miller und seine Frau Linda gefunden haben«, sagte sie. »Vor allem interessiert mich, warum Charlies Spenden mit einem Mal aufgehört haben.«

»Deswegen wollte ich Sie ja anrufen«, sagte Kelsey. »Ich habe recherchiert und einen Bericht in der College-Zeitung vor zwölf Jahren gefunden. Charlie Miller ist auf einer Fahrradtour von einem Auto angefahren worden. Der Unfallverursacher beging Fahrerflucht. Charlie Miller hat sich nie mehr davon erholt.«

Melissa wurde schwindlig, gleichzeitig spürte sie, wie ihr die Hitze ins Gesicht schoss. »Dann ist der Charlie Miller, der bei Ihnen den Abschluss gemacht hat, also tot?«

»Nein, nicht tot. Erst lag er bewusstlos im Krankenhaus,

dann im Koma, dann im Wachkoma. Eine üble Sache. Ursprünglich hatte es so ausgesehen, als könnte er irgendwann wieder aufwachen, aber im Lauf der Zeit hatte man die Hoffnung aufgegeben. Technisch gesehen ist er allerdings noch am Leben.«

»Wie aktuell sind diese Informationen?«, fragte Melissa.

»Der Unfall hat sich vor zwölf Jahren ereignet. Laut dem Artikel hat sein Uni-Jahrgang damals einen Spendenfonds auf seinen Namen eingerichtet, aber die Einzahlungen wurden von Jahr zu Jahr weniger. Gut möglich, dass er mittlerweile gestorben oder vielleicht doch wieder aus dem Koma aufgewacht ist, aber wir haben keine entsprechende Meldung dazu.«

»Sie sagten, Sie haben Informationen eingescannt, die Sie mir schicken wollten?«, sagte Melissa.

»Ja, sein Foto im Jahrbuch seines ersten Studienjahrs. Und die Meldung über seinen Fahrradunfall. Ich maile Ihnen die Sachen jetzt.«

Melissa ging zu ihrem Laptop.

»Was haben Sie noch über ihn herausgefunden?«, fragte sie, als sie die neue Nachricht von Kelsey öffnete.

»Nichts, nur dass in der Meldung zu dem Unfall seine Familie erwähnt wird.«

Melissa überflog die Anhänge von Kelseys Mail. Laut Auskunft von Charlies Eltern war er ihr einziges Kind. Sie würden für seine Gesundheit beten und nie aufgeben, um sein Leben zu kämpfen. Keine Erwähnung von Linda. Keine Erwähnung von Rachel. Und, vor allem, der junge Mann auf beiden Fotos konnte bei oberflächlicher Betrachtung zwar als eine jüngere Version von Charlie durchgehen, aber sie kannte Charlie mehr als nur oberflächlich.

Mit jeder Faser ihres Körpers spürte sie die Wahrheit. Es

gab keine Linda. Keinen tödlichen Sturz vom Wasserfall. Und keinen Charlie Miller. Zumindest nicht den, den sie glaubte zu kennen.

Ihren Mann gab es gar nicht.

41

Jayden Kennedy schwebte immer noch wie auf Wolken, so aufgeregt war er wegen des neuen Auftrags und des Diamantrings, den er aus New York City mit nach Hause gebracht hatte. So ungelegen ihm die Domiluxe-Vermietung seines Hauses jetzt auch kam, sie hatte sich doch als Segen erwiesen. Er und Julie hatten noch nie so viel Zeit gemeinsam verbracht, und er war mehr als je zuvor überzeugt, auch den Rest seines Lebens mit ihr verbringen zu wollen.

Er überlegte sich, wo er ihr die entscheidende Frage stellen wollte. Auf dem Wanderweg, wo sie sich zum ersten Mal begegnet waren? In dem Restaurant, wo sie ihr erstes Date hatten? Oder sollte er auf Griechenland warten? Sie hatten davon gesprochen, die Reise zusammen zu unternehmen.

Plötzlich war Julie hinter ihm und schlang die Arme um seine Hüfte. »Soll ich den Fernseher ausstellen?« Er hatte darauf bestanden, nach dem Essen den Abwasch zu machen, während sie sich die Nachrichten ansah. »Ich merke es immer, wenn du in Gedanken ganz woanders bist. Du machst dir doch keine Sorgen wegen des neuen Kunden, oder?«

Er trocknete sich die Hände am Geschirrtuch und drehte sich zu ihr um. Bei ihrem Lächeln wurde ihm ganz warm ums Herz. »Ich mach mir keine Sorgen, überhaupt nicht. Ich habe eher von unserem Trip nach Griechenland geträumt.«

»Oh, das höre ich gern.« Sie sah ihn eindringlich an, versuchte, seine Miene zu entschlüsseln. »Warum grinst du mich so an? Als hättest du ein Geheimnis.«

»Es gibt kein Geheimnis«, sagte er. Wenn er ihr den Heiratsantrag gemacht – und sie ihn hoffentlich angenommen – hatte, würde er sie an diesen Augenblick erinnern und ihr dazu gratulieren, seine Gedanken lesen zu können.

Sie setzten sich beide aufs Sofa und hörten den Meteorologen ausführen, dass der Regen in den nächsten Stunden noch zunehmen würde. Unterbrochen wurde er von Julies Handy, das auf dem Beistelltisch piepte. Als sie die neue Textnachricht las, riss sie die Augen auf. »Von meiner Freundin Kara, sie ist in East Hampton und sagt, dass Melissa Eldredges Stieftochter vermisst wird. Anscheinend wird in der ganzen Gegend nach dem Mädchen gesucht.«

»Im Ernst? Wie seltsam. Hat sie in ihrem Podcast nicht erwähnt, sie würde sich völlig anders als Judith Moore verhalten, sollte ihre Stieftochter vermisst werden?« Und dann hatte Melissa Eldredge in dieser Podcast-Folge noch etwas gesagt, aber das wollte ihm jetzt nicht einfallen.

»Moment, Kara hat noch einen Link auf einen Artikel geschickt.« Julie scrollte durch die Seite, die sie anschließend gemeinsam lasen.

»*Peppa Wutz!*«, kam es unisono von ihnen.

»Genau, das hat sie auch in ihrem Podcast erwähnt«, sagte Jayden. »Sie liebt ihre Stieftochter so sehr, dass sie mittlerweile die Handlung jeder *Peppa-Wutz*-Folge kennt.«

Ihm stockte der Atem, als er den Gedanken fortführte.

»Deine Mieterin«, sagte Julie und schlug sich die Hand vor den Mund. »Ich hab sie für einen Mann mit einer heimlichen Familie gehalten, aber …«

»Sie hat sich anfangs nach der alten Schaukel hinten im

Garten erkundigt. Ich hab ihr gesagt, die sei für Kinder, darauf kam von ihr dieser seltsame Kommentar – dass das perfekt wäre. Später hat sie klargestellt, dass sie damit das Haus meint, aber mir ist es ziemlich komisch vorgekommen. Ich werde rüberfahren.«

»Um was zu tun? Dich umbringen zu lassen? Nein. Das kannst du nicht. Bitte.«

»Dann verständigen wir die Polizei«, sagte er und griff nach dem Telefon.

»Aber die Polizei wird nichts unternehmen können«, sagte sie. »Denk doch. Wir haben bloß einen Zeichentrickfilm im Fernsehen gesehen. Wir haben noch nicht einmal ein Kind zu Gesicht bekommen, schon gar nicht dieses eine.«

»Aber der Zeichentrickfilm passt nicht zu der Geschichte, die mir meine Mieterin aufgetischt hat. Dazu kommt ihre völlige Überreaktion, als ich ihr schrieb, ich würde mir gern den Keller ansehen.«

Julie kaute nachdenklich auf ihrem Daumennagel herum. »Okay, wie wär's mit Folgendem? Ich rufe die Polizei von einem alten Münzfernsprecher aus an und sage, ich wäre zufällig in der Nähe deines Hauses gewesen – was ja stimmt. Ich kann sagen, ich hätte von dem vermissten Mädchen gehört. Und dass der Besitzer des Hauses ein alleinstehender Mann ist, mir im Haus aber ein Kind aufgefallen ist, das sich im Fernsehen *Peppa Wutz* angesehen hat – was mich nachdenklich gemacht hat. Wenn man was sieht, soll man sich doch melden, oder? Und dann gebe ich ihnen deinen Namen und deine Telefonnummer, dann sehen wir ja, was die Polizei unternimmt.«

»Und wenn sie was unternimmt«, sagte er und führte ihren Gedanken fort, »kann ich von der anonymen Mieterin erzählen und mitteilen, was mir seltsam erschienen ist.«

»Auf diese Weise muss die Polizei davon ausgehen, dass sie zwei unabhängige Informationsquellen hat«, sagte Julie. »Sie werden sich das Haus ansehen. Ich bin mir ganz sicher.«

»Ziemlich clever«, sagte er und griff sich bereits seine Regenjacke. »Fahren wir. Im Diner gibt es einen alten Münzfernsprecher.«

42

Die Polizeidienststelle in Southampton war in einem gedrungenen Flachbau untergebracht, der hinter einer dichten, sich an der Straße entlangziehenden Hecke stand. Als Melissa auf den Parkplatz einbog, rechnete sie damit, Übertragungswagen und Journalisten vorzufinden, die auf die Pressekonferenz zu Rileys Verschwinden warteten. Stattdessen sah sie eine einzelne Frau mit einem Presseausweis um den Hals, die zu ihrem Wagen ging.

Melissa durchwühlte ihre Handtasche nach ihrem eigenen Presseausweis, den sie von der Mediengesellschaft erhalten hatte, die ihren Podcast sponserte. Mit dem Daumen auf ihrem Namen hielt sie ihn der Fremden hin. »Bin gerade angekommen. Was ist denn nun mit der Pressekonferenz?«

»Abgesagt«, antwortete die Frau. »Laut Polizeichef gibt es nichts zu berichten, was nicht sowieso bereits bekannt gegeben wurde. Alle haben zusammengepackt, ich bin bloß noch hier, weil ich herausfinden wollte, was wirklich vor sich geht.«

»Und?«, fragte Melissa.

»Das würde ich, ehrlich gesagt, bestimmt keiner Reporterin erzählen, aber nein, es gibt nichts. Außer mein Bauchgefühl – das sagt mir, die abgeblasene Pressekonferenz könnte bedeuten, dass der Fall eine Wendung zum Schlechteren genommen hat. Ich habe zu Hause selbst eine Tochter, die nicht viel älter ist als die kleine Riley. Ich habe auf gute Neuigkeiten gehofft, bevor ich mich auf den Heimweg mache. Solche Geschichten gehen ja nicht spurlos an einem vorüber.«

Melissa unterdrückte ein Schluchzen. »Entschuldigen Sie. Ja, geht mir genauso.«

In der Dienststelle herrschte eine Betriebsamkeit, die eher an ein Großstadtrevier denken ließ, aber nicht an die Polizei in einer kleinen Küstengemeinde. Sie entdeckte Rileys Gesicht auf einem Flyer-Stapel, den ein uniformierter Polizist einem anderen in die Hand drückte. Schließlich hielt sie einen Mann mit Sportjackett und Krawatte auf, der sich an ihr vorbeischieben wollte. »Entschuldigen Sie, sind Sie Detective hier?«

»Ja, was kann ich für Sie tun?«

»Ich suche die Detectives Hall und Marino. Es geht um Riley Miller.«

»Dafür haben wir eine Hotline eingerichtet, Sie können sich aber auch an den diensthabenden Sergeant wenden«, sagte er und deutete zum Empfang.

»Aber Hall und Marino leiten die Ermittlungen zu diesem Fall«, sagte sie. »Sie haben bereits mehrmals mit mir gesprochen. Ich gehöre zu den Letzten, die Riley vor ihrem Verschwinden gesehen haben.«

»Ah, verstehe. Soweit ich weiß, hat sich Hall vom Dienst abgemeldet, und Marino ist unterwegs nach Shelter Island. Ich muss selbst los, mal sehen, wen ich für Sie finden kann …«

»Ich muss so schnell wie möglich mit Hall oder Marino sprechen. Ich bin Rileys Stiefmutter.«

Damit hatte sie seine Aufmerksamkeit, er versteifte sich sichtlich. Scheinbar hatte es sich in der Dienststelle bereits herumgesprochen, dass sie als die Täterin galt. »Warum haben Sie das denn nicht gleich gesagt? Mal sehen, wen ich für Sie auftreiben kann. Kann ich Sie so lange im Wartezimmer Platz nehmen lassen?«

Sie wollte nicht das Risiko eingehen, dass sich das »Wartezimmer« als eine Haftzelle herausstellte. »Nein, ich warte lieber in meinem Wagen. Ich werde versuchen, Sie anzurufen.
Aber, bitte, Sie müssen einen Blick auf das Vorleben meines
Mannes werfen. Er ist nicht der, der er vorgibt zu sein.« Sie
zog die Blätter aus ihrer Handtasche, die sie zu Hause noch
ausgedruckt hatte – das Jahrbuch-Foto des achtzehnjährigen
Charlie Miller und den Artikel in der College-Zeitung über
dessen Fahrradunfall. »Das ist der Mann, von dem ich dachte,
ich hätte ihn geheiratet. Es stellte sich heraus, dass er seit
über zehn Jahren an der Westküste im Wachkoma liegt. Wenn
ich raten müsste, würde ich sagen: Wenn Sie sich den Führerschein meines Mannes ansehen, werden Sie feststellen, dass
er die Identität dieses Mannes gestohlen hat. Ein gegenwärtiges Foto von ihm stimmt natürlich nicht exakt mit dem hier
überein, aber zwischen den beiden besteht eine genügend
große Ähnlichkeit, damit man den Führerschein mit einem
neueren Bild verlängern und sich dann, nach dem Umzug nach
New York, einen neuen ausstellen lassen kann.«

Widerstrebend nahm der Detective die Blätter entgegen,
während sein Blick vom Ausgang, zu dem er unterwegs gewesen war, zu einer Tür wanderte, hinter der vermutlich die
Abteilung der Detectives lag. »Okay, ich suche Ihnen dann
mal jemanden. Wollen Sie nicht doch im Wartezimmer Platz
nehmen? Sie können jederzeit gehen, falls Sie sich Sorgen
machen.«

»Ich warte lieber draußen«, sagte sie entschieden. »Ich bin
leicht zu finden. Ich sitze in einem U-Haul-Wagen.«

Als sie wieder im Umzugswagen saß, nahm sie sich Detective Halls Visitenkarte und rief die auf die Rückseite gekrit-
zelte Handynummer an. Es schaltete sich nur die Mailbox
ein. Bis sie alles erklärt hatte, was sie über Charlies Lügen

und die Identität des wahren Charlie Miller erfahren hatte, verkündete das Gerät, dass das Ende der Sprechzeit erreicht sei. Sie verschickte die Nachricht und war gerade dabei, Detective Marinos Nummer zu wählen, als ihr Handy einen neuen Anruf anzeigte.

Es war Charlie. Sie meldete sich sofort.

»Endlich«, sagte sie und zwang sich, erleichtert und dankbar zu klingen, so, als würde sie ihn noch lieben, wie sie es getan hatte, als er an diesem Morgen das Cottage verlassen hatte.

»Ich hab deine Nachrichten bekommen«, sagte er. »Alle. Und endlich Zeit gefunden, sie mir anzuhören.«

»Dann hast du mich also gar nicht geblockt?«, fragte sie. Sie klang zutiefst bekümmert, genau so, wie sie sich wahrscheinlich seiner Ansicht nach fühlen sollte.

»Natürlich nicht. Das würde ich doch nie tun. Ich habe mich nur an Macs Rat gehalten, aber es erscheint mir nicht richtig, dich so auszuschließen«, sagte er. »Du musst dich völlig verlassen gefühlt haben, aber, ehrlich, ohne dich stehe ich das alles nicht durch. Du bist immer noch meine Frau.«

War sie das? Auf ihrer Heiratsurkunde war ein Charlie Miller eingetragen, aber er war nicht Charlie. Mit wem war sie wirklich verheiratet?

»Ich weiß, dass du mich angelogen hast«, sagte sie. Stille legte sich zwischen sie.

Sie erwartete, dass er sie erneut belog – und erneut mit den immer gleichen verworrenen Geschichten aufwartete. Als er endlich das Wort ergriff, klang er allerdings nur maßlos erschöpft. »Ich verspreche dir, es gibt eine Erklärung.«

»Wirst du mir wenigstens deinen wahren Namen sagen? Ich weiß, dass du nicht Charlie Miller bist.«

»Ich habe versucht, dich zu schützen.«

Sie war entsetzt, wie mühelos er eingestehen konnte, in einer so gravierenden Sache gelogen zu haben. »Dann gibst du also zu, gelogen zu haben.«

»Bei manchen Dingen, ja. Nicht bei allen. Es geht um Lindas Eltern.«

»Hör auf. Es gibt keine Linda. Charlie Miller liegt irgendwo seit Jahren in einem Krankenhaus im Wachkoma und war nie verheiratet.«

»Nein, war er nicht, aber ich war es. Und dann ist meine Frau gestorben, und ich musste mit einem neuen Namen ganz von vorn anfangen. Bitte, ich kann alles erklären. Ich schwöre es. Gib mir eine Chance. Ich flehe dich an. Ich liebe dich. Und ich habe höllische Angst um meine Tochter und weiß nicht, wie ich ohne dich weiterleben soll.«

Man kann sich fürs Glück entscheiden. Es wäre so einfach, nachzugeben und ihm zu glauben. Aber sie tat es nicht. Es gab kein Glück ohne die Wahrheit. »Ich will nicht denken müssen, dass unsere gesamte Beziehung eine einzige Lüge war.«

»Das ist sie nicht. Bitte, lass uns miteinander reden, unter vier Augen, okay? Ich verspreche dir, es wird sich alles fügen. Zum Teufel, ich übertrage dir sogar die Rechte an meiner Geschichte, dann kannst du sie für deinen nächsten Podcast verwenden, wenn alles vorbei ist.«

Fast sah sie sein Lächeln vor sich, das ebenfalls nur Teil seines betrügerischen Spiels war. »Wo wollen wir uns treffen?«

Sie konnte ebenfalls lügen.

43

Melissa hielt sich das Handy vom Ohr weg, als Katie plötzlich lauter wurde. »Erst Jennifer, jetzt Charlie? Willst du, dass ich einen Herzinfarkt bekomme? Vielleicht können wir uns eine Grabstelle teilen, du legst es ja geradezu drauf an zu sterben.«

»Ich muss es tun«, sagte Melissa. »Ich hab schon dran gedacht, die Polizei zu informieren und ihr die Adresse zu geben, aber Charlie hat bereits einen Anwalt – dank meiner Fürsorge –, und Mac wird ihn sicherlich zum Schweigen verdonnern.« Jedes Mal, wenn sie seinen Namen aussprach, versetzte es ihr einen Stich. »Die Polizei könnte ihn wegen seiner falschen Identität anklagen, nur beantwortet das nicht, wer er wirklich ist oder warum er und Rachel es auf mich abgesehen haben. Außerdem geht es immer noch darum, Riley zu finden.«

Immerhin gab es die vage Hoffnung, dass Riley gar nicht entführt worden war. Gleichgültig, welches Spiel Charlie und Rachel mit ihr trieben, Riley sollte in Sicherheit sein – das glaubte Melissa mittlerweile.

»Hast du Mike und deiner Mom davon erzählt, wo du hinwillst?«, fragte Katie. »Vermutlich nicht, sonst hätten sie dich an einen Stuhl gebunden, damit du nicht wegkannst.«

»Nein, sie hätten es nie erlaubt. Aber sie vergessen immer, dass ich bei der Staatsanwaltschaft die Polizei bei Einsätzen begleitet habe. Ich habe einen Plan. Er glaubt, wir würden uns im Motel treffen, aber ich werde auf keinen Fall allein zu ihm ins Zimmer gehen. Ich habe die Adresse nachgeschlagen. Hier am Ort ist alles ausgebucht, daher übernachtet er eine gute halbe Stunde entfernt in der Nähe von Riverhead. Im Riverhead Sunshine Motel. Auf der anderen Straßenseite gibt es ein Diner. Von dort werde ich ihn anrufen, wir treffen uns also an einem öffentlichen Ort. Und dort werde ich alles mit meinem Handy aufzeichnen und so tun, als würde ich ihm jedes Wort glauben, damit gehe ich dann zur Polizei. Er wird mir nicht die ganze Wahrheit erzählen, aber so kann ich zumindest beweisen, dass er lügt. Und hoffentlich erhalten wir von ihm einen Hinweis darauf, wo Riley ist.«

»Besteht irgendwie die Chance, dich davon abzubringen?«

»Nein. Ich werde mir das Handy unter dem Tisch auf den Schoß legen. In etwa einer Viertelstunde sollte ich da sein, ich schick dir dann eine Nachricht. Solltest du danach irgendeine komische Meldung bekommen, rufst du die Polizei und sagst, dass ich im Golden Spoon Diner in Riverhead bin. Und du rufst sie ebenfalls an, wenn du nach zwanzig Minuten nichts von mir gehört hast. Ich werde mit dir meinen Standort teilen, so kannst du mich übers Handy finden, für alle Fälle.«

»Jetzt jagst du mir richtig Angst ein«, entgegnete Katie.

»Vertrau mir. Ich werde ihm weismachen, dass ich auf seiner Seite stehe und er sich noch etwas Zeit erkaufen kann. Schließlich bin ich doch die, die sich fürs Glück entschieden hat, schon vergessen? Das werde ich zu meinem Vorteil nutzen.«

Während sie auf der Flanders Road, der zweispurigen Landstraße, die den Montauk Highway mit dem Long Island Expressway verband, nach Norden fuhr, stellte sie sich eine alternative Realität vor – eine Realität, in der sie die idyllische Landschaft genießen konnte, die immer noch relativ unberührt war, trotz der Veränderungen, die die Hamptons in den letzten Jahren durchlaufen hatten. Dann aber nutzte sie die Zeit, um noch einmal Schritt für Schritt ihren Plan durchzugehen. Als sie auf den Parkplatz des Golden Spoon Diner einbog, fühlte sie sich auf ihre Rolle vorbereitet. Sie würde sich vertrauensselig geben. Loyal. Als könnte sie es kaum erwarten, eine Geschichte zu hören, die ihr erlaubte, weiterhin glücklich und verliebt zu sein. Sie würde sich als die Frau ausgeben, die sie nur wenige Stunden zuvor noch gewesen war.

Direkt vor dem Diner waren noch einige Parkplätze frei, allerdings waren sie alle zu schmal für den Umzugswagen. Seitlich allerdings gab es im hinteren Bereich noch mehr als genug freie Plätze. Sie wählte einen direkt unter einem Lichtmast. Sollte sie nach dem Treffen mit Charlie zu nervös sein, konnte sie einen der Diner-Angestellten bitten, sie als Vorsichtsmaßnahme zum Wagen zu begleiten.

Sie stellte den Motor aus, zog das Handy aus der Getränkeablage und schrieb eine Textnachricht an Katie.

Bin gerade …

Die Beifahrertür wurde aufgerissen. Sie konnte gerade noch auf *Senden* drücken, als er auch schon in der Fahrerkabine war.

»Warum fährst du einen U-Haul?« Es war der Mann, den sie als Charlie Miller kannte. Er hatte eine Waffe in der Hand.

44

Hundertzwanzig Kilometer weiter nördlich, im Hauptquartier des Western District der Connecticut State Police, starrte Lieutenant Floyd Anthony zur Fensterscheibe, gegen die laut der Regen prasselte. Am Anfang seiner Dienstzeit hatte sein Sergeant immer gesagt, Regen und Schnee mochten für Sonnenanbeter schlechte Neuigkeiten sein, für die Polizei aber waren sie großartig. Denn unwirtliches Wetter, bei dem die Kriminellen lieber zu Hause blieben, bedeutete für die Dienststelle weniger Arbeit.

Zweiundzwanzig Jahre später hätte Floyd nicht darauf gewettet. Stürmische Winde, abgebrochene Äste konnten Alarmanlagen auslösen und dafür sorgen, dass seine Kollegen ausrücken mussten. Einmal hatte er jemanden festgenommen, der falsche Alarme dafür genutzt hatte, um zahlreiche Einbrüche zu begehen. Und wenn die Leute im strömenden Regen ihren Wagen verlassen mussten, machten sie sich oft nicht mehr die Mühe, den Wagen abzuschließen, was zu nächtlichen Autoaufbrüchen führte. Für Floyd war der Regen daher … einfach nur Regen.

Er hörte es an seiner offen stehenden Bürotür klopfen und fuhr auf seinem Drehstuhl herum. Vor ihm stand Officer Janelle Jackson. Sie war eine Armee-Veteranin und mittlerweile seit zwei Jahren im Polizeidienst. Er war sich ziemlich sicher, dass sie es irgendwann bis zur Polizeichefin bringen würde, entweder hier bei ihnen oder auf einer anderen Dienststelle.

»Lieutenant, stimmt es, dass alle Anfragen für einen Durchsuchungsbeschluss über Sie laufen?«

»Als letzte Stelle, bevor wir sie einem Richter vorlegen, ja. Aber üblicherweise kommen die Anfragen von Detectives, Officer Jackson, nicht von einer Streife der Spätschicht.«

»Ja, aber in diesem Fall ist es eilig. Ein dreijähriges Mädchen auf Long Island wird vermisst. Riley Miller.« Er hatte am Anfang seiner Schicht den entsprechenden Fahndungsaufruf gesehen. »Die Zentrale hat einen Anruf von einer anonymen Tippgeberin erhalten, der auf einen Münzfernsprecher in West Cornwall zurückgeführt werden konnte. Die Frau sagte, sie hätte im Fernsehen von dem vermissten Mädchen erfahren, und hat die Geschichte mit einem ihrer Nachbarn in Verbindung gebracht. Der Typ heißt Jayden Kennedy. Single, einunddreißig Jahre alt, lebt allein und sehr abgeschieden. Sie hat angeblich Anzeichen bemerkt, dass sich ein Kind im Haus aufhält, und im Fernseher lief eine Folge von *Peppa Wutz*. Und davon soll das vermisste Kind ja so angetan gewesen sein.«

»Das ist doch alles ziemlich weit hergeholt, Officer. Singles, die allein leben, haben manchmal Freunde, die Kinder haben. Nachbarn. Nichten und Cousins. Was haben Sie noch?«

Sie nickte. »Weiß ich, Sir. Ich dachte mir, ich fahre vorbei und sehe mir alles mal an. Aber im unwahrscheinlichen Fall, dass dort wirklich ein Kind gegen seinen Willen festgehalten wird, wollte ich keine gefährliche Situation heraufbeschwören. Also habe ich diesen Jayden Kennedy angerufen, den Hausbesitzer, und ihm gesagt, bei uns hätte sich jemand wegen Partylärms beschwert, nur war der Lärm in dem weiten Gelände nicht exakt zu lokalisieren. Ich sagte ihm, ein Nachbar hätte mir seinen Namen und die Nummer gegeben, und wir wollten nur mal nachfragen, ob er uns irgendwas dazu sagen könnte.«

Er hatte sich nicht in ihr getäuscht. Sie hatte ein feines Gespür. Er nickte.

»Es stellte sich heraus, dass Jayden Kennedy sein Haus im Moment vermietet hat. Über eine neue App, die vollkommene Anonymität verspricht. Er hat keine Ahnung, um wen es sich bei seinem Mieter handelt – die Mieter zahlen in digitaler Währung, damit sie nicht zurückzuverfolgen sind.«

Anthony schüttelte laut seufzend den Kopf. »Diese Tech-Typen werden immer reicher, indem sie uns unseren Job immer schwerer machen.«

»Kennedy hat mir erzählt, dass er dem Mieter eine Textnachricht geschickt hat, weil er im Haus wegen des Wetters nach einer undichten Stelle sehen wollte. Darüber ist die betreffende Person aber ziemlich wütend geworden und hat ihm klargemacht, dass er unter keinen Umständen kommen soll. Kennedy fand die Reaktion ziemlich merkwürdig und hat sich gefragt, was der Mieter wohl im Schilde führt. Und deswegen bin ich jetzt hier.«

Floyd wusste, dass diesen Abend Richterin Chandler dafür zuständig war. Die aber hatte allein aufgrund dessen, was ihnen im Moment an Fakten vorlagen, noch nie einen Durchsuchungsbeschluss ausgestellt. Er wollte mit einem nutzlosen Antrag keine wertvolle Zeit verschwenden. »Es gibt etwas, das sich Gefahr in Verzug nennt. Ich komme mit. Und wir holen uns Verstärkung.«

»Noch was.« Sie hielt einen schimmernden Messingschlüssel hoch. »Der Hausbesitzer hat uns den für alle Fälle vorbeigebracht.«

45

»Warum fährst du einen U-Haul?« Wut und Verachtung sprachen aus Charlies Worten. Nichts mehr an ihm erinnerte Melissa an den Mann, mit dem sie verheiratet war.

»Nicht wichtig. Warum richtest du eine Waffe auf mich?«

Seine Augen verengten sich, seine Lippen verzogen sich zu einem schiefen Grinsen. »Nie um eine Antwort verlegen, was? Dafür hab ich dich immer bewundert, im Moment aber hast du hier nichts zu melden.«

Er hatte ihr die Waffe gegen die Rippen gedrückt, nachdem er auf dem Beifahrersitz Platz genommen hatte, und befahl ihr, den Parkplatz zu verlassen und zur Südspitze der Insel zurückzufahren. Sie befanden sich wieder auf der so gut wie leeren zweispurigen Landstraße, auf der sie vor Kurzem nach Riverhead gekommen war. Fieberhaft versuchte sie, sich an Tankstellen oder eine Bar entlang der Strecke zu erinnern, wo sich ihr vielleicht eine Möglichkeit zur Flucht bot, aber ihr fiel nichts ein.

»Wo ist Riley?«, fragte sie.

»Warum sagst *du* mir das nicht?« Er wirkte sehr zufrieden mit sich. Sie fragte sich, ob er schon immer so selbstgefällig gewesen war und sie es nur nicht hatte wahrhaben wollen. »Denn nach allem, was die Polizei mir erzählt hat, bist du mit Riley nach Shelter Island gefahren und hast sie ertränkt, weil du keine Kinder haben wolltest und mit der Belastung nicht mehr zurechtgekommen bist.«

»Warum tust du das?« Sie hasste den flehenden Ton in ihrer Stimme. »Geht es dir ums Geld? Wir haben keinen Ehevertrag. Es würde eine ganze Menge für dich abfallen, ohne dass du eine Entführung inszenieren und sie mir in die Schuhe schieben musst. Die ganze Geschichte von Linda und Norwegen ist erfunden, dann hast du dich bei der Gruppentherapie angemeldet, um ein leichtes Opfer zu finden. Unter allen Teilnehmern – warum mich?«

Wieder dieses Grinsen. Er genoss es sichtlich, dass er alles und sie nichts wusste. »Ich hätte fast Schluss gemacht, nachdem ich dich ein paar Monate gekannt habe.«

»Kommt jetzt der Teil, in dem du mir erzählst, dass es als Betrug angefangen hat, dir dann aber klar wurde, dass du dich wirklich in mich verliebt hast?«

Er schüttelte den Kopf. »Sorry, Schätzchen, nein. Es ist immer Betrug gewesen, wenn du es so nennen magst. Ich hätte fast Schluss gemacht, weil du zu clever bist. Wenn du eine Serie auf Netflix guckst, weißt du nach der dritten Folge, wie es ausgeht. Apropos, danke, dass du mir damit immer den Spaß verdorben hast. Aber wenn es ums richtige Leben geht – jedenfalls um *dein* richtiges Leben –, dann siehst du die Wahrheit nicht, was? Ich denke, das kommt von diesem ganzen Quatsch von wegen sich fürs Glück entscheiden.«

Ihr Handy auf dem Armaturenbrett klingelte. Sie sah den Namen ihres Bruders auf dem Display.

»Denk nicht mal daran«, zischte er nur.

Sie behielt beide Hände am Lenkrad, während das Telefon weiter vor sich hin klingelte.

Als im Wagen wieder Stille herrschte, fragte sie: »Und, wie sieht nun die Wahrheit aus, die mir entgangen ist?«

Er drückte ihr den Lauf noch fester gegen die Rippen. »Keine Fragen mehr.«

Sie hoffte, dass ihre zerstückelte Nachricht bei Katie ange-kommen war. Katie würde die Polizei informieren. Man würde sie finden, und dann würden sie Riley finden. *Bitte, Gott, ich will nicht sterben.*

46

Mike sah die Sorge im Blick seiner Mutter, als er den Anruf beendete. »Sie geht nicht ran«, sagte er.

»Es ist fast zwei Stunden her, dass sie zur Polizei aufgebrochen ist. Wir hätten mitfahren sollen, ich hab es gewusst.«

Melissa war überzeugt gewesen, dass die Polizei die von ihr über Charlie zusammengetragenen Indizien ernster nehmen würde, wenn sie sie persönlich vorbrachte. »Sie ist Anwältin, Mom. Und eine gute noch dazu. Sie erscheint glaubwürdiger, wenn sie nicht ihre Mom und ihren Bruder im Schlepp hat.«

»Nur dass sie jetzt verschwunden ist, ohne uns irgendwas mitzuteilen. Könnte doch sein, dass sie verhaftet wurde.« Hektisch wischte sie über ihr Handy. »Wir müssen zur Polizei und nachfragen, was los ist. Ich finde es nach wie vor ungeheuerlich, dass sie ihren Wagen mitgenommen haben.«

»Mom, was hast du mit deinem Handy vor?«

»Einen dieser Uber-Wagen bestellen. Oder ein richtiges Taxi rufen. Die muss es hier doch auch noch geben, oder? Nicht jedes Problem lässt sich mit einem iPhone lösen.«

An jedem anderen Tag hätte er seine Mutter deswegen aufgezogen, und sie wäre darauf eingegangen, hätte sich empört gegeben und dennoch über seine Witzeleien geschmunzelt. Aber was sie über das Handy sagte, erinnerte ihn an sein Gespräch mit Melissa, vor ihrem Aufbruch auf dem Cape.

Er tippte auf das Display seines Handys.

»Rufst du einen Wagen?«, fragte seine Mutter.

»Ich sehe was anderes nach. Auf der Herfahrt hat Melissa ihren Standort mit mir geteilt, es könnte aber sein, dass sie das mittlerweile geändert hat.« Ein Kreis mit dem Foto seiner Schwester ploppte auf der Karte auf. »Nein, es funktioniert. Ich kann sie sehen, genau hier. Sie befindet sich zwischen uns und der Polizeidienststelle. Sie muss auf dem Heimweg sein.«

»Oh, was für eine Erleichterung. Allein der Gedanke, sie wäre verhaftet worden – das würde ich nicht ertragen. Kannst du mir zeigen, wie so was funktioniert? Ich will selbst sehen, wo sie ist.«

Er erklärte ihr, dass Melissa darauf bestanden hatte, ihren Standort zu teilen, für den Fall, dass sie während der Fahrt zum Cottage getrennt würden. »Und nach allem, was seitdem geschehen ist, haben wir beide nicht daran gedacht, es wieder auszuschalten.«

»Gott sei Dank«, sagte sie und blinzelte aufs Display. »Gut, ich sehe sie. Und wo sind wir?«

Er vergrößerte die Karte, damit der Standort des Cottage ins Blickfeld kam. »Ah, ja, sie ist ziemlich nah, oder?«

Zusammen sahen sie aufs Display und verfolgten gebannt den kleinen Kreis mit Melissas Foto, der sich in Echtzeit bewegte. Mit ihrer Ruhe und Gelassenheit war es allerdings vorbei, als der Punkt nicht wie erwartet zum Cottage abbog, sondern sich weiter in Richtung Süden bewegte.

»Funktioniert das wirklich?«, fragte seine Mutter. »Sie fährt doch viel zu weit. Wo will sie denn hin?«

Er nahm den Blick von der Karte und rief Melissa an. Sie ging nicht dran. Als er erneut die Karte aufrief, war Melissa bereits unten an der Küste und hatte den Weg nach Westen eingeschlagen. Laut Karte folgte sie der einsamen Straße auf dem schmalen Landstreifen zwischen den Stränden im Süden und der Shinnecock Bay im Norden. Die Straße endete an einem Park am Eingang zur Bucht. Es war ihm schleierhaft, was seine Schwester dort wollte.

»Ich muss zu ihr«, sagte er. Sie war viel zu weit entfernt, um sie zu Fuß zu erreichen. Seine Mutter telefonierte. »Aber mit dem Taxi braucht man im Sommer eine Ewigkeit, um dorthin zu kommen.«

Seine Mutter hielt abwartend den Finger hoch. »Patrick, hier ist Nancy Eldredge. Wo bist du?«

47

Lieutenant Floyd Anthony klopfte ein weiteres Mal fest an die Tür. »Connecticut State Police. Wir haben einen Anruf aus der Nachbarschaft erhalten, weil es anscheinend Probleme gab. Wir wollen uns nur versichern, dass alles in Ordnung ist. Wird nicht lange dauern.« Er hatte es bereits dreimal erfolglos versucht. »Ist jemand zu Hause?«

Keine Antwort, wie mittlerweile zu erwarten war. Der Hausbesitzer Jayden Kennedy hatte Officer Jackson gesagt, die vermeintliche Mieterin würde einen weißen Mietwagen fahren. Die Lichter im Erdgeschoss waren an, die Einfahrt war bei ihrer Ankunft allerdings leer gewesen.

Officer Jackson neben ihm auf der Veranda zuckte mit den Schultern. »Ist es okay, wenn wir mal einen Blick durch die Fenster werfen?«, fragte sie.

»Klar, wenn Sie einen Röntgenblick haben. Die Vorhänge sind überall zugezogen.«

»Aber wir könnten doch mal übers Gelände gehen, wenn wir schon nicht ins Haus kommen.«

Dagegen war nichts einzuwenden. Vor Gericht würde eine kurze Überprüfung des Grundstücks Bestand haben, sollte ihr Vorgehen später angefochten werden.

An der nach Süden zeigenden Rückseite des Hauses stießen sie auf ein Fenster ohne Vorhänge. Zu sehen war ein Fernseher an der gegenüberliegenden Wand, auf dem ein Zeichentrickfilm lief. Jackson drückte die Stirn gegen die Scheibe und beschattete ihr Gesicht, um mehr erkennen zu können. »Ich kann von hier aus in die Küche sehen. Auf der Anrichte steht ein Teller mit einem halben Hühnchen, dazu dreckiges Geschirr. Und eine Schnabeltasse und ein leuchtend pinker Plastikteller. Definitiv für ein Kind.«

Sie trat vom Fenster weg und sah ihn erwartungsvoll an.

»Kein Auto, aber die Lichter sind alle an, und der Fernseher läuft«, sagte der Lieutenant.

»Genau – als wäre jemand überstürzt aufgebrochen. Vielleicht haben sie uns auf der Hauptstraße kommen sehen und sich aus dem Staub gemacht«, sagte sie. »Oder Wind davon bekommen, dass ein Nachbar uns alarmiert hat.«

Er folgte ihrem Gedankengang zur naheliegenden Schlussfolgerung. »Gut möglich, dass sich das Kind noch im Haus befindet, wenn der Aufbruch so überstürzt war. Wir haben es also mit einer potenziellen Gefahrensituation zu tun.«

Er funkte die drei Streifenwagen an, die am Ende der Einfahrt warteten. Als kurz darauf die Kollegen eintrafen, schob er den Schlüssel ins Schloss der Eingangstür. »Los!«, rief er und stieß die Tür auf.

Sein Team streifte mit gezückten Waffen schnell und methodisch durchs Haus, überprüfte Schränke und sah hinter Türen nach. Suchte nach versteckten Stellen, sicherte und ging weiter. Eine Hausdurchsuchung wie aus dem Lehrbuch.

»Ich hab das Kinderzimmer gefunden!«, rief Jackson. Er folgte ihrer Stimme zum Zimmer am Ende des oberen Flurs. Jackson stand dort vor einem Seesack und einem Laufstall. »Wie viel wissen Sie über kleine Mädchen und deren Lieblingssachen?«, fragte sie ihn.

»So gut wie nichts, wenn Sie meine drei erwachsenen Töchter fragen. Ich mag Sie, Jackson, aber ich mag keine Rätsel. Was sehe ich hier nicht?«

»Das vermisste Mädchen Riley wurde zuletzt in einem *Eiskönigin*-Pyjama gesehen. Sehen Sie diese blauen Schneeflocken? Das sind Prinzessin-Elsa-Schneeflocken.« Sie zog einen Stift aus der Brusttasche ihrer Uniform und legte damit vorsichtig das Label in der Pyjamahose frei. Sie stammte von Disney. »Sie war hier, Lieutenant.«

48

Aus den Augenwinkeln sah Melissa, wie Charlie mit der linken Hand ständig auf seinem Handy den Nachrichteneingang aktualisierte, während er mit der rechten weiterhin die Waffe auf ihren Kopf gerichtet hielt. Er hatte ihr befohlen, auf dem Strandparkplatz am Ende der Straße anzuhalten. Seitdem hatte sie schweigend gewartet, während er mit seinem Handy beschäftigt war.

»Hier soll es also enden«, sagte sie, »oder ist es wie in Italien, als wir uns verirrt haben und du dich geweigert hast, jemanden nach der Richtung zu fragen?«

Er starrte sie finster an, dann schmunzelte er nur. Für einen Moment sah er aus wie der Mann, von dem sie gedacht hatte, sie würde den Rest ihres Lebens mit ihm verbringen. »Ich habe deine Gesellschaft in den Flitterwochen mehr genossen, als ich sollte.«

»Oh, es geht dir also nicht nur darum, mich reinzulegen. Du hasst mich wirklich, oder?«

Er zuckte mit den Schultern. »Ich? Nein. Ich nicht.«

»Aber jemand anderes tut es«, sagte sie. »Rachel, nehme ich an.« Ihr fiel kein Grund ein, warum eine Frau, die sich als Charlie Millers Schwester ausgab, sie so sehr verabscheuen sollte. »Hab ich jemanden in ihrer Familie vor Gericht gebracht, als ich noch für die Staatsanwaltschaft gearbeitet habe?«

Er schüttelte den Kopf, als wäre er solcher Fragen überdrüssig.

»Aber wir kennen uns irgendwoher«, sagte sie. »Sag mir, warum wir hier sind. Und warum siehst du ständig auf deinem Handy nach?« Das Gerät, hatte sie bemerkt, war nicht das Handy, das er sonst benutzte.

»Du meine Güte, du benimmst dich wirklich, als wären wir verheiratet.« Mit der linken Hand imitierte er einen vor sich hin plappernden Mund. »Du willst Erklärungen? Schön, ich sehe auf dem Handy nach, weil ich auf den exakten Wortlaut deiner Abschiedsworte für deinen Selbstmord warte. Wir haben im Hotel daran gearbeitet, aber dann musste ich los, um mich mit dir zu treffen. Und hier sind wir jetzt, weil du bedrückt und depressiv bist und ins Wasser gehen wirst, wo du, von der Kleidung in die Tiefe gezogen, dann ertrinkst … so, wie du deine arme Stieftochter ertränkt hast.«

Auch nach allem, was sie in den letzten Stunden über ihn erfahren hatte, war ihr nicht klar gewesen, wie abgrundtief verdorben er war. Es fehlte ihm jegliche Menschlichkeit.

»Alle Fälle in meinem Podcast handeln von Tätern, die trotz ihrer Intelligenz Fehler gemacht haben. Wie willst du hier wieder rauskommen? Du bist in einer Sackgasse am Strand. Du kannst nicht meinen Umzugswagen nehmen, wo willst du ihn abstellen? Ich gehe also davon aus, dass Rachel dich abholen wird.« Sie erinnerte sich, dass sie sich erst diesen Morgen von Charlie im Cottage verabschiedet hatte, als er Rachel vom Bahnhof abholen wollte. Nun nahm sie an, dass Rachel lange vor Rileys Verschwinden mit dem Auto nach Long Island gefahren war. Rachel musste diejenige gewesen sein, die ihren Kaffee mit Drogen versetzt und sich anschließend ins Haus geschlichen hatte, um Riley zu holen, und sich daraufhin auf der Fahrt nach Shelter Island in Melissas Wagen als Melissa ausgegeben hatte. »Was du vorhin über mich gesagt hast – dass ich eigentlich ganz clever bin, nur nicht, was mein Leben betrifft –, da hast du vielleicht nicht unrecht. Gratuliere, dass du mich davon überzeugt hast, dass Rachel deine Schwester ist und nicht Rileys Mutter. Ich habe es wirklich geglaubt.«

Er sah ihr einige Sekunden in die Augen, aber seine Miene blieb unergründlich. »Schon komisch. Würden die Dinge anders liegen, wäre das ein toller Fall für deinen Podcast, weil ich nämlich derjenige bin, der keinen Fehler gemacht hat. Was für eine Ironie, wie sehr du mir dabei geholfen hast. Ich hab nämlich viel gelernt, wenn ich sehen durfte, wie dein Verstand funktioniert. Zu schade, dass keiner die Wahrheit erfahren wird.«

Er kniff die Augen zusammen, als im Rückspiegel des Umzugswagens Scheinwerferlichter aufblitzten.

»Hast du den Wagen gesehen?«, fragte sie. »Das ist zumindest ein Fehler.«

Der Wagen näherte sich von hinten, vollführte dann auf dem leeren Parkplatz eine Wende und verschwand wieder. Sie hätte schwören können, dass es ein weißer Tesla war.

»Netter Bluff«, sagte er.

»Wenn mir was zustößt, wird der Fahrer des Wagens sich daran erinnern, hier einen U-Haul-Wagen gesehen zu haben. Und so, wie wir hier stehen, mit eingeschalteten Scheinwerfern, muss er erkannt haben, dass sich jemand auf dem Beifahrersitz befindet.«

»Vergiss es. Hast du gesehen, wie schnell er umgedreht hat? Ein Tesla-Fahrer, den der Rest der Welt nicht interessiert. Bestimmt hat er die Adresse eines Freundes weiter oben an der Straße verpasst. Dem ist hier gar nichts aufgefallen, und mittlerweile vergnügt er sich wahrscheinlich auf seiner Party.«

Sie hatte sich also nicht getäuscht. Der Wagen war ein Tesla gewesen, das hieß, es hätte Patrick sein können. Er hatte sich Sorgen um sie gemacht. Möglich, dass er ihr gefolgt war, seitdem sie das Haus verlassen hatte. Obwohl sie darauf bestanden hatte, von ihm in Ruhe gelassen zu werden, hoffte sie jetzt, dass er ihre Anweisungen nicht befolgt hatte. Und wenn dem so war, musste sie jetzt irgendwie auf Zeit spielen.

»Du heißt nicht Charlie Miller«, sagte sie.

»Ja«, antwortete er lapidar. »Natürlich.«

»Ich bin aber nicht die Einzige, der das bekannt ist. Bevor ich nach Riverhead aufgebrochen bin, habe ich jemandem alles erzählt, was ich herausgefunden habe. Diejenige Person weiß, dass ich mich mit dir treffen wollte. Du warst nicht auf der University of Washington. Es gibt keine Linda. Ich habe ein Foto des richtigen Charlie Miller gesehen, und der ist ganz offensichtlich nicht du. Man wird herausfinden, wie du dir seine Identität angeeignet hast. Du wirst damit nicht durchkommen. Du und Rachel, ihr werdet den Rest eures Lebens hinter Gittern verbringen, und Riley wird mit einer anderen Mutter und einem anderen Vater aufwachsen. Wenn du jetzt aufhörst, hast du noch kein Schwerverbrechen begangen.«

Das Handy, auf dem Charlie ständig herumgetippt hatte, klingelte endlich. Er ging sofort ran. »Es ist fast erledigt«, sagte er, ohne sie auch nur eine Sekunde aus den Augen zu lassen. »Sie meint, sie sitzt am längeren Hebel, weil sie angeblich jemandem vom *richtigen Charlie* erzählt hat. Sie ist doch nicht so clever, wie wir gedacht haben.«

Sie zwang sich dazu, gleichmäßig zu atmen, obwohl sie sich wie ein kleiner Fisch fühlte, der von einem riesigen Weißen Hai umkreist wurde. »Ich liebe dich auch«, sagte er.

Ihr wurde übel. Er beendete das Gespräch und rieb sich die Hände. »Es ist an der Zeit zu gehen«, verkündete er. »Dein Text steht jetzt.« Er aktivierte die Aufzeichnungsfunktion ihres Handys, während er ihr sein Telefon hinhielt, damit sie den vorbereiteten Text lesen konnte.

Sie überflog den ersten Absatz. »Das mache ich nicht«, sagte sie.

»Doch, das wirst du«, sagte er entschieden. »Wenn nicht, werde ich deine Mutter und deinen Bruder umbringen. Ich habe mich kundig gemacht. Hier herrscht die heftigste Brandung im näheren Umkreis zum Cottage deiner Mutter. In sieben Minuten bin ich bei deiner Familie. Ich werde es so aussehen lassen, als hättest du die beiden erschossen und danach Selbstmord begangen.«

»Kann ich dir noch zwei Fragen stellen?«

»Vielleicht. Kommt drauf an, was du wissen willst.«

»Ist Riley in Sicherheit?«

»Ja.«

»Und du hast mir Drogen in den Kaffee gegeben und meinen Wagen genommen, damit es so aussieht, als hätte ich sie nach Shelter Island gebracht?«

»Das sind, streng genommen, eigentlich zwei Fragen, und ich habe es auch nicht *selbst* gemacht – ich war ja auf Antigua –, aber ja, du bist eingeschlafen, weil ein paar deiner Schlaftabletten zerbröselt in deinem Café frappé gelandet sind.«

Sie wollte ihn schon fragen, wie Rachel es geschafft hatte, ins Cottage zu gelangen, erinnerte sich dann aber, dass er sich in der vergangenen Woche bereit erklärt hatte, einige Punkte auf ihrer To-do-Liste zu übernehmen. »Du hast die Schlüssel vom Immobilienmakler in der Stadt abgeholt«, sagte sie.

Wieder sein selbstgefälliges Grinsen. »Du hast doch immer gesagt, wie froh du bist, wenn ich dir das eine oder andere abnehme. Ich hab noch eine Zusatzinfo für dich. Das Videomaterial von der Fähre. Dein Wagen, deine Sonnenbrille, aber offensichtlich nicht du. Man hat mir gesagt, dass Riley großen Spaß auf der Fahrt hatte. Auf dem Rückweg von der

Insel hat sie auf dem Rücksitz Schildkröte gespielt, sie hat sich unter eine Decke in den Fußraum gekauert, genau, wie es ihr gesagt wurde. Sie ist wirklich ein tolles Kind.« Melissa erinnerte sich, die mit Herzchen bedruckte Decke nach Rileys Verschwinden an der Eingangstür gefunden zu haben. Rachel musste sie dorthin geworfen haben, nachdem sie die Autoschlüssel und die Sonnenbrille zurückgebracht und die Tür wieder hinter sich abgeschlossen hatte.

»Und wer war die Frau im Park, die mich abgelenkt hat?«

»Irgendeine einsame, verbitterte Frau, die wir im Internet aufgetrieben haben. Sie hatte keine Ahnung, was gespielt wurde. Jetzt reicht es aber mit dem Gerede. Es ist an der Zeit, deinen – wie sollen wir ihn nennen? – letzten Podcast aufzuzeichnen.«

Melissa las den Text, der als Nachricht auf Charlies Handy geschickt worden war. *Traumatisiert. Stress. Psychotischer Schub. Ich habe sie unter Wasser gedrückt.* Es entsprach exakt der Geschichte, die nach Rileys Verschwinden der Polizei aufgetischt worden war.

Sie las weiter vor, während er durch die Nachricht scrollte. »Meine Ängste verschlimmerten sich auch durch einige unredliche Entscheidungen, die ich als Anwältin getroffen habe. Meine bahnbrechende Revision – die angebliche Entlastung von Jennifer Duncan – basierte von Anfang bis Ende auf einem Betrug und war ein Fehlurteil. Nach ihrer Entlassung aus dem Gefängnis hat sie mir gestanden, dass sie ihren Mann kaltblütig ermordet hat, einzig und allein aus dem Grund, um das Erbe …«

Abrupt hielt sie inne und sah schweigend zu Charlie.

»Willst du mich verarschen?«, brüllte er und schlug wutentbrannt gegen die Beifahrertür. »Jetzt müssen wir noch mal von vorn anfangen. Lies alles vor, Wort für Wort.«

»Oder auch nicht«, sagte sie. »Genau *das* wird dein Fehler sein. Warum ist dir der Fall so wichtig? Reicht es nicht, mich umzubringen? Musst du auch noch meinen Ruf zerstören?«

»Hör endlich auf, dir einzubilden, du hättest hier irgendwas zu melden.« Zur Betonung seiner Worte richtete er die Waffe auf sie. Sie presste sich gegen die Fahrertür, während er ihr den Lauf an die Stirn hielt. »Du bekommst noch eine Chance. Wenn du es wieder versaust, werde ich es in dein Handy tippen, dich umbringen und dann zum Spaß alle foltern, die dir nahestehen, bevor ich sie töte.«

Melissa begann von Neuem mit ihrem angeblichen Geständnis, während sie insgeheim fieberhaft überlegte, was sie hier übersah. *Schwindlerin.* Genau so hatte TruthTeller sie immer wieder genannt.

Melissa Eldredge ist eine Heuchlerin und Schwindlerin.

Du bist die Lügnerin und Schwindlerin. Es wird alles auffliegen.

Die Frau im Park hatte sie eine *Lügnerin* und *Heuchlerin* genannt.

Warum war ihm und Rachel das so wichtig? Konnte es sein …?

»Hey«, brüllte er und hob die Pistole, als wollte, er ihr damit einen Schlag verpassen. »Warum hörst du schon wieder auf zu lesen? Wir sind fast durch!«

Es war die einzige Erklärung. »Jetzt weiß ich, warum du so überheblich ausgesehen hast, als ich nicht draufgekommen bin. Rachel *ist* deine Schwester. Ihr beide seid Doug Hanovers Kinder. Es geht hier einzig und allein um den Prozess vor dem Nachlassgericht. Euer Vater hat euch enterbt, aber ihr hattet die Möglichkeit, an sein Geld zu kommen, als Jennifer Duncan wegen Mordes verurteilt wurde. Ihr wolltet einen stichhaltigen Grund, damit ihr Einspruch gegen das

Urteil einlegen könnt, bevor die Vermögenswerte tatsächlich übertragen sind.«

Charlie fuchtelte spöttisch mit den Händen. »Tra-ra, volle Punktzahl! Wusste doch, dass du clever bist. Als Charlie Miller erbe ich alles, was dir gehört, während unsere Anwälte Revision beantragen, damit wir an die richtig große Kohle kommen.«

»Aber Riley bezeichnet deine Schwester und dich als Mommy und Daddy«, sagte Melissa. »Heißt das …«

»Quatsch. Sie ist doch erst drei. Dieses Zeugs mit Mommy und Daddy sagen sie ständig, wenn sie noch klein sind. Nachdem wir erst den Plan hatten, haben wir sie einfach nicht mehr korrigiert.«

»Dann ist sie die Tochter von einem von euch beiden, richtig? Das heißt, dass ihr nichts geschehen wird? Heißt sie überhaupt Riley?«

Er sah sie an und schüttelte den Kopf. »He, sie ist dir tatsächlich wichtig, was? Willst du es wirklich wissen?«

Sie nickte, denn sie wollte unbedingt die Wahrheit über das Mädchen erfahren, das ihr so sehr ans Herz gewachsen war. Sie hatte sich eingeredet, sie müsse Zeit schinden, falls Patrick ihr gefolgt war, aber jetzt fügte sie sich der Realität. Sie wollte nicht sterben, nein, aber wenn, dann wollte sie wenigstens wissen, dass Riley noch ihr Leben vor sich hatte.

»Ja, sie heißt wirklich Riley. Sie ist Rebeccas Kind. Gut, du kennst sie als Rachel, aber sie heißt Rebecca. Wenn du erst mal von der Bildfläche verschwunden bist, wird Riley wieder ihr ganz normales Leben mit ihrer Mom führen, wie zuvor. Es wird nicht lange dauern, dann hat sie dich vergessen und auch, dass sie mich mal Daddy genannt hat.«

»Wer ist ihr Vater?«

»Das würde ich auch gern wissen. Meine Schwester hat es

mir nie gesagt und sich geweigert, den Namen des Typen auf der Geburtsurkunde eintragen zu lassen.«

»Und *dein* Name?« Melissa erinnerte sich, dass Jennifer von der Grausamkeit ihrer beiden Stiefkinder gesprochen hatte, aber sollte sie deren Namen erwähnt haben, konnte sich Melissa nicht mehr daran erinnern.

Zum ersten Mal sah Charlie aus, als hätte er Mitleid mit ihr. »Brian. Bei unserer Geburt hatten wir den Nachnamen Hanover. Nachdem Dad uns verlassen hat, hat Mom ihn in Bloom geändert. Es liegt bei uns wohl in der Familie, dass die Kinder ohne ihre miesen Väter großgezogen werden.«

Im Stillen wiederholte sie den Namen. Brian Bloom. Der Mann, den sie geliebt hatte. Der Mann, der sie umbringen würde.

»Okay, es ist mir ernst – das ist jetzt deine allerletzte Chance. Lies den gesamten Text vor. Wenn nicht, machen wir mit Plan B weiter. Du tust dir damit nichts Gutes. Und schon gar nicht Mike oder Nancy.«

Sie verabscheute es, den Namen ihres Bruders und ihrer Mutter aus seinem Mund zu hören.

In den nächsten drei Minuten las sie den vorbereiteten Text vom Handy ab, das Charlie ihr hinhielt. Obwohl sie sich bemühte, in ihrem Tonfall zum Ausdruck zu bringen, dass sie unter Druck stand, schien Charlie am Ende der Aufzeichnung zufrieden.

»Aussteigen«, befahl er. Er dirigierte sie mit gezückter Waffe zum Ende des Parkplatzes, wo er sie anwies, die Schuhe auszuziehen. Mit der Mündung im Rücken stapfte sie durch den kühlen, weichen Sand in Richtung Brandung. Die Wettervorhersage hatte ausnahmsweise recht behalten. Der Wind peitschte die Wellen zu Schaumkronen auf. Sie beobachtete eine einsame Nachtschwalbe, die sich im Zickzack durch die Böen kämpfte.

Verzweifelt hielt Melissa nach einer Fluchtmöglichkeit Ausschau. Im Sand entdeckte sie das Schimmern einer angespülten Glasscherbe, aber sie hatte keine Chance, sie an sich zu nehmen. Entmutigt stapfte sie an ihr vorüber.

Als es nicht mehr weiterging, verstand sie, warum Charlie sie hierhergebracht hatte. Hinter dem Sand schloss sich ein felsiger Abschnitt mit großen, glatten Klippen an, an denen sich die hohen Wellen brachen und alles in einen weißen Gischtschleier tauchten.

»Weiter«, befahl er, als sie auf dem Sand stehen blieb, und winkte mit der Waffe. »Geh weiter, auf die Felsen hinauf.«

Vorsichtig machte sie einen Schritt, dann noch einen, und starrte auf das über die Felsen hereinbrechende Wasser unter ihren bloßen Füßen. Sie stellte sich vor, wie das Wasser über ihrem Kopf zusammenschlagen, wie es ihr in Nase und Mund dringen würde. Sie würde von der gewaltigen Unterströmung weggesogen und hinaus ins Meer gespült werden. Ihre Ängste, mochte sie sie noch so sehr unterdrückt haben, hatten sie davon abgehalten, schwimmen zu lernen. Wenn sie hier in der tosenden Brandung auf den Felsen wegrutschte, war sie so gut wie tot.

Sie drehte sich zu ihm um, ließ den Blick zum Horizont hinter ihm schweifen, hoffte auf ein Zeichen, dass der weiße Tesla wirklich der von Patrick war, sah aber nichts. Sie versuchte sich einzureden, dass sie die richtige Entscheidung getroffen hatte, sich seinen Befehlen erst zu widersetzen, wenn sie hier im Freien und nicht mit ihm in der Fahrerkabine des Umzugswagens oder auf dem schmalen Strandpfad war. Hier konnte sie sich wenigstens bewegen, wenn er schoss, er allerdings stand auf dem festen Sandstrand, während sie auf den nassen Felsen das Gleichgewicht nicht verlieren durfte, sonst würde sie in die tödlichen Wellen stürzen.

»Damit wirst du nicht durchkommen«, sagte sie.

»Ich glaube, das hast du schon mal gesagt«, antwortete er ungerührt. »Dein angeblicher Freund kennt die Wahrheit.«

»Nicht nur ein Freund«, sagte sie. »Die Polizei. Ich hab sie ebenfalls in Kenntnis gesetzt. Die Dienststelle in Southampton. Ich habe ihnen Dokumente zukommen lassen. Von der Verwaltung der University of Washington. Ich habe Beweise. Der richtige Charlie liegt seit Jahren im Wachkoma. Die Polizei wird seinen Führerschein und Pass überprüfen. Du hast sie beide erneuert, aber die Bilder passen nicht zusammen. Man wird dich dafür drankriegen.«

Sein überhebliches Lächeln schmolz dahin. Er war nicht mehr Charlie. Er war nicht mehr ihr Entführer. Er war jetzt ein Fremder.

Sie dachte zurück an ihre Zeit bei der Staatsanwaltschaft, wenn es dem eben noch großspurigen Angeklagten dämmerte, dass sie ihn in die Ecke getrieben hatte. Trotz aller Genugtuung, die sie empfand, wenn sie als Strafverteidigerin unschuldigen Menschen zu ihrem Recht verhalf, wurde ihr jetzt klar, dass sie es auch vermisste, auf der anderen Seite zu stehen.

Charlie hielt inne, und in diesen Sekunden bemerkte sie eine Bewegung hinter ihm. Ein Funken Hoffnung. Vielleicht war ihre verstümmelte Textnachricht an Katie dafür verantwortlich, vielleicht ihre Meldung in der Polizeidienststelle, vielleicht war auch der weiße Tesla wieder umgekehrt. Sie musste darauf hoffen, dass irgendwer ihr zu Hilfe kam. Andernfalls würde sie sterben.

Sehr viel länger würde sie Charlie nicht mehr hinhalten können. Sie musste handeln.

Sie überlegte, ob sie – sollte sie es irgendwie schaffen, von den rutschigen Felsen zu kommen – sich auf ihn stürzen und versuchen konnte, die Waffe an sich zu reißen. Aber sah er sie auf sich zukommen, würde er zweifellos schießen. Sollte sein erster Schuss sie verfehlen, bliebe ihr vielleicht genügend Zeit, an ihn ranzukommen, bevor er erneut abdrücken konnte. Aber selbst wenn ihr das gelang, wie sollte sie ihm dann die Waffe wegnehmen?

So riskant es auch war, es war ihre einzige Chance, wollte sie überleben.

Sie wappnete sich für den Sprung, als sie plötzlich einen Schrei hörte. »Melissa!« Trotz des tosenden Winds war sie so gut wie sicher, Mikes Stimme erkannt zu haben.

Als Charlie für eine Sekunde den Kopf wandte, warf sie sich mit aller Kraft auf ihn. Entsetzt riss er die Augen auf. Er taumelte nach hinten weg, dabei löste sich ein Schuss. Nie zuvor in ihrem Leben war sie sich so groß, so stark vorgekommen, während sie ihn mit ihrem ganzen Gewicht zu Boden drückte.

Als er mit der linken Hand ihre langen Haare zu fassen bekam und an ihnen zerrte, sah sie sich mit einem Mal selbst wieder als Dreijährige, die draußen auf dem eisigen, schmalen Balkon ihrer Mutter den Arm entgegenstreckte, während das Geländer bereits wegzubrechen drohte. Immer noch spürte sie die Hände ihrer Mutter, die sie, um ihr Kind zu retten, an den Haaren gepackt hatte, während sich Carl Harmon an ihren Beinen festhielt, damit er nicht auf die Felsen in der stürmischen Brandung in der Tiefe stürzte.

Sie wollte jetzt genauso entschlossen um ihr Leben kämpfen, wie ihre Mutter es vierzig Jahre zuvor getan hatte. Als Charlie auf dem Rücken zu liegen kam, grub sie die Ellbogen in seine Unterarme, trat ihm mit den Knien in den Unterleib, gleichzeitig verlagerte sie das Gewicht in Richtung seiner rechten Hand, mit der er immer noch die Waffe umfasst hielt. Wäre der Sand nicht gewesen, hätte sie ihm womöglich den Arm gebrochen.

Doch Charlie gelang es, das Handgelenk so weit zu verbiegen, dass der Lauf auf ihren Bauch zielte. Sofort schlang sie beide Hände um die Waffe, während sie Charlie mit den Schultern zu Boden drückte und verzweifelt versuchte, die Waffe in eine andere Richtung zu drehen. Als der Lauf direkt auf ihr Gesicht zeigte, biss sie Charlie kurzerhand in den Unterarm, wobei ein grausames Knurren aus ihrer Kehle drang. Erst jetzt, endlich, ließ er die Waffe los. Sie schleuderte sie zwischen die Felsen hinter sich.

Auf allen vieren kroch sie durch den Sand, sie hatte es auf die Glasscherbe abgesehen, die ihr zuvor aufgefallen war. Aber Charlie packte sie an den Knöcheln, sie strampelte und verpasste ihm einen heftigen Tritt gegen die Brust. Und als sie hörte, wie er nach Luft röchelte, sah sie für sich eine Chance. Sie warf sich nach vorn und streckte den rechten Arm – da fiel ein dunkler Schatten über ihre Fingerspitzen, die bereits die kalte, glatte Scherbe im feuchten Sand umfasst hielten.

Sie rollte sich auf den Rücken. Gleichzeitig stürzte sich Charlie – Brian Bloom – auf sie und schrie auf, als sie ihm die Glasscherbe quer über die Schulter zog und sein Hemd aufschnitt. Sie wollte bereits erneut zustoßen, doch in dem Moment wurde er von ihr weggezogen. Mike und Patrick hatten ihn an den Armen gepackt und drehten ihn auf den Rücken. Er wand sich, während sich alle drei auf ihn stürzten und ihn zu Boden drückten.

»Gib auf!«, rief Mike, »oder dein Kopf macht Bekanntschaft mit den Felsen dort drüben.«

Charlie wand sich weiter und versuchte, mit der linken Hand an die Gesäßtasche zu kommen.

»Eine Waffe!«, schrie Patrick. »Er will an eine Waffe.«

Melissa war schneller an seiner Tasche. Als er sah, dass sie sein Handy in der Hand hielt, sank er in sich zusammen.

»Rachel war die Letzte, die ihn angerufen hat. Wahrscheinlich wollte er sie warnen.«

Sie tippte auf die Nummer des letzten Anrufs. Ein Klingeln, dann meldete sich jemand. »Ist es erledigt? Ist sie tot?«

Melissa unterbrach sofort den Anruf. Sie hatte die erwar-
tungsvolle, freudige Stimme erkannt. Aber es war nicht die
von Rachel.

49

Eineinhalb Stunden später saß Melissa zusammen mit den Detectives Hall und Marino in einem zivilen Kastenwagen der Polizei. Sie standen gegenüber dem Riverhead Sunshine Motel. Melissa hatte die Polizisten schließlich davon überzeugt, dass sie am Tatort möglicherweise gebraucht werden könnte. Immerhin hatte sie das alles mittels Textnachrichten, die über Brian Blooms Handy verschickt worden waren, in die Wege geleitet. Lief alles nach Plan, würden sämtliche Erwachsene in Rileys Leben – mit Ausnahme von ihr, Melissa – die Nacht in einer Gefängniszelle verbringen.

Sie war über die nassen Felsen am Strand geklettert, hatte sich Blooms Waffe geschnappt und sie – wie sie es vor Jahren bei einer Kurzausbildung auf einem Schießstand des NYPD gelernt hatte – aus sicherer Entfernung auf Charlie gerichtet. Mike hatte unterdessen die Polizei verständigt. Die Detectives Hall und Marino trafen nur wenige Minuten nach dem Streifenwagen ein. Die beiden waren mittlerweile auch im Besitz der Informationen über Charlie Miller, die Melissa auf der Polizeidienststelle hinterlassen hatte. Außerdem hatte sich die Frau im Park bei ihnen gemeldet und ihnen alles gebeichtet, nachdem sie Riley in den Fernsehnachrichten erkannt hatte. Und die Connecticut State Police meldete, dass Riley vermutlich in einem gemieteten Haus in West Cornwall festgehalten worden war, es aber so aussah, als hätte die vermeintliche Mieterin mit ihr das Anwesen verlassen. Nach Auskunft des

Hausbesitzers könnte die Mieterin einen kleinen weißen PKW fahren.

War das Verlassen des Hauses von vornherein geplant gewesen, fragte sich Melissa, oder war es eine Art Panikreaktion auf die wachsenden Zweifel, die sie an ihrem Ehemann hatte? Jedenfalls erfüllte es sie mit Genugtuung, wenn sie sich vorstellte, wie alle drei versuchten, ihre Haut zu retten, während sie ihnen Schritt für Schritt auf die Schliche kam.

Sie hatte Zimmer 106 im Blick, nur hin und wieder sah sie zur Hauptstraße und hielt nach Autos Ausschau, die den Motel-Parkplatz ansteuerten. Die Polizei hatte sich bereits von der Rezeption bestätigen lassen, dass ein Charlie Miller mithilfe seines Führerscheins und seiner Kreditkarte zwei Zimmer für die Nacht gebucht hatte. Der andere Name auf der Buchung lautete Rachel Miller, für die sich der Motel-Angestellte allerdings keine Ausweispapiere hatte vorlegen lassen.

Auf Blooms Handy hatte sie dessen Nachrichten-Thread weitergeführt. Als seine Schwester nachfragte, ob alles vorbei sei, hatte sie zurückgeschrieben: *Ja, alles erledigt.* Sie hatte beiden Komplizinnen weisgemacht, dass eine Gruppe Highschool-Kids am Strand aufgetaucht war, weshalb ein Gespräch am Handy zu riskant gewesen wäre. Er würde dann am Ufer zu Fuß zur Stadt zurückkehren. Zwischenzeitlich hatte jene Frau geschrieben, die sich vor Melissas geplanter Ermordung bei Bloom gemeldet hatte, und mitgeteilt, dass sie gleich am Motel sei und dort Riley abliefern wolle, bevor sie sich mit ihm am verabredeten Ort treffen würde. Die Nachricht endete mit einem *Ich liebe dich* und einem Herzchen-Emoji.

»Aufgepasst«, sagte Detective Hall, als ein Scheinwerferpaar von der Straße auf den Parkplatz bog. Es war ein unscheinbarer weißer PKW, wie Melissa erkannte, als er an ihrem Kastenwagen vorbeifuhr. Und als sie auf dem Rücksitz eine kleine Gestalt ausmachen konnte, hielt sie unwillkürlich die Luft an. Das musste Riley sein. Sie waren hier. Ihre Hoffnung stieg, als der Wagen einen der Parkplätze vor den Motelzimmern ansteuerte.

Es war so weit. Sie sah zu den Detectives. Beide nickten.

Sie tippte auf ihr Handy und startete einen Anruf. Das Gerät war auf Lautsprecher gestellt. Im Mietwagen glaubte sie etwas schwach aufleuchten zu sehen, bevor sich jemand meldete. »Oh, Gott sei Dank, Melissa, endlich rufst du an. Wo bist du? Ist alles okay?«

»Hast du meine Textnachricht erhalten?«, fragte Melissa hektisch. »Hast du die Polizei gerufen?«

Es folgte eine lange Pause, dann die schwache Erklärung, dass der Empfang sehr schlecht sei und sie Melissa kaum verstehen könne. Melissa schloss die Augen. Insgeheim hatte sie bislang gehofft, dass es eine andere Erklärung gäbe, jetzt aber hatte sie keine Zweifel mehr.

»Ich habe dich gefragt, ob du die Polizei verständigt hast, wie wir es besprochen hatten.«

»Ich hab sofort bei der Polizei angerufen, als ich deine komische Nachricht bekommen habe. Aber als sie beim Diner eintrafen, waren weder du noch Charlie zu finden.«

»Charlie ist mit einer Waffe zu mir in den Wagen gestiegen und hat mich gezwungen, zum Strand zu fahren. Er hat mich am felsigen Abschnitt, ganz am Ende, in die Brandung geworfen. Offensichtlich sollte ich dort sterben, aber ich hab mich an einem Stück Treibholz festgehalten und es wieder an den Strand geschafft.«

»Melissa, bist du noch da? Ich verstehe dich nicht mehr.« Die Detectives Hall und Marino sahen sich an und rollten mit den Augen. Die Lügen kamen ihr so leicht über die Lippen. »Ich leg jetzt auf und versuch dich gleich wieder zu erreichen.

Bleib, wo du bist, rühr dich nicht vom Fleck. Ich komme und hole dich.«

Sofort, nachdem sie aufgelegt hatte, klingelte Brian Blooms Handy. Schweigend warteten sie. Das Klingeln hörte auf und begann von Neuem. Dann ein dritter Anrufversuch.

»Das war's dann«, flüsterte Melissa und wünschte sich, ihre Freundin könnte sie hören. »Ihr Plan ist gescheitert, was?«

Auf Blooms Handy erschien eine neue Nachricht. *Ruf mich zurück. ASAP. Nichts ist erledigt.*

Sie tippte als Antwort drei Fragezeichen in Brian Blooms Handy und drückte auf *Senden*.

Die nächste Nachricht lautete: *Sie hat mich eben angerufen. Sie ist noch am Leben.* Melissa hielt den Detectives das Handy hin. »Reicht das?«

Hall reckte den Daumen hoch, Marino gab bereits über Funk Befehle. »So lange warten, bis sie aus dem Wagen ist«, befahl er. »Und nicht vergessen, auf dem Rücksitz befindet sich ein Kleinkind. Vorsichtig vorgehen!«

Melissa fühlte sich abgrundtief verraten, als die Fahrertür des weißen PKW aufging und Katie ausstieg.

Dann ging alles ganz schnell. Hall und Marino sprangen aus der Hecktür des Kastenwagens, gleichzeitig bogen zwei Streifenwagen um die Ecken des Gebäudes und umstellten Katie, die um ihren Wagen herum zur Beifahrerseite wollte. Sie hob sofort beide Hände. Melissa hörte nicht, was die Polizisten riefen, sie sah nur, wie Katie auf die Knie ging und sich mit den Händen auf dem Rücken flach auf den Betonboden legte. Als die Handschellen zuschnappten, musste sie schlucken.

Die Tür zu Zimmer 106 ging auf und schloss sich sofort wieder. Hall kam dort gerade noch rechtzeitig an, um sich mit der Schulter gegen die Tür zu werfen und zu verhindern, dass sie ganz zufiel. Kurz darauf zerrte sie die Mieterin des Zimmers nach draußen.

Die Detectives hatten einige Mühe, der sich sträubenden Rebecca Bloom Handschellen anzulegen. Selbst aus der Ferne war ihr Schmerz zu erkennen, als sie sich Richtung Parkplatz drehte. »*Riley!*« Sie rief nach ihrer Tochter.

Melissa fasste zum Türgriff. Der Polizist vorn befahl ihr, an Ort und Stelle zu bleiben, aber sie sprang aus dem Wagen und rannte über die Straße in Richtung Motel. Sie erreichte den weißen Mietwagen, bevor einer der Polizisten ihr in den Weg trat. Über seine Schulter hinweg sah sie Katie, die ihr einen hasserfüllten Blick zuwarf.

»Wie konntest du das nur tun?«, rief Melissa ihr zu.

Obwohl ein Polizist auf ihr kniete, schaffte Katie es, das Gesicht abzuwenden.

Rebecca Bloom vor dem Eingang zum Motelzimmer setzte sich nun nicht mehr gegen Hall und Marino zur Wehr. Sie sagte etwas zu den Detectives, worauf diese mit ihr ins Zimmer 106 gingen und die Tür hinter sich schlossen. Das an der Schulter angebrachte Funkgerät des Polizisten neben ihr piepte, dann hörte sie Detective Marinos Stimme. »Die Mutter will nicht, dass ihre Tochter sie in Handschellen sieht. Das am Wagen dort ist die Stiefmutter des Kindes. Lassen Sie sie das Kind zu unserem Kastenwagen bringen.«

Mit zitternden Händen griff Melissa zur hinteren Beifahrertür. Riley sah mit schläfrigem Blick zu ihr auf. »Missa! Wo ist Katie?«

Wahrscheinlich hatte sie noch mitbekommen, wie Katie die Hände erhoben hatte, sicherlich aber hatte sie sie nicht mehr auf dem Boden liegen sehen.

»Sie hilft den Polizisten bei einer ganz wichtigen Sache,

mein Liebes.« Sie löste Riley aus dem Sitz, atmete tief durch, als das kleine Mädchen ihr die Arme um den Hals schlang und sich von ihr hochheben ließ. Ihre Haare waren warm und feucht von der Wärme im Wagen und rochen nach Babyshampoo. Mit einer Hand schirmte sie Rileys Augen ab, während sie sie von dem Tumult um sie herum wegtrug. »Willst du mal einen Geheimwagen der Polizei sehen? Von außen sieht er ganz normal aus, aber innen sind ganz tolle Sachen.«

Rileys Blick erhellte sich, ein breites Lächeln erschien auf ihrem Gesicht. Sie war ein von Natur aus neugieriges Kind.

»Und rate mal, wen wir danach besuchen werden? Grand-Nan!«

»In ihrem neuen Haus?«, fragte Riley.

»Genau. Aber ich hab dich zwei Tage lang nicht gesehen. Wo hast du denn gesteckt?«

»Ich war bei Mommy. Wir sind mit dem Auto auf ein Schiff gefahren, und ich hab Schildkröte gespielt. Und es gibt ein Haus ganz tief im Wald. Und dann ist Katie zum Babysitten gekommen.«

»An die kannst du dich erinnern, ja?«, fragte Melissa. »Meine Freundin Katie? Du hast sie ein paarmal gesehen, und sie war auch auf der Hochzeit.«

Kurz sah Riley verwirrt drein. »Ja. Sie hat mir einen besonderen Cupcake gemacht. Ich hab nicht gewusst, dass Katie Mommy kennt. Ich hab gedacht, Katie ist deine Freundin.«

Melissa biss sich auf die Lippen. »Das habe ich auch gedacht. So, bist du bereit für das Geheimauto?«

»Du hast mir gefehlt, Missa.« Riley legte ihre pummelige Hand an den Mund und blies ihr einen Kuss zu.

»Du hast mir auch gefehlt, Riley.«

Fünf Monate später

50

Die Flammen züngelten an den dicken Scheiten. Der Geruch des warmen Kamins zog durch Melissas Wohnung und mischte sich mit dem Duft des heißen Apfelweins. Was sie als ein schlichtes Heiligabendessen angekündigt hatte, bestehend aus Weihnachtsschinken, warmen Hefebrötchen und grünem Salat, war durch die zusätzlichen Speisen, die ihre Mutter aufgetischt hatte, zu einem wahren Festmahl geworden.

Nach Melissas Zählung machte sich Riley zum sechsten Mal an der Schale mit dem köstlichen Krabben-Dip zu schaffen. Melissas Mutter meinte nur, das Kind werde noch ein echtes Cape-Cod-Mädchen.

Sie sah, wie Mac die Teetasse ihrer Mutter nachfüllte. Unmittelbar nach den Verhaftungen hatte er sein Mandat für Brian Bloom niedergelegt, mit der Begründung, dass sein Mandant sich ihm unter einer falschen Identität vorgestellt hatte. Er war mittlerweile regelmäßig Co-Moderator des *Justice Club,* der seine Zuhörerzahl seit dem Sommer vervierfacht hatte. Melissa war überzeugt, dass alle in der Familie Eldredge ihm längst verziehen hatten, aber sie konnte gut verstehen, wie sehr es ihn mitgenommen hatte, das zu tun, was ein Anwalt für seinen Mandanten nun mal zu tun hatte.

Als Mac ihren Blick auffing, winkte er sie zu sich in eine ruhige Ecke des Wohnzimmers. »Hast du letzte Woche von der Bezirksstaatsanwaltschaft gehört?«

»Man hofft, mit Rebecca eine Absprache vereinbaren zu können.«

Bislang war Rebecca Bloom die Einzige der drei, die zu einer offiziellen Aussage bereit war. Melissa dachte an sie nicht mehr als die Geschwister Charlie und Rachel Miller. Die beiden hatte es nie gegeben. Schwerer fiel ihr allerdings, die Wahrheit über Katie zu akzeptieren.

Laut Rebecca hatte ihr Bruder Katie während Jennifer Duncans Mordprozess kennengelernt, als sie zu ihrer Kontaktperson zur Bezirksstaatsanwaltschaft ernannt wurde. Da die Anklage die Geschwister nicht als Zeugen vorlud, hatte Melissa die beiden nie kennengelernt. Katie andererseits hatte sich, so Rebecca, »augenblicklich zu ihrem Bruder hingezogen« gefühlt. Selbst als sich ihre Beziehung intensivierte, hielten sie sie wegen Katies beruflicher Stellung geheim.

Nachdem Katie ihre Arbeit als Anwältin aufgegeben hatte, hatten die beiden einen anderen Grund, über ihre Beziehung Stillschweigen zu wahren: die Auseinandersetzung um Doug Hanovers Nachlass. Laut Rebecca waren sowohl ihr Bruder als auch Katie zunehmend besessen davon, umso mehr, als Jennifer Duncan nicht nur die Revision des ursprünglichen Urteils erreicht hatte, sondern die Geschichte auch publizistisch ausschlachtete und durch sie bekannt und reich wurde. Brians Hass galt dabei, Rebecca zufolge, in erster Linie Jennifer, während Katie ihre Missgunst und Wut auf die Anwältin an Jennifers Seite richtete.

»Sollte Rebecca gegen Brian und Katie aussagen«, erwiderte Mac, »wird sie dann auch zugeben, dass sie von Anfang an in den Plan eingeweiht war?«

Bei ihrer ersten Aussage gegenüber der Polizei hatte Rebecca behauptet, ihr sei erst bewusst geworden, dass ihr Bruder und Katie Melissa umbringen wollten, als Brian – nur einige

Stunden vor ihrer Verhaftung – mit einer Waffe das Motelzimmer verlassen hatte. Sie war davon ausgegangen, sie wollten ihr bloß die Entführung anhängen und sie zu dem Geständnis zwingen, dass Jennifer Duncan ihren Ehemann vorsätzlich ermordet hatte.

»Die Anklage hofft es jedenfalls«, antwortete Melissa. »In gewisser Weise spielt es aber keine Rolle. Die von ihnen verwendeten Handys beweisen, dass sie alle beim Verfassen meines angeblichen Abschiedsbriefs beteiligt waren, und das allein reicht aus, um sie der Komplizenschaft zu einem versuchten Mord anzuklagen. Angeblich habe sie befürchtet, dass Katie und ihr Bruder sie als Nächstes aus dem Weg räumen würden.«

»Pech für sie, dass das kaum als Argument für die Verteidigung reicht«, sagte Mac.

Sie spürte eine Hand auf der Schulter und drehte sich um. Ihr Bruder stand hinter ihr. »Ich höre, ihr unterhaltet euch über Berufliches«, sagte er. »Es klingt vielleicht sarkastisch, wenn ich dir das sage, aber ich denke, jetzt wäre doch ein guter Zeitpunkt, sich fürs Glücklichsein zu entscheiden. Denk nicht mehr an diese Leute und genieße das Weihnachtsfest. Ich werde gleich mal einen Wein aufmachen.«

»Das sind alles ganz ausgezeichnete Ideen«, antwortete sie.

Es klopfte an der Wohnungstür, gleich darauf erschien Amanda Keeney mit triefend nassen Haaren. »Fröhliche nasse Weihnachten! Tut mir leid wegen der Verspätung. Ich hoffe, Neil hat schon alles erklärt. Das NYPD schließt nun mal auch an Weihnachten nicht – oder wenn es in Strömen regnet.«

Riley wischte sich die mit dem Dip verschmierten Finger an einer Nikolausserviette sauber und lief zu Amanda, um sich umarmen zu lassen. Sie wuchs so schnell, dass sie

Amanda bereits bis zur Hüfte reichte. Neil Keeney begrüßte seine Frau mit einem Kuss und einem Becher Apfelwein.

Melissas Bruder ging in die Küche und öffnete eine Flasche Rotwein. Sie war froh, dass Mike nicht mehr erst um Erlaubnis fragte, wenn er sich in der Küche zu schaffen machte. Er war fast jeden Monat zu Besuch in die Stadt gekommen. Auf ihren Vorschlag hin hatte er ein paar seiner Sachen im Gästezimmer verstaut, damit er zu Kurzbesuchen vorbeikommen konnte, ohne groß eine Tasche packen zu müssen, daneben hatte er eine vorläufige Vereinbarung ausgehandelt, im Sommer in den Hamptons als Skipper zu arbeiten.

Nachdem die Flasche offen war und auf dem Esstisch stand, hielt Patrick ihr ein leeres Weinglas hin. Sie nickte. Sacht strich er ihr mit dem Daumen über das Handgelenk, als sie das Glas von ihm entgegennahm. Es freute sie, dass sie sich wieder regelmäßig trafen, nachdem sie begriffen hatte, warum er ihre Verlobung gelöst hatte. Katie hatte Patrick hinter ihrem Rücken erzählt, Melissa habe ihr gestanden, dass sie keine Kinder haben wolle, obwohl sie beide bereits von einer Familie gesprochen hatten. Katie behauptete, Melissa habe sich nur einverstanden erklärt, damit Patrick bekam, was er wollte. Ihre genauen Worte waren: »Melissa meint, sie kann sich fürs Glück entscheiden, selbst wenn sie sich zu allem erst zwingen muss. Aber sie wird damit nicht glücklich werden, und das ist dann deine Schuld. Wenn du sie also wirklich liebst, dann lässt du sie jetzt gehen.« Und Patrick liebte sie wirklich – so sehr, dass er den entsetzlichen Fehler begangen hatte, ihre Beziehung zu beenden.

Gut möglich, dass Katie nur eine alleinstehende, todunglückliche Melissa brauchte, damit sie für Brian Blooms Aufmerksamkeit empfänglich wurde. Melissa vermutete aber, dass noch andere, persönlichere Motive dahinterstanden.

Manche der bösartigen Kommentare von TruthTeller waren zwar von den Blooms gepostet worden, der allergrößte Teil aber konnte von der Polizei auf Katies Laptop sichergestellt werden. Sie hatte es genossen, Melissa leiden zu sehen. Obwohl Melissa als Anwältin wusste, dass sie nicht mit Katie reden sollte, hatte sie sie sogar im Gefängnis besuchen wollen. Denn sie wollte verstehen, wie es überhaupt dazu hatte kommen können, von ihr so sehr gehasst zu werden. Wenig überraschend hatte Katie sich geweigert, sie zu sehen. Wenn sie sich das nächste Mal mit ihrer ehemaligen besten Freundin in einem Raum aufhielt, dann, um gegen sie auszusagen.

Neil Keeney hatte sich erhoben, um einen Toast auszusprechen. »Danken möchte ich meinen alten Freunden Melissa und Mike …«

»Vorsicht, Neil«, rief Mike, der gerade aus der Küche kam. »Du bist älter als wir beide.«

»Meinen *lieben* Freunden Melissa und Mike und natürlich deren Mutter Nancy für diese Einladung.« Neil hatte ein furchtbar schlechtes Gewissen, weil er Katie geholfen hatte, Melissa zu der Gruppentherapie zu lotsen, in der sich unter dem Namen Charlie Miller bereits Brian Bloom angemeldet hatte. Wie sie ihm schon mehrmals versichert hatte, wusste sie sehr wohl, dass er ihr nur hatte helfen wollen. »Ich weiß noch, wie dankbar meine Eltern für die herzliche Aufnahme im Haus der Eldredges gewesen waren, nachdem deine Familie eine schwere Zeit durchgemacht hatte. Deshalb bedeutet es Amanda und mir sehr viel, dass wir heute bei euch sein können, um mit euch das erste Weihnachten mit Riley zu feiern.«

Riley schmetterte mit allen anderen ein fröhliches »Cheers!«. Mit einem Schmunzeln sah Melissa, wie Patrick ihr half, mit

ihrem Saftbecher mit den Gläsern der Erwachsenen anzusto-
ßen. Dann stellte sie ihren Becher ab und ergriff das Plüsch-
Rentier, das Patrick ihr geschenkt hatte. Die Zeit würde es
zeigen, aber Melissa glaubte, dass in seinem Herzen noch genügend Platz für sie beide war.

Riley hielt immer noch ihr neues Stofftier im Arm, als sie
auf Melissas Schoß kletterte. Zu Melissas Überraschung
und Freude hatte sich Rebecca tatsächlich einverstanden erklärt, für die Dauer ihrer Haftstrafe Melissa als gesetzlichen
Vormund für das Kind zu akzeptieren. Rebecca, so Melissas
Vermutung, glaubte wahrscheinlich, die Einwilligung würde
sich positiv auf ihre Verteidigung auswirken, die Bezirksstaatsanwaltschaft allerdings war überzeugt, dass Rebecca –
selbst wenn sie sich zu einer umfänglichen Aussage gegen
ihren Bruder und Katie bereit erklärte – erst wieder aus
dem Gefängnis kommen würde, wenn Riley schon volljäh-
rig war.

Melissa schloss Riley in die Arme, als diese sich schläfrig
gegen sie sinken ließ. Das Kind war nicht ihre Tochter, noch
nicht einmal ihre Stieftochter. Untereinander waren sie nur
Riley und Missa. Alles andere würde sich irgendwann fügen.
Sie hatte keine Ahnung, ob Riley in den kommenden Jahren
noch Kontakt zu ihrer Mutter, welche Erinnerungen sie an
Rebecca oder ihren Onkel Brian haben oder welche Fragen
sie stellen würde, wenn sie älter wurde. Vielleicht würde sie
wie Mike den Mut aufbringen, sich der ungeschönten Wahrheit zu stellen. Oder vielleicht würde sie wie Melissa glauben,
dass die Traumata der Vergangenheit keinen bestimmenden
Einfluss auf einen selbst haben mussten. Melissa war sich nur
einer Sache absolut sicher: Sie würde es Riley ermöglichen,
ihr wahres Glück zu finden. Denn wahres Glück hatte das
kleine Mädchen Melissa geschenkt.

Melissa bemerkte, dass der Schneeregen nicht mehr gegen die Fensterscheiben schlug, das Ächzen des Windes hatte nachgelassen. Riley rührte sich auf ihrem Schoß, und bevor sie wieder in ihr leises, gleichmäßiges Atmen fiel, murmelte sie ein einziges Wort: »Mama.«

DANKSAGUNG

Dieses Buch ist nicht nur durch die Zusammenarbeit zweier Autorinnen entstanden, sondern es steckt ein ganzes Team dahinter, das die Arbeit von Anfang bis Ende begleitet hat. Dank an Jonathan Karp, Marysue Rucci, Sean Manning, Tzipora Baitch, Anne Tate Pearce und Hana Park – alle bei Simon & Schuster – und an die Freunde und Familienmitglieder, die hausintern als das »Team Clark« bekannt sind.

Keine Danksagung ist vollständig, wenn nicht Ihnen – den Leserinnen und Lesern – ausdrücklich gedankt wird. Hier aber ist eine besondere Anmerkung vonnöten: Dank an Sie, dass Sie sich erneut auf die Familie Eldredge einlassen – nach so vielen Jahren, die seit der Veröffentlichung von *Wintersturm* vergangen sind, dem Buch, das am Beginn einer sechzig Jahre umfassenden Karriere einer Schriftstellerin stand. Durch Sie leben die Figuren und ihre Geschichten weiter.

**Werkverzeichnis der Titel von
Mary Higgins Clark**

© Gunter Glücklich

HEYNE <

Die Autorin

Mary Higgins Clark, geboren 1928 in New York, wuchs in der Bronx auf. Ihr Vater starb, als sie kaum elf Jahre alt war. Die Mutter zog sie und ihre beiden Brüder allein groß. Nach der Highschool machte sie eine Ausbildung zur Sekretärin und war drei Jahre in einer Werbeagentur tätig, bevor sie das Reisefieber packte und sie ab 1949 als Stewardess für PanAm arbeitete. Ein Jahr später heiratete sie ihren Nachbarn Warren Clark. Kurz nach ihrer Hochzeit begann sie, Erzählungen zu schreiben. Sie verkaufte die erste im Jahr 1956 für einhundert Dollar an eine Zeitschrift. Nach dem plötzlichen Tod ihres Ehemanns im Jahr 1964 verfasste sie bald ihr erstes Buch, einen biografischen Roman über George Washington. Sie schrieb immer morgens zwischen fünf und sieben Uhr, bevor die fünf Kinder zur Schule mussten. Der erste Kriminalroman, *Wintersturm*, aus dem Jahr 1975 bedeutete einen Wendepunkt in ihrem Leben und in ihrer Karriere: Er wurde zum Bestseller. Neben dem Schreiben studierte sie Philosophie und schloss 1979 ihr Studium mit »Summa cum laude« ab.

Mary Higgins Clark zählt zu den erfolgreichsten Thrillerautorinnen weltweit. Die Autorin lebte und arbeitete in Saddle River, New Jersey, und starb am 31. Januar 2020 im Kreis ihrer Familie.

»Mary Higgins Clark ist die Meisterin der Hochspannung.«
The New Yorker

»Eine Legende unter den Krimischriftstellerinnen.«
Hessischer Rundfunk

Aspire to the Heavens, 1969/
Mount Vernon Love Story, 2002

In ihrem Erstling gestaltet Mary Higgins Clark ein lebendiges Porträt George Washingtons. Wir begegnen einem jungen Mann, der einer unerfüllbaren Liebe nachtrauert, ehe er sein Herz seiner zukünftigen Frau öffnet ...

Wintersturm

(Where Are the Children?, 1975)

Ray und Nancy Eldredge leben mit ihren Kindern in einer malerischen Siedlung an der amerikanischen Ostküste. Aber die Idylle trügt: Ein geheimnisvoller, neurotischer Mörder entführt die Kinder des jungen Paares. Zug um Zug wird eine grauenvolle Vergangenheit aufgedeckt, die sich zu wiederholen droht ...

Die Gnadenfrist

(A Stranger Is Watching, 1978)

Ein Junge wird Zeuge des Mordes an seiner Mutter. Doch als sein Vater die Todesstrafe für den vermeintlichen Täter fordert, stellt eine spektakuläre Entführung die Ermittlungen auf den Kopf. Die Polizei beginnt einen nahezu aussichtslosen Wettlauf mit der Zeit ...

Wo waren Sie, Dr. Highley?

(The Cradle Will Fall, 1980)

Der Frauenarzt Dr. Highley unterhält eine renommierte Privatklinik in New Jersey. Aber er missbraucht seine Patientinnen auch für wissenschaftlich nicht fundierte Experimente. Eine Reihe von mysteriösen Todesfällen alarmiert schließlich die Polizei. Da macht die junge Richterin Katie DeMaio eine Beobachtung, die für sie höchst gefährlich wird ...

Schrei in der Nacht

(A Cry in the Night, 1982)

Eine Ehe verwandelt sich in ein Szenario des Grauens, als Jenny ihrem Mann in die Wälder Minnesotas folgt. Als Jennys Töchter verschwinden, begibt sie sich auf die Suche. In einer Jagdhütte macht sie eine furchtbare Entdeckung.

Das Haus am Potomac

(Stillwatch, 1984)

Die junge Patricia Traymore will ein Geheimnis lüften, das sie seit ihrer Kindheit bedrückt: der plötzliche, gewaltsame Tod ihrer Eltern. Als sie auf die ehrgeizige Senatorin Abigail Jennings trifft, ahnt sie nicht, dass sie in eine Auseinandersetzung gerät, die sie an den Rand des Abgrunds bringt.

Schlangen im Paradies

(Weep No More My Lady, 1987)

In der luxuriösen Umgebung einer exklusiven Schönheitsfarm versucht eine junge Schauspielerin, Klarheit über den Tod ihrer Schwester zu gewinnen. Aber hinter den Fassaden des Idylls lauert das Unheil. Elisabeth gerät in einen Strudel gefährlicher Ereignisse, die nicht nur ihr Leben bedrohen …

Das Anastasia-Syndrom oder Doppelschatten

(The Anastasia Syndrome and Other Stories, 1989)

Fünf Kurzgeschichten in einem Band: In der Titelgeschichte sucht Judith Case, eine erfolgreiche Historikerin, einen Psychiater auf, da es in ihrer Vergangenheit viele ungeklärte Fragen gibt. Er versetzt sie in Hypnose. Eine haarsträubende Reise beginnt …

Schlaf wohl, mein süßes Kind
(While My Pretty One Sleeps, 1989)

Dass Ethel Lambstons, eine elegante Gesellschaftskolumnistin, einfach so, ohne sich vorher mit entsprechender Garderobe einzudecken, verreist sein soll, kann Neeve nicht glauben. Schließlich ist Ethel eine der besten Kundinnen ihrer Modeboutique. Neeve beginnt, Nachforschungen anzustellen …

Schwesterlein, komm tanz mit mir
(Loves Music, Loves to Dance, 1991)

Erin und Darcy antworten auf diverse Kontaktanzeigen, um einer Kollegin bei einer Untersuchung darüber zu helfen. Sie treffen sich mit Kandidaten und tauschen ihre Erfahrungen aus. Bis Erin eines Tages spurlos verschwindet …

Dass du ewig denkst an mich
(All Around the Town, 1992)

Alles an Laurie Kenyon ist mysteriös. Als Kind wird sie entführt und bleibt zwei Jahre vermisst. Als sie aus dem Nichts wieder auftaucht, hat sie die Erinnerung verloren. Der plötzliche Tod ihrer Eltern erzeugt einen Schock, der eine Persönlichkeitsspaltung auslöst. Eine dieser Persönlichkeiten begeht einen Mord, für den Laurie vor Gericht steht, verteidigt von ihrer Schwester, einer talentierten Anwältin …

Das fremde Gesicht
(I'll Be Seeing You, 1993)

Meghan Collins glaubt, ihr seit Monaten verschwundener Vater sei bei einem Unfall verstorben. Dann häufen sich die Hinweise, dass er noch am Leben ist. Die Suche nach ihm enthüllt merkwürdige Geschehnisse. Ist Meghans Vater ein Mörder?

Das Haus auf den Klippen

(Remember Me, 1994)

Mysteriöse Vorkommnisse in einem alten Kapitänshaus, hoch über den Klippen von Cape Cod, versetzen die Schriftstellerin Menley Nichols in Angst und Verzweiflung. Das Haus war schon einmal Schauplatz einer Tragödie …

Sechs Richtige. Mordsgeschichten

(The Lottery Winner: Alvirah & Willy Stories, 1994)

Nachdem Alvirah und Willy 40 Millionen Dollar im Lotto gewonnen haben, könnten sie eigentlich in ihrem am Central Park gelegenen Apartment das Leben genießen. Alvirahs unheilvolles Hobby aber sind ungelöste Kriminalfälle …

Ein Gesicht so schön und kalt

(Let Me Call You Sweetheart, 1995)

Als die Staatsanwältin Kerry McGrath einigen Patientinnen des renommierten Schönheitschirurgen Dr. Smith begegnet, macht sie eine grausige Entdeckung: Die Gesichtszüge ähneln denen der vor Jahren ermordeten Suzanne. McGrath nimmt die Nachforschungen auf und begibt sich selbst in größte Gefahr.

Stille Nacht

(Silent Night, 1995)

Der siebenjährige Brian hofft, ein Christophorus-Medaillon werde seinen todkranken Vater retten. Da wird es ihm auf der Straße von einer Frau entrissen. Brian nimmt die Verfolgung auf, ohne zu ahnen, in welche Gefahr er sich begibt. Die Heilige Nacht wird zum Albtraum …

Mondlicht steht dir gut

(Moonlight Becomes You, 1996)

Nachdem ihre Stiefmutter ermordet wurde, beginnt die Mode-fotografin Maggie Holloway Nachforschungen in einem Alten-stift anzustellen. Sie kommt zu einer erschütternden Erkenntnis: Auch andere ältere Damen sind auf unerklärliche Weise verstor-ben. Schließlich gerät Maggie selbst in eine tödliche Falle.

Und tot bist du

(My Gal Sunday: Henry and Sunday Stories, 1996)

Henry Parker Britland IV, früherer Präsident der Vereinigten Staaten, und seine Frau, die Kongressabgeordnete Sandra, be-tätigen sich als Privatdetektive. Selbst Kapitalverbrechen wie Mord und Entführung schrecken sie nicht ab …

Sieh dich nicht um

(Pretend You Don't See Her, 1997)

Lacey Farrells Leben ändert sich schlagartig, als sie zur unfrei-willigen Zeugin eines Mordes wird. Warum musste Isabelle Waring sterben? Und was hat es mit dem rätselhaften Tagebuch ihrer Tochter Heather auf sich? Lacey ahnt nicht, in welche Ge-fahr sie sich begibt, denn der Mörder verfolgt nun sie.

Nimm dich in acht

(You Belong To Me, 1998)

Als eine Bekannte während einer Luxuskreuzfahrt spurlos ver-schwindet, versucht die Psychologin und Moderatorin Susan Chandler, die Wahrheit zu ergründen, und bringt sich dabei selbst in tödliche Gefahr.

In einer Winternacht
(All Through the Night, 1998)

Sondra weiß sich in ihrer Verzweiflung nicht anders zu helfen, als ihr Baby vor einer Kirche auszusetzen. Doch in jener Nacht ist sie nicht die Einzige, die Unlauteres im Sinn hat. Kurz nach ihr bricht ein Kunsträuber in die Kirche ein. Sieben Jahre später macht sich Sondra auf die Suche nach ihrem Kind …

Wenn wir uns wiedersehen
(We'll Meet Again, 1999)

Als Molly Lash nach sechs Jahren Gefängnis entlassen wird, ist sie entschlossen, den wahren Täter des Verbrechens zu finden, für das sie verurteilt wurde – den Mörder ihres Mannes. Sie macht sich auf die Suche und gerät in einen Albtraum …

Vergiss die Toten nicht
(Before I Say Good-Bye, 2000)

Nell McDermott plant eine Karriere in der Politik. Gegen den Willen von Adam, ihrem Mann. Da kommt er mysteriös ums Leben. Nell recherchiert. Sie entdeckt eine Schmiergeldaffäre in der Immobilienbranche – und gerät ins Visier von Adams Killern.

Gefährliche Überraschung
(Deck the Halls, zusammen mit Carol Higgins Clark, 2000)

Privatdetektivin Regan Reillys Weihnachtstage werden turbulent: Kurz vor dem Fest wird ihr Vater Luke entführt, die Kidnapper fordern eine Million Dollar Lösegeld. Bei den Ermittlungen hilft die ambitionierte Alvirah Meehan, jene den Lesern bekannte Heldin aus *Sechs Richtige*.

Du entkommst mir nicht

(On the Street Where You Live, 2001)

Das Haus ihrer Urgroßmutter, in das die Strafverteidigerin Emily Graham gezogen ist, birgt unangenehme Überraschungen: Bei Gartenarbeiten taucht die Leiche einer Frau auf. Die Tote hält den Fingerknochen eines weiteren Skeletts in Händen...

Denn vergeben wird dir nie

(Daddy's Little Girl, 2002)

Ellie Cavanaugh ist außer sich, als der Mörder ihrer Schwester aus dem Gefängnis entlassen wird. Seit zwanzig Jahren ist Ellie von seiner Schuld überzeugt. Jetzt will sie endgültig den Beweis dafür erbringen – und ist bald in tödlicher Gefahr.

Und morgen in das kühle Grab

(The Second Time Around, 2003)

Nicholas Spencer, Leiter eines pharmazeutischen Forschungslabors, verschwindet spurlos. Dann wird enthüllt, dass er die Firma um Millionen betrogen hatte. Die Journalistin Marcia DeCarlo wagt sich bei ihren Recherchen zu weit vor – und gerät in Lebensgefahr.

Mein ist die Stunde der Nacht

(Nighttime Is My Time, 2004)

Ein Fluch scheint auf der ehemaligen Schulklasse von Jean Sheridan zu liegen. Bereits fünf ihrer früheren Mitschülerinnen sind tragisch ums Leben gekommen. Noch ahnt niemand, dass ein wahnsinniger Serienkiller dahintersteckt. Wird er sein mörderisches Werk beim nächsten Klassentreffen vollenden?

Hab acht auf meine Schritte
(No Place Like Home, 2005)

Bei einem schrecklichen Unfall tötet die kleine Liza Barton aus Versehen ihre Mutter. 24 Jahre später kehrt sie an den Ort des Geschehens zurück und erkennt, dass hinter dem angeblichen Unfall von damals der Plan eines Mörders steckte. Schon hat ein Verfolger ihre Spur aufgenommen: Nun soll auch sie sterben …

Weil deine Augen ihn nicht sehen
(Two Little Girls in Blue, 2006)

Margaret Frawleys dreijährige Zwillingstöchter werden entführt. Nach einer dramatischen Geldübergabe kommt eine Tochter frei, die andere aber sei gestorben, heißt es. Doch Margaret will nicht an den Tod ihres Kindes glauben …

Und hinter dir die Finsternis
(I Heard That Song Before, 2007)

Kay Lansing heiratet den viel älteren Peter Carrington, doch über ihrem Glück liegen die Schatten der Vergangenheit. Carrington wurde vor Jahren verdächtigt, etwas mit dem Verschwinden einer jungen Frau zu tun zu haben. Auch der Unfalltod seiner ersten Frau im Swimmingpool ist noch nicht aufgeklärt …

Warte bis du schläfst
(Where Are You Now?, 2008)

Vor zehn Jahren verschwand Carolyns Bruder von einem Tag auf den anderen spurlos. Um der quälenden Unsicherheit endlich ein Ende zu bereiten, beginnt Carolyn zu recherchieren. Sie stößt auf fürchterliche Verbrechen in der Vergangenheit – und auf einen Täter, dem sie bereits viel zu nahe gekommen ist.

Denn niemand hört dein Rufen

(Just Take My Heart, 2009)

Eine Schauspielerin wird brutal ermordet. Die angehende Staatsanwältin Emily Wallace übernimmt die Anklage. Zu spät erkennt sie, dass es eine Verbindung zwischen ihr und der Toten gibt. Längst ist sie selbst zur Zielscheibe des Bösen geworden.

Flieh in die dunkle Nacht

(The Shadow of Your Smile, 2010)

Die 82-jährige Olivia Morrow steht vor einer schicksalhaften Entscheidung: Soll sie ihren Schwur brechen und das dunkle Geheimnis ihrer Cousine lüften? Sie könnte so deren Enkelin ein ganz neues Leben in Reichtum verschaffen. Oder aber, was sie nicht weiß: ihr den Tod bringen.

Ich folge deinem Schatten

(I'll Walk Alone, 2011)

Vor zwei Jahren begann für Zan Moreland ein Albtraum: Am helllichten Tag wurde ihr kleiner Sohn Matthew entführt. Nun tauchen an Matthews fünftem Geburtstag Fotos auf, die die Frau zeigen, die Matthew aus dem Kinderwagen stiehlt: Es scheint Zan selbst zu sein. Treibt jemand ein unmenschliches Spiel mit ihr?

Mein Auge ruht auf dir

(The Lost Years, 2012)

Dr. Jonathan Lyons glaubt, eine sensationelle wissenschaftliche Entdeckung gemacht zu haben. Kurz darauf findet ihn seine Tochter Mariah ermordet auf. Die Hauptverdächtige ist ihre Mutter. Mariah glaubt nicht an deren Schuld. Sie setzt alles daran, den wahren Täter zu finden, und kommt ihm gefährlich nahe.

Spürst du den Todeshauch?

(Daddy's Gone A Hunting, 2013)

Mitten in der Nacht explodiert die Möbelfabrik der Familie Connelly. Kate Connelly wird dabei schwer verletzt, ein früherer Angestellter getötet. Aber was hatten die beiden überhaupt nachts auf dem Gelände verloren? Nur Kate könnte Licht ins Dunkel bringen. Doch sie liegt im Koma – und ein skrupelloser Mörder würde alles dafür tun, dass sie nie mehr erwacht.

In der Stunde deines Todes

(I've Got You Under My Skin, 2014)

Vor den Augen ihres Sohnes wird Lauries Ehemann ermordet. Seitdem lebt sie in Angst. Nun soll sie eine TV-Serie über ungelöste Verbrechen produzieren und taucht tief in einen spektakulären Mordfall aus der Vergangenheit ein. Doch auch im Hier und Jetzt droht ihr und ihrem Sohn mörderische Gefahr.

Wenn du noch lebst

(The Melody Lingers On, 2015)

Die Innenausstatterin Lane Harmon soll die Wohnung einer zwielichtigen Familie einrichten: Der mutmaßliche Betrüger Parker Bennett verschwand vor zwei Jahren bei einem Segelausflug spurlos. Nur seine Ehefrau und der Sohn Eric beteuern seine Unschuld. Lane ahnt nicht, wie sehr sie sich und ihre kleine Tochter durch ihre Nähe zu den Bennetts in Gefahr bringt …

Und dann kommt der Tod vorbei

(Death Wears a Beauty Mask, 2015)

Eine Stewardess, die unter höchster Gefahr einen Flüchtling aus dem Land schmuggelt. Eine frühere Putzfrau, die sich nach einem Lottogewinn der Aufklärung von Kriminalfällen widmet – eine Sammlung spannender Storys, gekrönt von einem neuen Kurzroman.

So still in meinen Armen
(The Cinderella Murder, 2014)

Vor zwanzig Jahren wurde Susan Dempsey ermordet aufgefunden – mit nur noch einem Schuh an den Füßen. Der »Cinderella-Mord« wurde nie aufgeklärt. Nun greift die TV-Produzentin Laurie Moran den Fall auf – und macht sich damit selbst zur Zielscheibe des Täters.

Und deine Zeit verrinnt
(As Time Goes By, 2016)

Seit Jahren ist TV-Journalistin Delaney Wright auf der Suche nach ihrer Mutter, die sie nie kennengelernt hat. Immerhin läuft es beruflich perfekt. Täglich berichtet sie über einen spektakulären Mordfall: Betsy Grant soll ihren reichen Ehemann ermordet haben. Doch der Prozess nimmt eine schockierende Wendung, die Suche nach Delaneys Mutter führt zu einem dunklen Geheimnis – und plötzlich schwebt Delaney selbst in Gefahr.

Und niemand soll dich finden
(All Dressed in White, 2015)

Fünf Jahre ist es her, dass Amanda Pierce unmittelbar vor ihrer Hochzeit verschwand. Amandas Mutter ist überzeugt davon, dass der Bräutigam sie auf dem Gewissen hat. Auf ihr Drängen hin nimmt sich Laurie Moran des Falls an. Und sticht mit ihren Recherchen in ein Wespennest. Immer mehr Verdächtige tauchen auf. Nur Amanda bleibt verschwunden …

Einsam bist du und allein
(All by Myself, Alone, 2017)

Auf einer Kreuzfahrt freundet sich Edelsteinexpertin Celia mit Lady Em an – einer steinreichen alten Dame, die eine unschätzbar wertvolle Smaragdkette besitzt. Drei Tage später wird Lady Em ermordet. Die Kette ist verschwunden. Celia ist entschlossen, die Tat aufzuklären. Auch wenn die Liste der Verdächtigen immer länger wird und sie an Bord bald nicht mehr sicher ist.

Schlafe für immer
(The Sleeping Beauty Killer, 2016)

15 Jahre lang saß Casey Carter wegen Mordes hinter Gittern. Unschuldig, wie sie behauptet. Nun will sie endlich ihren Namen reinwaschen. In ihrer Verzweiflung wendet sie sich an Laurie Moran. Laurie nimmt den Fall zögernd an – ohne zu ahnen, welches Unglück sie damit heraufbeschwört.

Du bist in meiner Hand
(I've Got My Eyes on You, 2018)

Die 18-jährige Kerry nutzt die Abwesenheit der Eltern, um eine Poolparty zu feiern. Am nächsten Morgen wird sie tot aufgefunden. Kerrys Schwester Aline will herausfinden, was geschehen ist. Verdächtig ist nicht nur Kerrys Freund, auch ein Nachbarsjunge verhält sich seltsam …

Mit deinem letzten Atemzug
(Every Breath You Take, 2017)

Virginia Wakeling, wohlhabende Witwe und Kunstmäzenin, stürzt vom Dach des Metropolitan Museum New York. War es Mord? Dringend tatverdächtig: ihr junger Geliebter. Doch ihm kann nichts nachgewiesen werden. Daher soll Laurie Moran den Fall aufklären – und stößt auf finstere Geheimnisse.

Denn du gehörst mir

(You Don't Own Me, 2018)

Vor fünf Jahren wurde der angesehene Dr. Martin Bell in seiner Auffahrt erschossen. Der Täter blieb unbekannt. Nun bitten Martins verzweifelte Eltern Laurie Moran um Hilfe: Sie soll die psychisch labile Witwe, die sie für die Schuldige halten, ihrer gerechten Strafe zuführen. Laurie recherchiert und bemerkt nicht, dass sie dabei selbst ins Visier eines Stalkers gerät.

Denn bereuen sollst du nie

(Kitchen Priviliges. A Memoir, 2002)

Berührend erzählt Mary Higgins Clark aus ihrem Leben. Aufgewachsen in der Bronx, arbeitete sie unter anderem als Stewardess. Sie heiratete ihre Jugendliebe und bekam fünf Kinder, doch das Glück währte nur kurz. Früh verwitwet, verlor sie nie den Mut und begann, morgens am Küchentisch Bücher zu schreiben …

So schweige denn still

(Kiss the Girls and Make Them Cry, 2019)

Die Journalistin Gina Kane bekommt eine verstörende Nachricht: Eine Person namens CRyan habe als Angestellte eines großen Nachrichtensenders »schreckliche Erfahrungen« gemacht. Und sie sei nicht die einzige. Jeder Versuch, mit CRyan Kontakt aufzunehmen, scheitert, denn: Sie ist vor Kurzem ums Leben gekommen. Doch die Hintergründe ihres Todes sind merkwürdig. Gina forscht nach – und stößt auf eine entsetzliche Spur.

Gebrochen ist dein Herz
(Piece of My Heart, 2020)

Vor Jahren wurde Laurie Morans erster Mann kaltblütig erschossen. Nun traut sie sich endlich wieder vor den Altar. Doch dann verschwindet der zehnjährige Neffe ihres Verlobten Alex spurlos. Schnell erhärtet sich der Verdacht, dass er entführt wurde. Johnny ist adoptiert – könnten seine leiblichen Eltern etwas damit zu tun haben? Lauries Vater verdächtigt wiederum einen verurteilten Mörder, den er vor 18 Jahren selbst ins Gefängnis gebracht hat, und der dafür Rache schwor ...

So dunkel die Nacht
(Where Are The Children Now?, 2023)

Melissa Eldredge und ihr Bruder Michael wurden als Kinder entführt und sind nur knapp mit dem Leben davongekommen. Nun wiederholt sich der Albtraum: Kurz vor Melissas Hochzeitstag verschwindet ihre Stieftochter Riley spurlos. Die Familie muss sich ihren schlimmsten Ängsten stellen, um die Kleine zu finden. Jede Sekunde zählt.

Dein ist die Schuld
(It Had To Be You, 2024)

Sie sind Zwillingsbrüder, die vorbildlicher nicht sein könnten: gut aussehend, klug, beliebt. Bis einer von ihnen kaltblütig die Eltern ermordet. Der andere hat ein wasserdichtes Alibi. Doch welcher der beiden war der Täter? Jahre später soll Laurie Moran in ihrer Sendung den Fall lösen. Dadurch holt sie eine Gefahr, die lange in der Vergangenheit begraben lag, wieder ans Tageslicht.